装画　早川洋貴
写真　アフロ／fotoco
装丁　永井翔

闇をわたる

セレブ・ケース

第一章　嫌な奴

1

この部屋は、警察の標準的な什器《じゅうき》で埋まっている。スチール製のグレーのデスク、肘かけなしの黒い椅子が二脚。素っ気ないロングソファは、惰眠を貪るのには適しているものの、来客にプラスの印象を与えることはないだろう。デスクの背後には小さなファイルキャビネットがあるが、中はほぼ空だ。私一人が所属するこの部署――正確には窓口と言うべきか――は年明けに発足したばかりで、まだ一度も事件を扱っていない。これから取り扱うであろう事件の記録を残すかどうかも決めていなかった。その辺は、私の裁量に任されている。

所属は刑事総務課、名刺にある肩書は「警視庁特別対策捜査官」。何とでも解釈できるこの肩書に任された役目は相談窓口であり、慰め役であり、苦情処理係である……ようだ。そして交通整理。自分で捜査してもいいが、それは当該部署と相談の上で決めること――と刑事総務課長から言い渡されている。

よく分からない仕事だ。

……それはそれとして、このインテリアは何とかならないだろうか。相手に舐められる――というより、こちらが相手を舐めていると憤慨されるかもしれない。仕事用の車は、中古とはいえポルシェのSUVを用意したのだが。

自分の金が使えれば――十分な金さえあれば、私はこの部屋をもっとクールに、そしてさりげなく豪華に飾りつけるのに。

あまりにも殺風景なので、毎朝薔薇を一本だけ買ってきて、一輪挿しに飾ることにしている。それを眺めながら朝のコーヒーを飲むのが日課だった。その後は新聞全紙に目を通し、さらにネットパトロールで様々な情報を頭に叩きこむ。定年間際の暇なサラリーマンのような行動だが、私の仕事の大部分は、このような「待機」になるはずだ。こういう時間に慣れねばならないだろう。

電話が鳴った。私は開いたままの新聞をデスクに置いて受話器を取った。

「二《に》階堂《かいどう》さんですか」しわがれ声の相手が問いかける。

「二階堂です」

「部署は……ないんだね」

「一応、所属は刑事総務課です」

「ダイレクトに頼んでいいんだな?」

「すみません、取り敢えずお名前をいただけますか」

「ああ、失礼。世田谷西署刑事課の清水《しみず》だ。ある女性がそっちへ行くかもしれない」

「と仰《おっしゃ》いますと?」

「うちの対応が気に食わないとさ。貧乏な警察官相手だと、話もできないみたいだ。俺もさすがにむっとしたから、そっちの名前を教えておいた」

「それはどうも」仕事を回してくれてありがとう、と言うべきだろうか。これが私の初仕事だが、尻拭いという感じがしないでもない。

「一応、事件は事件のようだ。ちゃんとやってくれるんだろうな」

「実際には、そちらに差し戻すことになると思いますけどね。私は、相手の話を聞いて、気持ちを鎮めるだけです」

「あんた、そういうことの専門家なのか?　ご機嫌とり?」

「さあ、どうでしょう」私は一人首を捻《ひね》った。「上はそう考えたようですけど、そもそも警察官なんて、誰でもそんなものじゃないですか?　パニックになった人や激怒している人を相手にすることも多いですから」

「俺が、警察官の基礎ができてないって言いてえのか?」清水が凄《すご》む。

「いえいえ……よほど面倒臭い相手なんでしょうね」

「そう、よほどなんだよ」清水が認めた。「とにかくよろしく頼むぜ。それとこの件、上には……」

「上に言うような話じゃありません」

「そうかい。じゃあ――」

「ちなみに、どういう人ですか？　御社管内のセレブ？」

「ああ。名簿に載ってる。今までトラブルはないが……その人の奥さんだよ」

電話を切り、私は清水が教えてくれた名前でチェックを始めた。しかしオフィシャルなデータで判明したのは、あくまで最低限のデータである。車両登録から、乗っている車がマセラティのＳＵＶだということは分かった。いかにも金持ちが乗りそうな車だが……東京では、ちょっと無理しても、車だけは高級な輸入車を選ぶ人間もいる。こういう見栄の張り方は昔からあるようだ。父親もよく言っていた。「アパートに住んでるのにポルシェに乗っているような人間は、遠からず破産する」と。身の丈に合ったものを選べ、ということだろう。高級外車は、買う時に金がかかるだけでなく、その後のメインテナンス費用も大変なのだ。

そういう私は、車を持っていない。都内に住む限り、車がなくても生きていけるし、いざという時の足用にバイクを一台、マンションのバイク置き場にキープしているだけだ。万が一地震の時は……という保険である。都内が大混乱している状況では、車よりもバイクの方が役に立つはずだ。

三十分後、電話が鳴る。受話器を取ると、警務課の和久井友香《わくいゆか》が疑わし気な声で話し始めた。

「二階堂さんにお客さんですけど……」

「梅島《うめじま》さんかな？」

「アポありですか？」

「いや、でも来ることは分かっていた。ここへ案内してもらえますか？」

「何で私が……」

「その辺のむさ苦しいおっさんよりも、あなたのようなルックスの若い女性警官に案内してもらった方が、相手も安心できるから」

「そういう言い方は、ルッキズム的で問題では？」

「その件については、そのうちじっくり話そう。でも、おっさんの脂っぽい顔の悪口は、一般的に許されてるじゃないか。それはルッキズムではない？」

「はいはい」友香が溜息をついた。「じゃあ、お連れします」

「よろしく」

コーヒーとお茶は用意してある。これを友香が出してくれればベストなのだが、そこまでは望めないだろう。彼女の場合、女性の地位向上のためにそうした仕事を拒否しているわけではなく、単に面倒臭がりなだけのようだが。

三分後、遠慮がちにドアがノックされた。「どうぞ」と声をかけると、すぐにドアが開き、友香が顔を見せる。

「梅島さんをお連れしました」

「どうぞ」もう一度言って立ち上がる。友香はドアを押さえていた。これで彼女の愛想がよければ、もっと楽に仕事ができるのに、と思う。ルッキズム云々を言われると何も言えなくなってしまうが、彼女は元競泳のオリンピック候補選手で、身長百七十センチのすらりとした長身、化粧っ気がなくとも十分目立つ顔立ちで、警視庁の職員採用ポスターにも採用したいぐらいだ。俳優やモデルを使うよりも話題になるかもしれない。そして、単に美しいだけではなく、真面目で相手に信頼感を抱かせる印象もある。この仕事では、こういう人材は貴重……だと思う。

梅島美沙《みさ》、四十五歳。何度も顔を見直してしまうタイプだ。どう見ても三十代、それも三十代前半にしか見えない。友香とは対照的に小柄な女性だが、女性らしさという点では友香をはるかに上回っていると言える。コート姿でも、綺麗な体の曲線がはっきりと見えていた。

「梅島さんですね？　警視庁特別対策捜査官の二階堂です」私は彼女を出迎えた。手を取ってキスでもしないと許されないかと思ったが、険しい顔を見て、その挨拶は胸のうちにしまっておくことにした。「お座り下さい」

「警察は、市民対応についてどういう教育をしているんですか」美沙が座ろうとせずに嚙みついてきた。

「世田谷西署の応対についてはお詫びします」私はすぐに頭を下げた。それが、美沙の怒りに対する即効の消火剤になったようだった。

「まったく、もう……」

「とにかくお座り下さい。お話を伺います。お茶かコーヒーをいかがですか」

「いえ、結構です」

私は友香に視線を送った。これで君の仕事は終わり、お疲れ――彼女は目をぐるりと回してみせた。そもそも私は義務だからやってるだけ、とでも言い出しそうだった。

「お住まいは世田谷区なんですね。それで、管轄の世田谷西署に行かれた」

「ええ」

「すみません、こちらに来られるかもしれないと聞いて、基礎的な情報収集をしました。梅島満《みちる》さんの奥さんでいらっしゃいますよね」

「そんなこと、私、警察では話してませんよ」

「警察署では、管内の著名人、政治家、高額所得者に関しては情報を収集してケアしています」

「その割に、ケアしてくれなかったけど」美沙が皮肉を吐いた。「いきなり『いいご身分ですね』はないでしょう。盗まれたのは時計です。それを説明したら、成金趣味だと思ったんでしょう。他にも……主人のこともそうですけど、私に対しても……」

「警察官の中には、育ちが悪い人間もいます。粗雑な環境で育てば、どうしても口の利き方が荒っぽくなる——しかも、警察学校で体育会的な生き方を叩きこまれますので、さらに乱暴になってしまうこともあります」

「あの、世田谷西署の刑事課の係長——清水さんとか言ったかしら」

「ええ」

「警察官じゃなくて、その筋の人みたいだったけど」

あなたはその筋の人と会ったことがあるのか、と言葉に出しそうになった。見た目に、若い頃の派手な生活の名残りがある——水商売の人、だろうか。それなら、暴力団関係者と会う機会はあったかもしれない。

「清水は警察一家の出身でして、父親、祖父とも佐賀県警で署長まで務めています。二人の兄も佐賀県警に務めていて、清水本人は東京へ出てきて、警視庁に奉職《ほうしょく》しました」念のために、清水についても調べておいた。

「世襲がよくないのは、政治家も警察も同じじゃないの？　あなたは？」

「私はスタンドアローンですね」

「それに、見た目が警察官らしくないわ」

「よく言われます——家に泥棒が入ったと報告を受けていますが、詳しく聞かせていただけますか？　いつの話ですか？」

「ゆうべ――昨日の夜から今朝までの間のどこかです」

「ご家族は？　ご在宅だったんですか？」

「ええ……家族は全員二階で寝ていて、一階がやられました」

「それで今朝になって気づいて警察に――ということですね？」

「そうです。それなのに、おざなりな対応で」美沙の怒りが、また蘇ってきたようだった。

「分かりました。世田谷西署の無礼に関してはお許し下さい」私はまた頭を下げた。「それで、今後ですが……すぐにご自宅に伺います。私が様子を見ますが、実際には世田谷西署が捜査を担当することになります。西署に対しては厳重注意しておきますので、捜査にご協力下さい」

「被害について聞かないんですか？」

「相当な被害があることは分かります」

「どうしてですか？」

「梅島さんは、世田谷西署で重要人物として登録されているからですよ」早くも話が繰り返しになってきた。

「だったら、あの扱いはないと思いますけどね」美沙が怒りを蒸し返した。

「後で、世田谷西署には事情聴取して、厳重注意します――ご自宅まで車でお送りしますが、今すぐ出てよろしいですか」

「私も車で来ています」

「ああ……大丈夫ですか？　この辺、車を停めておける場所がないでしょう」私が常駐している六本木署は、六本木通りから二本ほど入った裏道沿いにあり、近くに駐車場がない。

「運転手が待っています」

「――失礼しました」私は立ち上がり、コートを手にした。こういう人が自分で運転するわけがないか。「それでは、ご自宅で落ち合うということでよろしいでしょうか。私は覆面パトカーを使います」

「結構です」

何とか宥《なだ》めることはできたので、ほっとして、私は美沙を送って外に出た。一方通行の路上に、巨大な白いマセラティのＳＵＶが停まっている。私はすかさず助手席のドアを開けた。彼女が車に乗りこむ間に、車内の様子を観察する。運転席にいるのは二十代に見える男だった。息子であってもおかしくないが、美沙に向かってさっと頭を下げる態度を見た限り、家族とは思えない。会社の従業員だろうか。

「では、後から追いかけます」

「車庫のシャッターを開けておきますので、そこに入れてもらえますか？　うちの前の道路は狭くて」行政の怠慢《たいまん》だとでも言いたげだった。

「分かりました。後ほどお目にかかります」

マセラティが走り去るのを見送って、私は署の地下にある駐車場に向かった。私用の覆面パトカーは、ポルシェ・カイエン。「金持ちに舐められないように、できるだけ堂々とした車を探してこい」と言われて見つけてきた、十年落ちの一台である。走行距離もかなり伸びていたので、国産の中古車並みの値段だった。それでも、徹底したオーバーホールとクリーニングで、まだまだ現役として活躍できそうである。とにかくでかく、余裕のありそうな車――金持ちを乗せるのには、覆面パトカーによく使われるクラウンやスカイラインでは不適切、ということだ。こちらはタクシーの運転手でもないのに。それにカイエンは、ロシアン・マフィアが好んで使う車、という物騒な噂もある。

選んだのは私だが。

道すがら、世田谷西署に電話をかけて、清水と話した。

「一応、向こうのご機嫌は直しておきました」

「そんなに簡単にやれるのか？」清水は疑わし気だった。

「コツがあるんです」

「ご教授願いたい——わけじゃねえな。金持ち相手の仕事なんか、やらないに限る」

「仰る通りですが、出動の準備はしておいて下さい。捜査に関しては、そちらに任せるしかないので。私の仕事は、あくまで交通整理です。適切な部署が捜査できるように、状況を見極めることなので」

「そうか……やばそうな事件なのか？」

「状況は分かりませんけど、やばいと思います。金持ちが警察に届け出てくるのは、よほどのことですよ」

「そうなのか？」

「家に泥棒が入られたことを、世間に知られたくないと思います。変な金持ちアピールになってしまうのも嫌でしょうし、財産の情報が外部に流出するのも避けたいでしょう。だから、泣き寝入りすることもあります。それなのに届け出ようとしたのは、相当な多額窃盗——あるいは、重要なものが盗まれたからだと思います」

「分かった。出動の準備をしておく」清水の声が緊張した。

「それと——現場では取り敢えず私が話します。向こうが激怒していたら、受け止めますから」

「それはありがたい話だな」

「ちなみに今まで、梅島さんの家でトラブルは？」

「いや、記録に残っている限りでは一度もない。近所づきあいも上手くいってるはずだぜ」

「実際のトラブルではなく、噂はどうですか？」

「相当貯めこんでいる――当たり前だろうが。それと、あの奥さんは後妻だ。ご主人より二十歳ぐらい若い」

「前の奥さんは？」

「だいぶ前に亡くなった。病気だそうだ。金持ちなのにな」

清水は、金持ちならどんな病気でも退散させられる、とでも思っているのかもしれない。しかし金持ちも、決して特別な存在ではない。病気にもなるし、誰でも犯罪に巻きこまれる。だからこそ、私のような人間が必要になるのだ。

「後妻業ってやつじゃないかね」

「何か根拠がある話ですか？」

「そういうわけじゃないが、奥さんを亡くした金持ちが、二十歳も若い人を嫁にすれば――そう思わないか？」

「今のところ、判断する材料はありません」

「自分の目で見たことしか信じないってやつか？」

「見たこと全てが信じられるわけでもないですよ。人は嘘をつきますし」

「悲観的だねえ」

「そういうわけでもないです」私は淡々と答えた。「では、準備をお願いします。できるだけ早く連絡しますので」

電話を切って溜息をつく。これは世田谷西署の大失態になりかねない。窃盗事件では、一刻も早い現場検証が必須なのだ。犯人が残した証拠は、時間の経過とともに汚染され、あるいは失われる。今、午前十一時……窃盗犯が犯行に及んでから、既に数時間、あるいは十時間ぐらいが経っているかもしれない。家族は今朝、家が荒らされているのを発見してから、大騒ぎであれこれ調べ回っただろう。現場はすっかり汚染されてしまったと考えた方がいい。

金持ちが必ず賢く冷静とは言えない。犯罪被害に遭った人間は、誰しも慌て、傷つき、間違いを犯す。

それは責められない。清水たちは、後で散々毒づくだろうが、それは自業自得というものだ。妙なことを言わずに普通に対応していれば、数時間の節約になったのに。

2

高級住宅地の成城は、世田谷区の西方に広がっている。梅島家は、野川《のがわ》を見下ろす一角にあった。狭い野川の向こうは喜多見《きたみ》……同じ世田谷区でもぐっと気安い住宅地になる。そして梅島邸は成城の外れにあって、露骨に高級感と「金があります」感を醸《かも》し出していた。

車庫には、大型の車が三台は並列駐車できる。今は、美沙が乗ってきたマセラティが左端に、真ん中にはベンツの大型のセダンが停まっていた。車の方向性がまったく違うが、夫婦それぞれの趣味の違いということだろうか。

　私は一番左の空いていたスペースに、カイエンを停めた。狭い道路では難儀するボディサイズだが、この車庫には楽に駐車できる。

　車を降りると、青年が一人、外で待っていた。私を見て丁寧にお辞儀する――先ほどマセラティを運転していた青年だと気づいた。

「ご案内します」

「あなたは――梅島さんの会社の人ですか」

「いえ、違います」

「ご親戚？」

「何と言いますか、奨学生のようなものです」

「奨学生？」

「家に住まわせてもらって、大学の学費も出してもらっています」

「書生みたいな？」

「書生？」

「意味は後で調べて下さい。ちなみに、どういうご縁でそんなことに？」

「梅島さんの高校の後輩なんです。同じ高校で、梅島さんに……そうですね、選ばれた人が奨学生になるんです。ここに住んで、梅島さんの会社の仕事を手伝いながら大学に通う――もちろん学業に影響がない範囲で、です」

「だいぶ君たちの方に有利な奨学金制度に思えるけど」

「そうですね」若者があっさり認めた。

「違法なビジネスを手伝ったり？」

「そういうことはありません」

あくまで生真面目に答えて、若者は車庫の奥にあるドアを開けた。家から直接車庫にアプローチできるようだ。

「ここからも家に入れるとして、出入りできる場所は、あと何ヶ所ありますか?」

「玄関と裏口です」

「この車庫のシャッター、開け方は?」

「中に開閉用のスウィッチがあります。それと車のリモコンで」

「なるほど」

階段を、途中で一度折れてからさらに上がった。階段にも金がかかっている——大理石張りで、踊り場の壁には、やたらと大きな絵がかかっていた。

ドアを開けると、玄関に出る。玄関だけで、六本木署の私の執務室ぐらいの広さがありそうだった。二階まで吹き抜けで、冬場はさぞ寒いだろう——と思ったが、壁にエアコンの吹き出し口がある。この家の一ヶ月の電気代はいくらになるのだろうと、心配になった。広い家を作ることはできても、それをきちんとキープしていくのは大変で、それができるのは本物の金持ちだけである。

私はラテックス製の手袋をはめた。手遅れかもしれないが、これ以上現場を汚染しないことは大事である。

まず、玄関のドアを調べる。ダブルロックで、頑丈なドアストッパーもついている。鍵は、ピッキングがやりにくいタイプだ。ドアを開けて外を確認する……警備会社のステッカーが貼ってあった。単なる威嚇のために貼る家もあるのだが、梅島家の場合は本物だろう。ただし、在宅中はアラームを切っている可能性もある。

　裏口は後回しにして、被害に遭ったという一階の部屋——十二畳ほどの洋間だった——に入る。そこで美沙、そして初めて夫の梅島満と対面する。梅島は六十五歳にしては大柄というか、体が萎《しぼ》んでいない。よく体を動かし、美味い物を食べて、元気一杯という感じだった。顔はてかてかと脂ぎって、皺《しわ》一つない。髪は一本もなく、その分、巨大な頭が目立っている。真冬だというのにTシャツ一枚で、二の腕の太さをアピールしていた。実際、かなり激しいトレーニングで体を膨らませているのが分かる。

「警視庁特別対策捜査官の二階堂悠真《ゆうま》です」改めて名刺を渡し、頭を下げる。

　梅島は名刺を凝視し、次いで私の顔をジロジロ見た。

「君一人か？」

「まもなく鑑識が来ます」

「警察が、女房に失礼なことを言ったそうだが……確かに女房は後妻だ。歳も離れている。しかしそれだけで『いいご身分』はないだろう。後妻業だとでも思っているのか？」

「その件については謝罪します」清水は、実際に後妻業だと思いこんでいたのだし……また頭を下げる。このままでは、頭を下げた姿勢が私のデフォルトになってしまいそうだ。

「それで、何でうちから遠い場所にいるあんたがここに？　あちこちたらい回しにされているなら、迷惑極まりない」

「私は、こういうことの専門——担当なんです」

「こういうこととは？」

「社会的に高い地位にある方が犯罪被害に遭った時に、対応します」あるいは罪を犯した時に。

「金持ち専門の刑事かね」

「社会的に高い地位におられる人専門、です」私は訂正した。梅島は満更でもない様子……金持ちに対して、「金を持ってますね」と褒めても喜ばない。しかし「社会的地位」を持ち出すと機嫌が良くなることは多い。梅島もその例に漏れなかった。「今回、私が当面の窓口になりますが、捜査自体は世田谷西署が担当することになります。既に世田谷西署刑事課には、厳しく指導しておきましたので、ご了承下さい」

「まあ……ちゃんとやってくれるならいいんだ」梅島が顔をしかめたまま言った。決して鷹揚《おうよう》なわけではなく、辛うじて許す、といった感じ。

「現場はこちらの部屋ですね？　ここは……収蔵庫のようなものですか？」

「書斎兼応接間だ」

「実際には、どのようなものがあったんですか？」

私はざっと室内を見回した。壁には一枚の絵もないし、彫刻や陶芸品も見当たらない。壁の一面は本棚で、そこからカビ臭い空気が漂ってきているようだった。

「こちらは？」私は本棚に近づいた。

「見ての通り、ただの本棚だ」梅島が馬鹿にしたように言った。「ただし、稀覯本《きこう》がある」

「古い、価値ある本ですか……そういう本のリストはありますよね？」

「もちろんだ——おい」

梅島が、私をここまで案内してくれた青年に声をかける。書生に対してというより、使用人を動かす時の声——私も、書生がどんな存在なのかは知らないのだが。

「後でリストを出してくれ」

「盗まれた物は分かりますか」

「もちろんだ。江戸時代の本が何冊もなくなっている。古本市場では、かなりの値がつくはずだ。ヨーロッパの古い本も、何冊かやられた。犯人は、古書に関する知識のある人間だな。高い本だけを持っていった」

「あるいは、事前にここにどんな本があるか把握していた——ここに人を入れることはありますか？」

「もちろんだ。客が多い時は、応接間のほかにこっちを使う」

「他に、盗まれたものはありますか？」

「時計が大量に」

「腕時計ですか？」それが美沙の言っていた時計のことか。

「ああ。アンティークの時計を集めるのに凝《こ》っていたんだ」

「それはどちらに？」

「そちらの棚だ」

梅島が、作りつけの長い棚——時計店のように、上にガラスの蓋があるものだった——に手をかけようとしたので、私は慌てて止めた。

「触らないで下さい」

中には真紅のビロードが敷き詰められているが、時計は一本もなかった。ビロードの一部には時計の形の跡が残っていて、かなり重い時計もあったのが分かる。私はガラス製の蓋を慎重に開けた。

「ここに置いておいたら、止まってしまうんじゃないですか」

「全部手巻きだ。自動巻きが一般的になる前の時計だからな。毎朝全部巻き上げるのが日課だ」

「ご自分でやられるんですか？」

「いや、うちにはそういうことを専門にやる人間がいる」

梅島が、またしても先程の青年をチラリと見た。どう考えても書生ではなく、使用人という扱いである。青年は肩身の狭い思いをしているようで、両手を腹のところで組み合わせてしきりに動かしていた。そのうち非難の矛先が全て自分に向くかもしれないと怯《おび》えているのではないだろうか。

「時計の管理ですか……大変なんですか？」

「大変なことはないが、何十年も前の時計だから手がかかる。それに、三十本も巻くにはそれなりに時間ががかかる」

「三十本ですか……」腕時計を集める趣味は理解できる。アンティークにこだわって、というのも分からないではない。車やバイクでも、メインテナンスが大変な何十年も昔のモデルに魅力を感じて乗り回す人もいるのだから。しかし私は、青年に対するかすかな同情を抱いていた。大学へ通う金、そして住む場所も、おそらくは食事も提供してもらっているとはいえ、毎朝三十個の時計を巻き続ける四年間についてはどう考えているのだろう。そのうちじっくり話を聴いてみよう——そもそも参考人として話を聴くことになるのだが。

蓋を閉め、私は小さな違和感を抱いた。今確認すべきことではないかもしれないが……上等な木材を使って作られた、スイス・ハーマン社製のウォッチワインダーがある。四個を同時に保管できるものだが、中は空だ。何故使っていないのだろう？　梅島の左手首に視線を向ける。はめられているのは高価な機械式腕時計ではなく、スマートウォッチだった。私は立ったまま訊ねた。

「普段使いには、スマートウォッチなんですね」

「実用性を考えればね」梅島が平然と言った。「アンティークの腕時計は、見て楽しむものだ。当然、スマートウォッチの方が何かと便利だよ。軽いしね」

「なるほど……この部屋を封鎖します」

「ああ？」梅島が目を細める。

「ここは犯行現場です。多くの証拠が残っている可能性があります。これから鑑識が精査しますので、我々は入らない方がいいです。私も、そういう調査に関しては素人ですので」

「おいおい、頼りないな」

「警察の仕事は高度に専門化されていて、担当の人間以外はこなせないものです」

「まあ……いいが」

「今、連絡を取ります。到着までは少し時間がありますから、詳しくお話を聞かせて下さい」

「では、隣の応接間で」

「そちらには、荒らされた形跡はないんですか」

「ああ、何もかも昨夜と同じままだ」

「分かりました。梅島さんと奥さん、取り敢えずお二人にお話を伺ってよろしいですか」

「ああ」梅島がうなずき、また書生の青年に目を向けた。「お茶を用意してくれ」

「どうぞお構いなく」私はすかさず言った。「捜査中はお茶をいただかないことにしています」

「礼儀として言っているんだが」

「個人的な験担《げんかつ》ぎです。捜査が上手くいくように、自分に気合いを入れるんです」

書生の青年が使用人扱いされるのを見たくなかったからだが、そんな本音は言えない。

「まあ、好きにしてくれたまえ」

応接間も、先ほどの部屋とほぼ同じ広さ——十二畳はある。ただし、巨大な暖炉に、一人がけにしては大きなソファが四脚、酒屋が開けそうなほどの酒を保管できるリカーキャビネットなどがあるので、部屋は広い感じがしなかった。さらに五十インチはありそうな液晶テレビも、部屋を狭く感じさせるのに一役買っている。テレビは、どんなに薄くても圧迫感があるものだ。

梅島夫妻と向き合って座る。部屋はひんやりしている——一月だから当たり前なのだが、梅島自身は半袖一枚でまったく平然としているのが不思議だった。筋肉をつけ過ぎて、寒さを感じなくなっているのだろうか。美沙はカーディガンを羽織っていても、しきりに両腕をさすっているのだが。

「こちらには、何人お住まいなんですか？」

「五人」梅島がぱっと右手を広げた。

「構成をお聞かせ願えますか」

「私と女房と、手伝いの人間が三人いる」

「その三人の内訳は？」

「そんな情報が必要なのか？　その三人がやったとでも思ってるのか？　冗談じゃない！」梅島がいきなり激昂した。

「いえいえ、捜査の決まった手順です。何か事件が起きた時には、被害者の方の家族構成も全て確認しておくのが、捜査の基本です」

梅島が私を一睨みした。しかしふっと溜息を漏らすと、「妻の家事を手伝ってくれている女性が一人、それと書生が二人いる。三人とも、信頼できる人間だ」

「故郷の後輩の学生たちを受け入れているんですね」

「情報が早い――早過ぎないか？」梅島の顔がさっと赤くなる。

「さきほど、そのうちの一人が車庫から玄関まで案内してくれました。一分あれば、私は大抵のことを聴き出せます」

「大した自信だ」

鼻を鳴らしながらも、梅島が三人の名前を教えてくれた。ころころと機嫌が変わるのは困ったものだが、機嫌が良ければ簡単に喋るタイプの人間だと分かってきた。あとは、どうやって機嫌をキープしておくかだ。ずっとおだて上げるのがいいのか、別の手を使うべきか。

「警備会社とは契約されていますね？」

「ああ、ただ、夜は警報の設定をしない。人が家にいるからな」

「しかし、人がいても泥棒は入ってきますよ」

「警備会社のステッカーがあるのに？」

「それだけではあまり効果はないんです。最近、不審な電話や訪問者はありませんでしたか？」

「というと？」

「家の内情を探るような」

梅島が妻の方に視線を向けた。美沙は黙って首を横に振ったきり、うつむいてしまう。夫を差し置いて積極的に話すタイプではないようだ。そして「後妻業」とも違う感じがする。少なくとも美沙は、夫に対して従順だ。警察に一人きりで来たのは――運転手はいたが――夫の指示か自分の判断か分からないが、気の強い妻だったら、夫を警察に向かわせるのではないだろうか。

「ないな」梅島が言った。

「となると、かなり幅広く捜査の範囲を広げることになります。ご協力下さい」

「冗談じゃない。捜査が入ったら、仕事にならないだろうが。どうせあれこれ話を聴いて、人の時間を無駄にするんだろう？」

「会社は……渋谷ですよね」私は確認した。

「ああ。今日は遅れて、大損害だ」

「社長がいらっしゃらないと、仕事が回らないのは分かります」梅島が代表を務める一柳《いちりゅう》ホールディングスの傘下には、飲食や不動産など様々な会社があり、グループ全体の総売上高は七百億円、社員数は四千人を超える。この企業グループを一代で育て上げたのが梅島だ。

　そういう人間の扱い方は分かっているつもりだった。

えてして、多角的に商売をしている人間は、自分が何者なのか、自分でも分からなくなってしまうことが多い。まずそれをはっきりさせることから、会話が上手く転がる場合がある。

「まあ、一日ハンコを押して終わるよ。電子決済になっても、同じことだ」

「作業時間は同じですよね……そう言えば、最近『一柳』もご無沙汰です」

「おや、お客さんでしたか」梅島が面白そうに言った。

「はい。学生時代には散々お世話になりました。私の体の半分は一柳の濃厚鶏パイタン麺でできていると言っても過言ではありません。でも最近、高級路線のお店を出されたんですよね？　一柳プレミア」

「ラーメンも、材料を吟味して手間をかければ、高級料理になるんだ」

「分かります」私はうなずいた。「でも私には、濃厚鶏パイタン麺が合ってます」

「ありがたい話ですね」

「一軒のラーメン屋から始めて、一代でこれだけの規模の会社に……私には想像もできません」

想像する必要もない。そういう企業人はよく知っている。知っているといえば、一柳の濃厚鶏パイタン麺が自分の口に合わないことも分かっている。

「まあ、一つのことを一生懸命にやっていれば、チャンスも広がるということだよ」

「勉強になります」

ビジネス誌が見出しにしそうな話だが、刑事の仕事にはまったく役立たない。おそらく、他の多くの人にとっても同様だろう。経営者の成功談が正しくて、それを多くの人が知っていれば、世の中は成功者だらけになる。しかし実際の世の中は、〇・一パーセントの成功者と九九・九パーセントの「その他」で成り立っている。経営者の成功談が役に立たないのは、彼らが嘘をついているか、あまりにも特殊過ぎて、他の状況では通用しないからだ。

「いずれ、捜査と離れてお話を聞かせていただけませんか？　刑事の役得ということで」

「ああ、構わんよ」梅島が鷹揚に言った。成功した経営者に共通した特徴――お喋り。単に自分の成功を自慢したいだけの人間もいるだろうが、お喋り――コミュニケーション能力に長《た》けているることこそ、成功の第一歩なのかもしれない。意思の疎通ができなければ、何も始まらないだろう。

私はなおも、事細かく事情聴取を続けた。そろそろ世田谷西署の連中が来るはずで、さっさと捜査を引き継ぎたいのだが……梅島も、私のしつこさに苛立ってきたようだ。

「君、そろそろ私を解放してもらえないかね？　仕事に行かないと……後は女房に話を聴いてくれ」

「申し訳ありませんが、駄目です」私はきつく言った。

「私の頼みを拒絶するのか？」梅島が目を見開く。

「最近、高額所得者を狙った窃盗事件が増えています。そんなことが蔓延《はびこ》っては、砂糖に蟻が群がるように、金のあるところには悪い連中が集まってくるんです。そんなことが蔓延っては、日本の社会の安全は守れません。この事件は絶対に解決して、犯人を捕まえないといけないんです。そうしないと、また他の高額所得者が被害者になるかもしれない。それを防ぐためには、あなたにしっかり協力していただかないといけないんです。これは、地位ある人の責任ですよ」

本当は「ノブレス・オブリージュ」と言いたかったが、そんな考え方が彼に通じるかは分からない。何だかんだ言って、根っこはラーメン屋の親父なのだし、本人もそれを誇りに思っている節がある。暇ができると、今も全国に五十店舗以上ある一柳の各店を回っている、という逸話があるぐらいだ。そこで密かに味見をするわけだが、グループ企業内では「隠密」と言われているらしい。

「責任ある行動をお願いします」

「君は……」梅島が呆れたように言った。「はっきり言うね。こんなにはっきり誰かに命令されたのは久しぶりだ」

「命令ではありません。お願いです。それに私は――私たちは、梅島さんの盗まれた財産を取り戻すために全力を尽くします。ですので、ご協力、よろしくお願いします」

私はまた頭を下げた。これが何回目だろう……もしも私の後任がいるとしたら、まず頭の下げ方から教えるべきだろうか。

清水はムッとしていたが、それでも淡々と仕事をこなした。鑑識に指示し――裏では「汚染された」と悪態をついている——盗犯係の部下には、まず私と話させる。そうするように、私が頼んだ。

「しかし、何でまた、あんたをフィルターにしなくちゃいけないんだ？　交通整理だけじゃないのかよ」清水が、電話で話した時に想像した通りの人物だったので驚いた。小柄で痩せており、半ば白くなった髪は、今時珍しい角刈り。眼鏡の奥の眼光は鋭く、気に食わない人間だったら自分の倍の体重があっても平気で突っかかっていきそうなタイプだ。

「二度手間を取らせないためです。すぐに説明しますから」

「本間《ほんま》！」清水が、近くにいた若い刑事を呼んで私に引き合わせた。「こいつと話してくれねえか。うちの若いのだ」

「了解です。それと、清水さん？」

「ああ？」

「清水さんは、被害者には直接事情聴取はしない方がいいです。雑談であっても避けた方が……」

「何だよ、俺はそんなに奴らに嫌われてるのか？」眼鏡の奥で、清水の目がさらに細く、鋭くなる。

「違いますよ。清水さんが機嫌悪くならないためです。相当……これですから」私は鼻に拳を押し当てた。

「そんなに？」

「一代でラーメン屋から企業グループを作り上げた人です。プライドは高いし、話もくどい」

「そいつは困るな。だったら、担当は本間に任せるよ」

「今は落ち着いていますから、大丈夫です。何かあったら、また呼んで下さい。何とかします」

「あんた、猛獣使いか？」

「猛獣というか、金持ちの扱いには慣れてます」

「何でまた？　あんたも金持ちなのか？」

「まさか。既定の給料しかもらってませんよ」

「だったら何で——」

　そこで私たちの会話は断ち切られた。梅島の怒鳴り声が廊下にまで響いてくる。

「怒らせちゃったみたいですね」私は肩をすくめた。「ちょっと宥めてきます。後で扱い方を、世田谷西署の刑事さんたちには講義しておきますから」

「あ、ああ……」間が悪そうに清水がうなずく。

　余計な詮索をされずに済んだ——自分のことを話すのが一番難しいし、そもそも話す気もない。

3

　昼飯抜きになってしまった。

　普段私は、三食きちんと食べる。午前六時半、十二時、午後七時。さすがに捜査一課にいた頃には、特捜本部ができると食事時間が滅茶苦茶になっていたが、今は食事時間をしっかり守れる。これが健康の基本だ。

　それが今日はこのザマだ。腹が減って、自分でも分かるほどムカついている。

六本木署に戻ると既に夕方になっていて、制服から私服に着替えた和久井友香が、警務課から出て来たところだった。

「二階堂さん、今までずっと梅島さんのお相手ですか?」友香が目を見開く。

「現場に行ってた。一日潰れたよ」

「後で調べたんですけど、梅島さんって、一柳グループの代表の奥さんですよね」

「君ねえ、噂話を調べてる暇があるぐらいなら、他に仕事があるだろう。署員が健やかに、効率よく仕事ができるように頑張るとか」

「それはちゃんとやってます」友香がむっとした表情を浮かべる。

「本当に?」私はわざとらしく首を捻った。「その辺の話、じっくり聞こうか。これから飯でもどうかな?」

「残念でした。今日は母と食事なので」

「家族と食事するのは普通だと思うけど」

「田舎から母が出てきてるんです。久しぶりに会うんですよ」

「君、出身は?」

「長野です」

「その情報、インプットしておくよ」私は耳の上を人差し指でコツコツと叩いた。「いつか君にプロポーズする準備として」

「二階堂さん……」友香が溜息をついた。「今は、そういうのはヤバいですよ。セクハラになります」

「本気でも?」

「本気なら、こんなところで言わないでしょう」友香が眉を釣り上げた。「職場ですよ」

「僕は別に気にならないけどね。場所なんか関係ないよ。ここでひざまずいて、指輪を差し出してもいい」

「何なんですか……」友香が力なく首を横に振る。

「残念ながら、指輪は持ってないけどね」

「いい加減にして下さい！」友香が声を張り上げる。

「本気で怒った？」

「当たり前じゃないですか」

私たちは今や、周りの注目を集めている——とは言っても、既に当直体制に入っているので、昼間よりも人は少ないのだが。

「生の感情のぶつかり合いは大事だよ」

「何言ってるんですか」

「敢えて言えば、今の僕にとって、ビジネスパートナーは君しかいない。しかも重要な仕事を任せられる大事なパートナーだ」

「私はただの受付です」

「受付が君の場合と、警務課長の場合では、相談者が受ける印象が百対ゼロぐらい違う」

六本木署の警務課長・篠崎《しのざき》は身長百八十二センチ、体重百キロの堂々たる体軀だ。かつては重量級の柔道の選手として活躍し、オリンピック候補に挙げられたこともある。試合前に気合いの声を発するだけで相手を吹っ飛ばしてしまいそうなタイプで、あだ名は「クマ」。これ以外には考えられない。

「それはそうですけど」

「唯一のパートナーとして、今後もよろしく——いつか本当に、一緒に飯を食べよう。この仕事をどうやって続けていくか、相談に乗って欲しいんだ」

「そういうのって、上司の人と相談した方がいいんじゃないですか？」

「僕の上司は総監だよ。気軽に相談できるわけじゃない」

「本当にそうなんですか？」友香が目を細くする。「噂は聞いたことがありますけど、冗談だとばかり思ってました。セレブ担当だからって……それも冗談っぽいけど」

「でも実際、金持ちが相談に来たじゃないか」

「何だかよく分かりません」

私は彼女に一歩近づいた。友香の体が強張《こわば》るのが分かる。

「僕は、扱った事件について、総監に直接報告する義務がある。その時に、君がよくやってくれているって口添えできるよ。そうしたら、今後の人事で何かと有利になるんじゃないかな」

「嘘っぽいですよ」

「そのうち、いいことがあるかもしれない」

私はウィンクしようとしたが、やめておいた。ウィンクは苦手なのだ。無理にやると、目にゴミが入ったと思われる。

私にしかできないことはある。

しかし私にできないこともたくさんあるのだ——人をウィンクで魅了することとか。

総監へはメールで簡単な報告をすることにした。とはいっても現段階では「梅島という金持ちが窃盗被害に遭ったので、世田谷西署につないだ」というだけである。清水のヘマについては触れない。誰だって得手不得手はあるし、私の仕事は監察とは違う——そこの一線は引いているつもりだった。

総監へ直《じか》に報告、それは間違いない。しかし総監からは「途中経過はメールで」と言われていた。それは当たり前か……忙しい総監が、私と直接会う時間を取れるわけがない。

三ヶ月前、当時所属していた捜査一課の特捜本部の仕事が一段落した後で、刑事総務課長に呼び出されたのが全ての始まりだった。

総務課長はそのまま、私を総監に面会させた。直に話をするのは初めてだったが、特に緊張はしなかった——誰に会っても緊張しないのが私の強みと言える。しかも私は、間違いなく総監よりもいいスーツを着ていると確信して、多少優越感に浸った。家賃がかからない生活をしている私は、給料の多くを服に費やす。他に金がかかる趣味もないし、いい服を着ると背筋がピンと伸びて、心の夾雑物《きょうざつぶつ》が消え去ると亡き父が言っていたのを、未だに覚えている。それを言われたのは私が十九歳の時——父が亡くなる半年ほど前だった。場所は銀座にある、老舗《しにせ》のテーラー。そこで父は、私の成人祝いにスーツをあつらえてくれた。イタリア製の最高級の生地を使ったスーツが完成する前に父は亡くなってしまったが、着心地は最高だ。当時五十万円したそのスーツは、今も私のクローゼットにある。いざという時に出動する一着だ。そして私は、スーツを作る時は今でも必ずそのテーラーに行っている。

総監のスーツは吊るしのようで、サイズが微妙に合っていなかったが、服を見る目はあるようだった。私のスーツをオーダー品だとすぐに見抜き、私の過去——家族の問題をペラペラと話し始めた。それが一段落したところで、唐突に異動を申し渡したのである。

所属は刑事総務課になるが、上司も部下もいない。必要だと思えばどんな動きをしてもいいが、総監に対してはきちんと報告すること。

狙いは、セレブ、金持ち、地位ある人――何でもいいが、要するにそういう人たちが犯罪被害に遭ったりした場合に窓口になり、情報を整理して担当部署との架け橋になれ、ということだ。そういうことができるのは、警視庁の中では君しかいないだろう、と。

「セレブの世話焼き係ですか」

「違う。トラブル防止だ。警察は、相手が金持ちだろうが総理大臣だろうが、捜査に関しては普通の人と同じに対処する」

それは綺麗事……とはいえ私も、自分がセレブの相手をして忖度《そんたく》した経験はない。先輩たちからセレブ相手の事件を経験談として聞くことはあったのだが、実際は話を膨らませているのではないかと疑っている。

そもそもセレブは、滅多なことでは事件になど巻きこまれないものだ。危険な状況とは縁遠いところに存在しているのが、セレブなのだから。

「金や権力を持っている人間は、自分は特別だと思いたがる。その意識と、警察の対応との落差でトラブルが起きかねない――実際、何回も起きている。その度に私も、あちこちに頭を下げないといけないものでね。本来の業務に差し障る」

「だから私が防波堤になれと？」

「いや、交通整理だな。セレブ連中の言い分を聴いて、怒らせないように宥めて、適当な部署へ仕事をつなぐ――所轄レベルでは、そういう作業ができる人間がいないんだ」

なるほど。そういう人間の相手なら、私には適しているかもしれない。金持ちのことは金持ちにしか分からないのだから。ただし今の私は金持ちではない。成人前に多少、金持ちの世界を覗《のぞ》いただけ……今はせいぜい、好きな時にいい服をあつらえられるぐらいだ。

まあ、こういう仕事もいいだろう。どうせ警察の仕事も、五十歳までの暇潰しなのだ。そもそも自分が警察にいること自体、まだ奇妙なことだと思っている。警察官になって十六年も経つのに。

いずれにしても、断れない話だった。警察では人事に「ノー」は絶対に言えないし、しかも総監直々の指示である。

というわけで、私は部署名もない新しい仕事の担当者として、一人で店開きをした。数少ない、捜査一課の親しい同僚たちとも離れ離れになり、ただ一人——とはいえ、侘しい気はしない。昔から、一人は嫌いではないのだ。

総監にメールを送り、今日の仕事は一段落。まだ調べることはあるが、それは署でなくてもできる。取り敢えず夕飯……昼飯を抜いてしまった分、しっかり食べなければ。とはいえ私も、今年は四十歳である。今までは、二十歳の時に作ったスーツを調整なしで着ることができたが、調子に乗って好きなものを好きなだけ食べていたら、あっという間に体型は崩れてしまうだろう。

まず体作り。今日は月曜日——ジムへ行く日だ。警察にいると、毎朝行われる柔道や剣道の稽古に参加して体を鍛えることはできるのだが、私はどちらも苦手だ。警察官が、格闘に頼ることなど滅多にない……私の場合、一度もなかった。逮捕に際して犯人が暴れ、大乱闘になるというのは、ドラマの世界だけの話である。体を張って犯人を取り押さえるのは、むしろ制服警官の仕事になることが多い。

とはいえ、体調をキープしておくのは警察官の義務だ。私は署の近く——ということは自宅近くにあるジムへ向かった。腹が減ってエネルギー切れだったが、一時間のトレーニングは欠かせない。ウェアを借り、預けておいたシューズに履き替えてジムエリアへ……会員制のこのジムはこぢんまりとしていて、いつ行っても見かける顔は同じである。互いに顔見知りで、会えば軽く会釈するか挨拶を交わす——嫌な奴がいなくてよかった。

上半身から下半身までバランス良くウェイトトレーニングで負荷をかける。大胸筋、広背筋、腕は前も後ろも……腹筋はやり方を変えて二百回。その後下半身に移って、太腿の前後、ふくらはぎ——重さの限界に挑んで筋肉を膨らませるようなハードなトレーニングではなく、普段使う筋肉を刺激し、ほどよく活性化させるやり方だ。故に、負荷はそれほど高くない。それでも下半身のトレーニングが終わる頃には、全身に汗をかき、体が熱くなっていた。あとは三十分ほどランニングマシンで走って終わり。本当はジョギングの方がいいのだが、私の普段の生活の場である六本木や麻布界隈は車も人も——最近は自転車や電動キックボードも多く、マイペースでジョギングするには適していない。よほど早朝にでも走れば別だが、繁華街の朝の顔は汚い……夜の残滓《ざんし》が足元のあちこちに残っていて、ランニングに集中するのが難しいのだ。

走り始めるとすぐに、隣のマシンも動き始める。常連かと思ってちらりと横を見た瞬間、マシンから降りたくなった。向こうもこちらに気づき、ニヤリと笑って見せる。

「よう、ニカ。やってるな」二階堂だから「ニカ」。親しい人は昔からそう呼ぶのだが、抵抗感がある。「ニカ」＝「二課」。自分は捜査一課の人間で、二課とは何の関係もない。しかし警視庁の中で「ニカ」という発音は、捜査二課、公安二課、警備二課などの部署名と結びつく。

「ご無沙汰してます」

「元気そうじゃないか」

「ええ。体は動かしてますよ」

「仕事も順調みたいだな」

「何か知ってるんですか？」

「俺は何でも知ってるよ。そして最後は、情報を握っている人間が勝つ」

「お説ごもっともです。でも、話は後でいいですか？　走るのに集中したいので」

「何分だ？」

「三十分です」

「そうか。終わったら飯にするか」

「いえ、今日は帰ります」私は即座に拒否した。隣で走っている相手——三上春希《みかみはるき》は六本木署の署長である。私にとっては「上司」ではなく、軒先を貸してくれている「大家」と言うべきかもしれない。ある意味では、警察における「師匠」のようなものだが。私が捜査一課に配属された時の管理官——それから十年で、六本木署の署長にまで上り詰めたわけだ。このポジションを最後に、定年になる予定である。

「今日の話、ややこしいか？」

「そうでもないと思います」引っかかるところはあるが。「所轄がきちんと捜査を始めました」鑑識の作業は夕方までかかっているはずだが、誰も何も言ってこないということは、ノートラブルだ。

「だいぶ揉めたと聞いたが」

「話を膨らませるのは警察官の悪い癖ですね」私は肩をすくめたが、走りながらでは上手くいかない。

「お前はそういうタイプじゃないか」

「警察官向きじゃない、とよく言われます」

「十五年以上もやっていて、向いてないもクソもねえよ」三上が豪快に笑った。

「どうでしょうね。自分でも向いてないとは思いますけど」

実際、警察官になるなどとは考えたこともない人生だった。ひょんなことからこの道に飛びこんで十五年以上……確かに三上の言うように、向いているのかもしれない。だとしても、それを認めるのが嫌だった。警察官人生は、私にとっては長い暇潰しのようなものである。五十歳まであと十年。その時間を適当に潰せればそれでいい。私を警察に引っ張った人たちの前では、そんなことは絶対に言えないが。

「ところで、里村《さとむら》さんはお元気か」

「どうですかね。最近会っていません」

「親戚なのに？」

「気軽に会えるような相手じゃないですよ」

警察庁刑事局長――私の叔父でもある。近い将来の警察庁長官、あるいは警視総監の芽もある。

「お前がつないでおいてくれると、俺も助かるんだがな」

「三上さん、何か企《たくら》んでいるんですか？　天下りとか？」

「そういうわけじゃねえよ」

「天下り……いい加減、そういう考えは変えた方がいいと思いますよ。三上さんが、というわけではなく警察全体で」

「ご意見はありがたく拝聴するよ。そのうち一方面の署長会議の議題にしよう」

「承知してますよ」

偉い人でなければ――という事情もある。現場でずっと頑張ってきた警察官なら、定年後も警察組織に残る手がある。若手の指導係や、交番の補助勤務……しかし三上のように署長まで務めた人間だと、警察の中で働き続けるのはむしろ難しい。それで天下り、再就職の問題が生じてくるわけだ。今は、昔のように条件のいい再就職は期待できないだろう。企業の側でも、警察ＯＢを雇い入れる余裕がなくなってきているのだ。

「ま、お前はまだそういうことを心配する必要はないだろう。せいぜい、この仕事を頑張れよ」

「どう進めていくか、まだ分からないことが多いですけどね」

「試行錯誤でいけ。警察社会は、同じことの繰り返しだ。一度上手くいったら、次回以降もそれでいけばいい」

「警察は、前例主義の殿堂と言われてますからね」

「皮肉はよせ――しかし、時代に合わせて常に新しいことにチャレンジするのも大事だ。お前の仕事だって、いつかはきちんとした部署になって、大人数を抱えることになるかもしれない。そうなったらお前が初代課長だな」

「そういうのはキャリアの人に任せます」実際、警視庁本部の課長はキャリアが多い。その中で、捜査一課長は必ず叩き上げのノンキャリアが就任する――暗黙の了解でそうなっている。ノンキャリアの希望の星ということだろうか。そして捜査一課長は、世間的には警視総監と同じような警察の「顔」だ。新しく就任して、新聞に詳しく紹介記事が出るのは捜査一課長と警視総監だけである。そしてしばしば、捜査一課長の記事の方が扱いが大きくなる。

無駄話をしている余裕もなくなった。三上は六十歳も近いのに元気で、スピードが変化する設定で走っている。ひたすら集中――私は同じ速度で走っているが、意識的に途中でスピードを上げ、会話が続かないようにした。

　私の方が先に終わった。さっさとランニングマシンを降り「お疲れ様でした！」と挨拶してトレーニングルームを出る。汗だく……シャワーは浴びないといけないが、できるだけ早く済ませよう。更衣室でまた三上に摑まったら、話が長くなる。

　大急ぎでシャワーを済ませ、髪も乾かさないまま着替える。更衣室を出てトレーニングルームを見ると、三上はまだ必死で走っていた。六十分の有酸素運動を設定しているのかもしれない。署長なら、署の道場で若い連中と柔道や剣道をやればいいのに。

　濡れた髪のまま、凍《い》てつく冬の街に出ていくのは物理的に辛い。そして自分は馬鹿みたいだとつくづく思う。コロナ禍による様々な規制が去り、街にはすっかり人が戻ってきている。六本木なので、外国人観光客も多い。アルコールが入って陽気な雰囲気――そんな中で私は、きちんとスーツを着てネクタイを締め、しかし髪は濡れたままオールバックにしている。

　運動で芯から熱くなった体も、一月の寒さであっという間に冷えていく。体の芯まで冷たくならないうちに戻らないと、風邪を引く――何とか家に飛びこめたのは、ジムを出て五分後だった。

　冷蔵庫を開けて中身を確認する。昨日の日曜日、買い出しをしておいたので中身は豊富だ。作り置きのトマトソースをフライパンにあけ、鍋で湯を沸かす。パスタ……一人暮らしの自炊は、どうしても麺類が多くなる。

　鍋の湯が沸いたところで塩をばさばさと加え、パスタを投入。ズッキーニとパプリカは大きめに切り、トマトソースに入れて熱を加える。少し塩気が足りないようなので塩を足し、粗挽きのペッパーをたっぷり加え、ついでにオリーブオイルも一回し。野菜に火が通ったところで、パスタも茹で上がった。しっかり湯切りしてトマトソースと和えて、完成。今日は体を動かしたので、炭水化物をたっぷり摂っていいと判断し、冷凍庫に入っていたパンをレンジで解凍する。

酒が呑みたい気分は消え失せていたので、炭酸水を相棒にして、一人の食事を始めた。美味いもまずいもない、栄養補給のための食事。こういう味気ない食事は精神的によくないのだろうが、一緒に食べる相手もいないのだから仕方がない。ふと、友香を本気で誘ったらどうなるだろうと思った。相手にしてくれないか、あるいはどこかで折れるか。最大の問題は、彼女と私はさほど身長が変わらないことである。彼女のほうが五センチほど低いだけで、少しヒールの高い靴を履いたら、頭の高さは同じになってしまうだろう。そういうのを気にしない男もいるが、私は、横に立つ女性の方が多少は小さくあって欲しいと思っている。今は、こういうことを言うと身長ハラスメントと非難されるかもしれないが。

途中から、解凍が終わったパンを参加させ、余ったソースを皿から拭って食事は終了……あっという間だった。一人の食事で困るのが、時間を持て余すことである。さっさと食べ終えると時間の節約にはなるが、そんなに時間ができても、人間にはいつもやることがあるわけではない。

食器を洗い、パソコンを立ち上げて、梅島という人間の調査を始める。

こういう時役に立つのが、信用調査会社が運営しているサイトである。この会社は、企業の倒産情報などを提供していて、経営状態に関する調査などには定評がある。メディアがよく利用しているのはこの情報だ。一方、あまり表に出せない情報を、会員制サイトで公開している。ただし年会費が高い——三十万円以上するので、一般の人が利用するようなものではない。父の会社が契約しているので、私はそのIDとパスワードで使っていた。会社側には利用履歴はばれているかもしれないが、今のところはクレームも入っていないので、平然と使い続けている。

梅島が、ラーメン屋の「一柳」から商売をスタートさせたのは事実である。有名ラーメン店で修業を積み、一号店を出したのが今から四十年前、二十五歳の時。あっという間に人気店になり、五年後には都内に五店舗を出していた。その後も店舗は増え続け、三十五歳の時には、一柳各店を統括する管理会社「一柳ホールディングス」を設立し、本格的にビジネスとしての展開を始めた。一柳の店舗を全国に展開すると同時に、価格的に高級なうどん店のチェーン展開も始め、そちらも成功していた。今は、一柳ホールディングスの下には数十の会社があり、飲食だけではなく、不動産、健康食品やスポーツジム関係などのビジネスにも手を広げていた。

最初の結婚は、一柳の運営が軌道に乗った二十八歳の時。一年後に長女、三年後に次女が生まれたものの、四十歳の時に、妻を病気で亡くしている。それが、健康食品産業への参入を決意させるきっかけになったらしい。経済誌のインタビュー記事で「本当は医療関係に進出して、妻と同じ病気に苦しむ人たちを助けたかったが、そのノウハウがなかった」と正直に打ち明けている。

妻を亡くしてから、ビジネスはさらに拡大し、二〇〇五年には長者番付にも顔を出している。その時の記事では「ラーメン屋を始めた頃の基本を忘れたくない。今もラーメン屋の親父の感覚で仕事をしている」と語っているが、実際はどうだったか……アンティークの時計や、価値が出そうな稀覯本を集めていたのは、露骨な金持ち趣味ではないだろうか。

実際、生い立ちを考えると、金に執着し、儲けた金を湯水のように使いたくなるのも理解できないでもない。

一九五九年に長野で生まれた梅島は、二男二女の末っ子だった。生活は困窮を極め、一時は親戚の家に預けられていたという。しかしいじけることなく成長し、中学から始めた陸上で頭角を現した。優秀な短距離の選手で、インターハイでは百メートルで二位に入っている。体育大学からスカウトが来て、本人も奨学金を頼って進学するつもりだったのだが、インターハイ終了後に膝を故障し、その回復に時間がかかった。推薦入学の話は立ち消えになり、他の大学に進学するには金がない……結局、高校を卒業すると、大好きだったもう一つの道——飲食に進んだ。東京に出てラーメン屋で修業を始めたのは、早い独立を目指したためだったと、本人がインタビューで語っている。師匠の技を盗み、しかし必死に働いて気に入られ、勤務先のバックアップを得て独立に成功したわけだ。

苦労人だな、と思う。そうやって稼いだ金を自分の趣味に注ぎこむのは悪いことではないだろう。金を社会に環流して、人を潤してきたのも間違いないのだから。

最初の妻を亡くしてからの十五年は、必死な時代だったようだ。ビジネスを拡大しながら子どもを育てる——実家の家族も協力したようだが、相当大変だったのは容易に想像できる。

そして、長女が結婚したのを機に、五十五歳で再婚。この会社の調査は綿密で、美沙が銀座の高級クラブでナンバーツーの存在だったことまで明らかになっている。十分金を儲け、子どもにも手がかからなくなった時に、自分の幸せを追い求め始める——悪いことではない。梅島と美沙の夫婦関係はまだ読めていないが、何か問題がある気配もない。今のところは。

梅島も美沙も傲慢なところがあるが、それは今日一日だけの印象である。金持ちは傲慢になるか、逆にやたら腰が低くなるかのどちらかなのだ。それに今日は、大事にしていたものが盗まれたのだから、平静でいられるわけがない。

電話が鳴った……見知らぬ携帯の番号。梅島か美沙が文句を言ってきたのかもしれないと思ったが、世田谷西署の清水だった。

「お疲れ様です。何かトラブルでも？」

「いや、マル害には、鑑識作業にも事情聴取にも無事に協力してもらった。カリカリしていたが、これは仕方ねえだろうな」

「ええ」

「あんた、どう思った？」

「何がですか」

「変じゃねえか、この窃盗事件」

「ええ。そもそも誰も気づいていないのがおかしいですね。全員、寝室は二階ですけど……」

「だからといって、一階に泥棒が入っていて何も気づかないというのはどうなのかね。まあ、確かにでかい家なんだが」

「どれぐらいあるんですか？」

「車庫まで入れて、三百平方メートルの８ＬＤＫ。アメリカ風に言えば、リビングと５ベッドルームだ。それだけじゃねえが」

「それが応接間と、盗みに入られた部屋ということですね？　ちなみに警備会社の方はどうですか？　何か不審な点はなかったですか？」

「ないな。夜間に在宅中は、警戒装置をオンにしないのもおかしくない。だいたい、外出時の防犯用だからな」

「鍵は？　どこから入ったんでしょうか」

「それが分からないんだ。少なくとも、鍵がこじ開けられた形跡はなかった。合鍵を持っていたか――」

「家の中にいる誰かが手引きをしたか」

「その可能性も否定はできないな」清水が認めた。

「その線を押したいのは理解できますが、慎重にお願いします。金持ちの中には、家族を異常に大事にする人がいます。家族が疑われていると分かった途端、爆発する可能性もありますから」

「梅島って人は、そういうタイプかな？」

「今日話した限りでは何とも言えませんけど、ちょっとしたことで怒る可能性はありますね。できるだけ穏便にお願いします」

「で、何かあったらあんたを呼べばいいわけだな……梅島っていうのは、どういう人なんだ？」

「苦労人で成金ですね」先ほど調べたデータをかいつまんで話した。「そういう人は、家族と金しか信じていない、ということもあります。ところで、被害総額は確定できたんですか？」

「正確に算定するのは難しい。時計が三十本、古い本が二十冊ほど。梅島さんが買った時の値段をそのまま信じるとすると、概《おおむ》ね二千万ぐらいになる」

「そんなものでしょうね」

「あんた、分かるのかい？　ちょっと被害額が大きい気もするけど」

「時計も本も、とんでもない高値がつくことも珍しくはないでしょう。時計なんか、何かのタイミングで古いモデルが急に値上がりすることもありますし……でもやはり、正確な被害額は算定できないでしょうね」

「だよな。面倒な話だ」

「ところで、広報はしないんですね？」ニュースになっていないことは確認した。

「本人のたっての希望でね。世間体のいい話じゃないということだろう。例の広域窃盗事件とは手口が違うし、啓蒙の意味もないだろう」

「そのようですね」半年ほど前から、関東地方各地で、金持ちの家ばかりを狙った高額窃盗事件が頻発している。どれも入念だが荒っぽい手口——犯人は鍵をこじ開け、あっという間に金目のものを奪って逃走している。短い時間に犯行が行われているのは、事前の準備がしっかりしているからだろう。手慣れた人間の犯行という感じで、今回とはかなり手口が違う。

「本部の捜査三課も、明日から入るそうだ」清水が嫌そうに言った。

「そうですか」

「高額窃盗事件だからな。それに盗まれたのが時計や本——特殊なものだから、専門家の御出座《おでまし》が必要だ」

「でしょうね」

「あんたには世話になったから、御礼方々電話した。何かあったらまた、よろしく頼むよ」

「梅島さん絡みで何か分かったら、私からも連絡します」

「何か伝手《つて》でもあるのか？」

「ないでもありません。警察官を十五年以上やっていれば、伝手もコネもできるものです」

本当のコネについて、清水に明かす必要はないが。

知っているのは一部の人間——いや、実際には結構多くの人が知っているかもしれない。警察官は噂が大好きな人種である。

自分はそれに巻きこまれないようにしようと、気をつけてやってきた。その作戦は間違いではなかったと思う。これまでは、余計なことを言われずに済んでいるのだから。

4

金持ちの世界には、独特なつながり——伝手とコネがある。私はそれを使った。

私自身は、少なくとも今は金持ちではないのだが、そういう世界とのつながりはある。つながりを保とうと努力もしてきた。今回は、それを初めて仕事で使ってみるつもりだった。

相手はすぐに摑まった。父方の親戚——父の従弟の島尾《しまお》康平《こうへい》。渋谷で不動産ディベロッパーを営み、多くの金持ちとつながりがある。「誰でもいいから有名人の名前を言ってみろ。吞んだことがあるはずだ」と常に豪語していた。夜の街で、さまざまな金持ちとコネクションをつないできたのだろう。

「梅島？　あのラーメン屋の親父の？」島尾は基本的に口が悪い。

「今はラーメン屋の親父とは言えませんよ。総合商社の社長みたいな人です」

「俺は……一度吞んだことがあるかな？　ほとんど知らない人と言っていい」

「何だ、叔父さんのコネも大したことないですね」私は敢えて挑発的に言った。

「俺は知らなくても、知ってる人間を教えることはできるよ」

むっとした調子で叔父が言った。上手くいった……この人は昔から負けず嫌いなのだ。ある日私の実家を訪ねて来て、父親とポーカーを始め、朝になっても続けていたことがあった。

一度電話を切り、朝のコーヒーを飲む。梅島から連絡も入らない……こちらから電話して様子を確認しようかとも思ったが、クレームが入っているわけでもないから、放っておいた方がいいだろう。あまり頻繁にお伺いを立てていると、逆に機嫌を悪くするかもしれない。何事も塩梅《あんばい》が大事だ。

五分後、電話がかかってきた。ターゲット、確定。今日の午前中なら空いているから会えるという。しかも場所は六本木。私はコートに袖を通して、すぐに署を後にした。

問題の会社、「ワイドアート」は、六本木の複合ビルの七階全体を占めていた。島尾の説明だと「ヨーロッパを対象にしたアート関係の商社」。そんな商売が成り立つのかと不思議に思って叔父に聞いてみたら「もちろん不動産業もやっている」ということだった。日本では、不動産を押さえていれば絶対的に強い。

社長の宮島《みやじま》は五十絡みの男で、ペンシルストライプのスーツがよく似合っていた。日本人が太いストライプのスーツを着こなすのは難しいのだが、宮島の場合は完璧だった。ラウンドカラーの白いワイシャツに、えんじ色をベースにしたペイズリーのネクタイ。髪は短く綺麗に刈りこみ、顔はよく焼けている。ゴルフ焼けだろうか……社長室の壁一面は絵画で埋まっているが、私が知っている作品は一つもない。全く情けない話だが、私には「教養」がない。絵画や音楽、舞台──そういうものの素晴らしさを知って嗜《たしな》んでいたら……警察の仕事に役立つとは限らないが、私の人生は、今よりずっと豊かになっていただろう。

「何事ですか」宮島が用心深く切り出した。

「一般的な背景調査です。梅島さんが犯罪にかかわったとか、そういうことは一切ありません」軽く嘘をつくしかなかった。窃盗の被害に遭ったことも「犯罪にかかわった」の範疇《はんちゅう》に入るのだが。

「刑事総務課……どういう捜査なんですか？」

「所属は刑事総務課なんですが、実際には一人で仕事をしています」

「お一人で?」宮島が私の名刺から顔を上げた。

「世間的に有名な方、資産家、そういう人たちの相談を受けるのが専門です」

「上級国民対象の?　ずいぶん露骨なサービスですね」宮島が呆れたように言った。

「何点か訂正します」私は人差し指を立てた。「私の部署、仕事では、上級国民という言葉は一切使われていません。あれは単なるネットスラングです。もう一つ、サービスというわけではありません。どんなに納税額が多くても、権力者でも、犯罪被害者になったら悲惨なものです。そして我々は、すべての被害者を平等に扱います」

「しかし、専門に相談を受けるんでしょう?」

「そういう人たちがトラブルに巻きこまれると事態が大きくなりがちなので、事前にきちんと対策するということです」

「なるほど。ところで……島尾さんから聞きましたけど、あなた、二階堂さんの息子さんですね」

「はい」隠すことでもないので認めた。

「二階堂さんは残念でした。まだお若かったのに」

「もう二十年も前です」言って、自分でも驚いた。父が亡くなったのは、私が十九歳の時で、父は五十歳だった。生きていれば、六十九歳……もうビジネスからは引退していただろうか。それとも私に跡を継がせるために、自分の下で仕事を覚えさせていただろうか。そういう話題は、二人の間ではまったく出なかった。父が何を考え、何をしようとしていたのか、私には未だに分からない。私名義になっている信託財産を、私が五十歳になるまで凍結している理由も。内容は私に教えないこと、と遺言にあったので、いくらあるかも不明だ。親の金に甘えず自分で稼げ、ということだろうか。母も父の意図は知らないし、今更確認できる相手もいないだろう。

だから五十歳までは黙って待つ。その後は――好きに生きていけるだろう。自分が何が好きなのか、よく分かっていないのだが。

「何度かお会いしたことがあります。呑んでいて楽しい人でした。亡くなってかなり経ってから知って、もうお葬式も終わってしまっていたのでお焼香もできず……ご無礼しました」

「いいえ、家族葬で、というのが父の希望だったようです。お忙しい皆さんの時間を奪いたくないということだったんでしょう」

「そうですか……あなたのことはよく話されていましたよ」

「そうなんですか？」これは意外だった。基本的に父は、私に興味がない人だと思っていたのだ。だからこそ、私の将来についても、はっきりした指示も希望も言わなかったはずなのに。

「ええ。ただ、会社を継がせるつもりはないとおっしゃってましたけどね。どうせなら別の世界で成功して欲しいと……ビジネスの世界はビジネスの世界で、いろいろ大変なんです。神経をすり減らすことも多い。もっと気楽に人生を楽しんでもらいたいと思っていらしたのかもしれません。しかし、警察官になられたとは――意外というか、驚きました」

「父方の一族は商売人なんですけど、母方は役人一家なんです。母の血筋に引っ張られたのかもしれません」

強引に私を警察官にしたのは、叔父の里村だ。ほとんど会ったことがなかったのに――キャリア官僚なので異動で引っ越しが多く、東京にいる時期が短かったせいもある――父の死後、就活が始まる時期になって突然膝詰め談判を始めたのだ。いわく、君は会社を受け継いだわけではない。既に傘下のすべての会社の後継者は決まっていて、君が割って入るスペースはない。それなら思い切って、全然違う方向へ進んでもいいんじゃないか？　警察官としてやってみたらどうだ？　警視庁には顔が利くぞ。

本当に里村が裏から手を回したわけではないだろうが、私はあっさり警視庁の試験に合格した。そして既に十五年以上、警察の飯を食っている。叔父は出世して警察庁の刑事局長に……私がこういうポジションで、一人で仕事をしていることをどう考えているかは分からない。就職に関しては強く警察官を推してきたのだが、その後は最低限の接触しかないのだ。叔父の本音――それは母の本音かもしれないが――を知る機会がこれからあるとは思えない。思い切って聞いても、惚《とぼ》けられる恐れが高いと思った。

馬鹿馬鹿しい。私のことなどどうでもいいのだ。今は梅島の情報収集が優先。

「梅島さんなんですが、おつき合いはあったんですか？」

「あのね、奥さん」

「美沙さんですか？」

「ええ。結婚前に美沙さんが勤めていた店に、二人でよく行ってたんですよ。それで……美沙さんと結婚するようにけしかけたのは私でして」

「そうなんですか？」

「梅島さんも、奥さんを亡くして十五年間、仕事も子育ても一人で頑張ってきたんです。そろそろ、自分を大事にしてくれる人を探した方がいいって、何度も勧めたんですけどね……こんなことを言っていいかどうか分かりませんけど、梅島さん、女性に関しては脂っこいところがないんです」

「淡々としている？」

「そういうことです」宮島がうなずく。「商売だと、あんなにしつこく、必死にやるのに、私生活はどうでもいいような感じでね。美沙さんと再婚するまでは、趣味らしい趣味もなくて、仕事一筋でした。あとは娘さん二人のことで……いい学校にやって、好きな仕事ができるようにするか、あるいはいい男を摑まえて幸せな結婚をさせたいと。娘を持つ父親の、ごく当たり前の考えですよ。私も娘が二人いるので、梅島さんの必死さは分かります」

「それが一段落して、ということですね」

「梅島さんは、すぐに美沙さんに夢中になっちゃってね」宮島が苦笑する。「あんな精力的な人だけど、女性に関しては慣れていないっていうか、恋愛初心者みたいな感じなんです。亡くなった奥さんは高校の同級生でしてね。高校の頃からずっとつき合って結婚して……そういう人は、恋愛慣れする機会がないんですよ」

「何となく分かります」私は自分の中で、梅島のイメージを訂正した。脂ぎった男が、金を使って強引に美沙に迫ったのでは、と想像していたのだ。

「美沙さんは家族思いな人でね。母子家庭で育って、お母さんを助けるために、二十歳になってすぐに水商売の世界に入ったんです。そういうところにも、梅島さんは惹かれたんじゃないかな」

「仲はいいんですか？　奥さんがずいぶん年下ですけど」

「まあ、二人とも落ち着いた年齢で結婚しましたからね……美沙さんは、梅島さんを教育しようと必死でしたよ」

「教育？」

「仕事はできるだけ部下に任せて、自分は趣味を持つように……梅島さん、本当に無趣味でしたからね。ラーメンはよく食べていて、私もつき合いましたけど、あれも食べ歩きじゃなくて研究です。今でも『私はラーメン屋の親父』が口癖ですからね」

「その話は聞きました」私はうなずいた。「気さくな人なんですすね……それで、趣味というのは？」

「時計と本ですよ。時計は……分かるでしょう？　金を持った人が、分かりやすくステイタスを追求するには、高級な機械式腕時計を持つのが一番簡単だ。それで、私も色々勧めたんですよ。オーデマ ピゲとか、ヴァシュロン・コンスタンタンとか」

「時計の雲上ブランドですね」

「さすが、二階堂さんの息子さんだ。よくお分かりで」宮島がうなずく。

「いや、父は腕時計にはこだわりがありませんでした」それぐらいは残してくれてもよかったと思うのだが……超高級腕時計の世界は、「世襲」である。きちんとメインテナンスを続けていれば、親から子へ、さらに孫へと受け継がせることができて、それこそ百年でも動き続ける。しかし私が記憶している限り、父の時計は国産の自動巻きだった。そして私自身はここ数年、スマートウォッチを愛用している。「梅島さんも、スマートウォッチをしていましたした」

「そうそう、普段自分で使う時計は、効率優先で、機械式じゃなくてスマートウォッチの方がいいって……すごく早い時期から使ってましたよ。でも機械式時計に関しては、アンティークなものに惹かれたみたいですね。実際にはめて使わなくても、綺麗にメインテナンスして磨き上げて鑑賞する。悪くない趣味でしょう」

「ええ」実際には、日々のメインテナンスは書生たちに任せていたようだが。本当に時計好きなら、他人任せにせず、自分で毎朝ネジを巻き上げるだろう。「本はどうですか？　稀覯本をかなり集めていたようですが」

「あれは、まあ……イメージかな」宮島が苦笑した。

「イメージ？」

「お客さんが来た時に、そういう本を見せびらかして……実際に読むんじゃなくて、自分はこういう珍しい本を集めているんだってアピールするためですよ」

「そうですか」私はうつむき、苦笑を見られないようにした。「何だか不器用な人という感じがします」

「そうですね」宮島がうなずく。「本当は、趣味なんかなくてもいいと思ってたんじゃないかな。唯一の趣味が私たちとの呑み歩きで……でも今は、それもあまりできない」

「そうなんですか？」

「こんなこと言っていいかどうか分からないけど、結婚の前後に、人間ドックで肝臓にチェックが入りましてね。酒は控えるように、医者にキツく言われているんです。その代わりに趣味を持たせようとしたのは、美沙さんの思いやりじゃないでしょうかね」

「そうですか……」

「後妻業、とか考えておられました？」宮島が皮肉っぽく言った。

「いや、実際にお二人にお会いしたわけではないので。本当に、周辺調査ということです」私は軽い嘘を重ねた。

「よく分かりませんが、本当に犯罪絡みではないんでしょうね」

「ええ」また嘘。胸が痛む。「ご自宅に、書生を置かれている、と聞いているんですが、今時そんなこと、あるんですか？」

「ああ、長野の母校から、お金で苦労している学生を引き受けている話でしょう？　あれは本当に、高校に対する恩返しみたいなものですよ」

「そうなんですか？」

「当時の陸上部の監督のお陰でインターハイに出られた。怪我で陸上をやめた時には荒れかけたけど、生活指導の先生が泣きながら諭《さと》してくれた。そういう恩は忘れられないって言ってましたよ。だから何らかの形で恩返ししたいって――これも十年ぐらい前から始めたのかな？」

「今時珍しい、真っ直ぐな話ですね」それが本当ならば、だが。

「まあ、それもあるけど……人間、大学の四年間のお金を全部持ってやると言われると、どうなると思います？」

「それは――奴隷になっても仕方ないと諦めるかもしれませんね」毎朝三十個の腕時計を巻き上げ続けるとか。

「スカウトなんですよ」

「スカウト？」

「優秀な生徒を母校から送ってもらって、四年間面倒を見る。就職についても、希望した人は優先的に梅島さんの会社に入れる。実際には、梅島さんが強く説得して会社に迎え入れるんですよ。よほど出来が悪いか、性格に難がある人は別にして。要するに、地元の人間は信用できる、そういう人を――」

「青田買い、ですね」

「言葉はちょっとあれですが、そういうことです」宮島が同意する。「自分の会社を強化するために、学生時代からよく知っていて信用できる人たちを側近として引き入れる。別に違法ではないですし、私だってやれるものならやりたい。ただしうちは、美術品専門の商社なので、どうしても専門的な知識を持った学生さんが必要ですから……誰でもいいというわけではないんです」

「普通は、就職してから仕事について勉強するんじゃないんですか？」警察の仕事など、その最たるものだろう。普通に生きている人は誰も法律や犯罪を意識しない。

「でも、大学で四年間、美術史などを学んだ人には、大きなアドバンテージがありますからね」

「なるほど……信用している人ですね。娘さんは二人とも、結婚して家を出られているんですよね？」

「上の子は大阪、次女は仙台じゃなかったかな？　盆暮にしか帰ってこないって、よく文句を言ってました。孫に会いたいのに、なかなかチャンスがないって」

「お孫さんがいるなら、老後の楽しみもできているわけですね」

「お孫さん、五人いるそうです。そのうち何人かは自分の会社に入れて、後を任せたいと言ってました。そろそろ引退も視野に入れているのかもしれない。結構具体的に、そういう話をしてました。お孫さん五人の性格なんかを事細かく説明してね」

「六十五歳で引退ですか……」

「いや、何だかんだであと十年は頑張るんじゃないかな。お孫さん、一番上の子もまだ十歳だったかな？　大学を出て、実際に働くようになるのは、十年以上も先でしょう」

「働いている限りは、だいたいお元気ですよね――酒に気をつければ」

「そういうことです」

「書生の方に会ったことはありますか？」

「ありますよ。一ヶ月ぐらい前に家に行った時に……今は安塚《やすづか》君に三河《みかわ》君だったかな？　二人とも真面目で大人しい感じだね。グループのどこで仕事をするかは、まだ決めていないようでした」

「書生のOBが何人もいて、お孫さんもいたら、将来は会社の経営を巡って、面倒なことになりそうですけどね」

「それは、梅島さんも心配してました。ちゃんと遺書を書いてはっきりさせたいけど、孫はまだ小さいから具体的には決められない。それに会社は公のものだから、いくら創業者の遺書があっても、それで全てが決まるわけじゃないだろうと……一代であれだけの企業グループを作り上げた人ならではの悩みでしょうね」

確かに後継問題が揉めると、一柳ホールディングスそのものが崩壊しかねない。ただし、実際にそういう問題が生じるのはまだ先のことで、梅島の気持ちさえ固まれば、しっかり経営権を引き渡せるだけの時間的猶予はあるだろう。

大きなトラブルはなかったと判断する。しかし宮島が知っているのは、梅島の生活や仕事の一部だけだろう。

そして宮島の会社を出た途端、見計らったようにスマートフォンが鳴った。梅島……世田谷西署がヘマしたなと思い、私は暗い気分で電話に出た。

こういう時の予感は当たるものだ。私はそのまま駅へ向かい、成城を目指した。

「君たちは、人に対する対応で、基本的なこと、大事なことを学んでいないのか？」梅島が、低く脅しつけるような口調で言った。

「今日はお仕事に行かれたんじゃないんですか？」私は敢えて平然と訊ねた。

「今日も事情聴取ときた……だから仕方なく、自宅にいたんだ。それはいい。調べることはあるだろう。ただし警察官というのは、口の利き方を知らないんだな」

「不快な思いを受けられたなら、申し訳ありません」私は頭を下げた。

「二階堂さん、あなたは礼儀正しくしっかりしているようだが、他の人たちはどうして、あんなに人の神経を逆撫でするようなことを平気で言うんだ？」

「どんな話ですか？」

「本だよ。江戸時代の本で、百万円の値がついたものがあった。調べたら、そこまでの価格はつかないはずだと馬鹿にしたように言ってきた。古書というのは、様々な要因で価格が上下する。それを、私がさも被害額を高く見積もって申告したように言うんだ。そんなことをして、何になる？」

「梅島さん、警察官がつき合う人間の半分は犯罪者なんです」残り半分が被害者。「犯罪者と対《たい》峙《じ》していると、どうしても荒っぽくなります……ことは犯罪ですから、捜査は急務です。乱暴になってしまうこともあるのをご了承下さい。世田谷西署には厳しく言っておきますので、引き続きご協力いただけますか？　この件には、本部の捜査三課も乗り出しています。それだけ重大な事件だという判断なんです。何しろ、被害者が梅島さんですから」

「そう言われてもな」梅島が太い腕を組み、鼻を鳴らした。「どうせ、盗まれたものは戻ってこないだろう。犯人も簡単には捕まらないんじゃないか？　だったらもう、私のことは放っておいてくれないか？　警察の相手で、仕事に差し障りが出ているんだ」

「最低限のお時間をいただくだけにするように、よく言っておきます」

「頼むよ……まったく、どうせなら君が捜査してくれればいいのに」

「捜査には、それぞれ専門部署がありますので。私はあくまで窓口です」

「そうは言ってもねえ」

「警視庁の中の職掌《しよくしよう》を変更しないと、私が積極的に捜査に関与することはできないんです。この仕事は始まったばかりですし、徐々に変えていかなければなりません。何かとご迷惑をおかけするかもしれませんが、ご協力、よろしくお願いします」

「君なら、普通の会社にいても成功しただろうね」

「とんでもないです」私は顔の前で思い切り手を振った。「普通の会社では務まりそうもないので警察官になったんです」

「警察官の方が、決まりが多くて大変じゃないのかね」

「最低限の決まりだけ守っていれば、あとは結構自由にやれます。それにノルマはないですから、案外気楽ですよ」

「交通違反の摘発には、ノルマがあるのでは？」梅島が皮肉っぽく言った。

「それは、私の口からは何とも申し上げられません……それより今、もう少し話をして大丈夫ですか？」私は自分のスマートウォッチを見た。

「構わない。今日はもう、仕事にならんよ」梅島が力なく首を横に振った。

「参考までに伺いたいんですが、稀覯本や時計を集めるのは、昔からのご趣味ですか？」

「いや、ここ十年ぐらいかな」

「十年ぐらいというのは、結婚されてからですね？」宮島の情報は正確だった。

「女房の勧めでね。あまりにも無趣味なんで、仕事ばかりじゃなくていろいろなことに目を向けた方がいいと……まあ、こういうのは金があれば手に入るものでもない。情報網を広げていないと、いい物は引っかかってこない。そういう意味では、面白い趣味だね。そのうちヨーロッパに長期滞在して、古い時計を探してみようと思う」

「時計は、向こうが本場ですよね」

「ああ。掘り出し物がたくさんあるようだ」

「でしたら、今回盗まれたことも、それほどショックではないですか」

「それほど珍しいものもなかったからね……ただ、家に泥棒に入られたのはショックだよ。防犯に関する意識が変わった。これからは家にいる時も、きちんと防犯システムを設定しておかないと」

「その方がいいと思います。最近は、荒っぽい泥棒も多いんですよ。素人臭いといいますか、上手くいかないと乱暴な手段に出る犯人もいます」

「気をつけますよ」梅島がうなずく。「命あってのものだねだからね」

「仰る通りです」

　取り敢えず機嫌は直してくれたようだと安心して、私は辞去することにした。長々と話した方が安心する人もいるが、梅島の場合はとにかく早く駆けつければ、それだけで気持ちが落ち着くようだ。忙《せわ》しないことこの上ないが、対策としては楽である。ただし、こちらを「使用人」とは考えないように、どこかでしっかり釘を刺しておく必要がある。

　私はそのまま世田谷西署へ移動した。清水は刑事課にはおらず、会議室に籠《こも》っているという。本部の捜査三課が入ってきたので、特捜とは言わないが、それに準じた体制になっているのだろう。それがプレッシャーになって刑事課全体に広がり、梅島に対する対応が雑になってしまったのかもしれない。

会議室には、清水の他に数人の刑事がいた。電話している者、書類をひっくり返している者……清水は険しい表情の人物と話していた。腰が引けている感じ——本部の人間かもしれない。

清水がこちらを見たので、私はうなずきかけた。ちょっと話がある——清水はこちらの意図を読んだようで、話をしていた相手に向かって何度か頭を下げると、廊下に出て来た。一つ溜息をつき、ネクタイを緩める。

「本部の方ですか？」

「捜査三課の係長だ」

「厳しくやられているみたいですね」

「重要事件の扱いなんでね……あんた、どうした？」

「梅島さんに呼び出されましたよ」

「ああ？」

「誰かが、失礼な物言いをしたみたいで……それがお気に召さなかったようです」事情を説明したが、清水はピンときていない様子だった。

「どうしろっていうんだよ。こっちは普通に捜査しているだけなんだぜ？　被害者のために仕事してるのに、何で文句を言われないといけないんだ」

「梅島さんは、こちらがひたすら下手に出ていればいいタイプです」

「持ち上げろと？　あんた、セレブの犬なのか？」

「メンタリティを知っているだけです。一代で成功した人は、褒められるのが大好きです。親から遺産を受け継いだ人に比べれば苦労しているのは間違いないですし、褒められることをエネルギーにして、成功してきた人が多い。だから、『すごいですね』と言っておけば、だいたい機嫌はいいですよ」

「そんなものか？」

「金持ちなんて、単純です。慣れれば扱いは簡単ですよ」

「うちの刑事たちには言っておく。ただ、本部からのプレッシャーがあることは分かってくれよ」清水はすっかり弱気になっていた。かなり厳しく指導されたようだ。「しかし、被害額が正確に算定できないんだよな。時計も、アンティークだと保証書もないだろう？　だから、全部偽物という可能性もある。そうなったら、実際の被害額はゼロだぞ。本も、そもそも本物かどうかの証明がない」

「とはいえ、盗まれたのは間違いないんですから」

「分かってるよ。まったく面倒だが……うちはしょうがないけどな」諦めたように清水が言った。

「こちらの管内は、そういう人が多いですよね」

「港区内、渋谷区内の各署とうちかな、金持ちが多いのは」

「大田西署は脱落ですか？」

「忘れてた。田園調布は、今でも都内有数の高級住宅地だからな……あんた、まだ梅島さんの面倒を見るのか？」

「私から声はかけませんけど、呼ばれれば……という感じですかね」

「あんたが宥め役を引き受けてくれるのは助かるけど、ストレス、溜まらないか？」

「金持ちの相手は慣れています」

「どうしてまた」

「いろいろありまして」

「聞かねえ方がいいのか？」

「秘密ではないですけど、話すのは面倒臭いですね」

「話す気になったら教えてくれよ。人の事情に首を突っこむのは大好きなんだ」

警察官は誰でもそうだ。下世話な話でも何でも、人間に興味がない人間は、警察官としてやっていけないと思う。人間が好きだから、ではないのだ。悪い面にも興味を持つ……善悪どちらも理解しようという好奇心が、警察官の原動力である。

「ところで、捜査の見通しはどうですか？」

「今のところは標準的な捜査だ」

「近所の聞き込み、防犯カメラのチェック──そんなところですか」

「ああ」清水がうなずく。「防犯カメラの方は、怪しい映像をいくつか切り出している」

「人ですか？」

「車だ。ただし、ナンバーまでは割れていない。隠してるんだ」清水が顔を歪《ゆが》める。

「それは露骨に怪しいですね……でも、映像が残っているということは、他でも確認できるかもしれません」

「そうだな」清水がまたうなずく。「あんたに言われると何とかなりそうな気がしてくるんだけど、どういうことかな」

「よく言われます。たぶん、私が誠意に溢れた人間だからでしょう」

「よく言うよ」清水が鼻で笑った。しかし私が表情を崩さないので、すぐに真顔に戻る。「何か気になるのか？」

「犯人は鍵をこじ開けていません。ピッキングの形跡もないということですよね？」特別な道具を使って鍵を開けるピッキングでは、鍵穴に固有の傷が残ることがある。

「ああ」

「前も言いましたが、犯人は合鍵を持っていた可能性があります。あるいは、内通者がいたか」

「しかしな……」

「その可能性は考えていませんか？　家族以外の人間が三人いるんですよ」

「みっちり事情聴取してるけど、今のところは疑わしい感じはないな。書生の二人も身元はしっかりしているし、家事の手伝いをしている人も、もう五年以上住みこみでやっていて、今まで何も問題はなかった。家族みたいなものだよ」

「そうですか……でも、疑いがゼロになったわけじゃないですよね」

「おいおい、あんたの役目は金持ちの面倒を見ることで、事件の筋を読むことじゃねえだろう」

「失礼しました。気になると、黙っておけないもので」

「まあ、本来の仕事をしっかりやってくれ。お互いの領分を侵さないようにな。俺も、梅島さんのご機嫌を無理に取ったりはしない。それはあんたに任せる」

「それについては、清水さんにも部下の人にもしっかりやってもらわないと困ります」

「覚えておくよ」清水が私の肩を軽く叩いた。「じゃあな」

　面倒なことはこちらに押しつけか……まだまだトラブルが出てくるな、と私は覚悟した。

第二章

第二の事件

5

捜査は一応、軌道に乗ったようなので、私は一時的に手を引くことにした。退屈な日々が戻ってくる。この時間を利用して、自分なりのデータベース作りを始めてみようかとも思った。都内に住む有名人・高額所得者の名簿を作り、予め情報を集めておく――取り敢えず「あ」から思いつくままに名前を書き出してみたのだが、すぐに挫折した。あまりにも多過ぎる。所轄に協力を仰ぎ、管内の著名人リストを出してもらう方がいいかもしれない。

東京にはどれだけ有名人が住んでいるのだろう。スポーツ選手、芸能人、大企業の経営者やインフルエンサー。インフルエンサーか……SNSや動画共有サイトで活躍する人は、何かのきっかけで一気に有名になり、すぐに飽きられ、忘れられる。それはネット社会の性質上仕方ないだろうが、炎上が実生活にまで及んでくることも少なくないので要警戒——と考えるとキリがない。私は、梅島の一件が飛びこんできて以来、面倒な状況を楽しんでいたのだと認めざるを得なかった。

捜査一課時代にはなかった感覚だった。あの頃は、起きた事件に淡々と対応していた。聞き込み、張り込み、事情聴取。可もなく不可もなく、ごく普通の刑事として、普通に仕事をこなしていた。そう、仕事として——しかし今は違う。仕事以上の何かを摑みかけている気がしていた。

電話が鳴った。そちらを見もしないで受話器を取り上げ、耳に当てる。怪訝《けげん》そうな友香の声が耳に飛びこんできた。

「先日の方——梅島さんがまた見えてますけど」

「女性？」

「先日ここへ来たのは女性ですよ」

今度は私が怪訝に思う番だった。美沙が、いったい何の用事だろう。そもそもここへ直接足を運んだ理由は？　ああいう人たちは、自分からわざわざどこかへ行くことはないのではないだろうか。電話一本で、どんな相手でも呼びつけられると思っているのでは？

「どうします？　居留守とかやめて下さいよ」友香が急《せ》かした。

「通して下さい」

丁寧に言って受話器を置いた。脱いで椅子の背に引っかけていた背広を着こみ、きちんとボタンを留める。そのままドアのところへ移動して待った。

二分後、ノックの音が聞こえるとすぐにドアを開けた。深く一礼。顔を上げた時笑顔は——やめておいた。この場面に笑顔は似合わないだろう。とにかく真面目な表情を浮かべるように心がける。

「何かありましたか?」

不安そうな表情を浮かべた美沙に問いかける。美沙の目は泳いでいて、顔面は蒼白だった。心配事があるというより、体調が悪いだけではないかと私は訝《いぶか》った。友香も心配しているようで、

「大丈夫ですか?」と小声で言って私に視線を向けてくる。

「何かあったら電話します」私は友香に向かってうなずきかけた。友香がうなずき返し、一礼して去って行く。

「どうぞ」

私はドアを広く開けて、彼女を中へ導き入れた。ソファを勧めると、美沙が力なく腰を下ろす。

「何かお飲みになりませんか? お茶か、コーヒーでも」

「いえ……」断る声にも力がない。

「私も飲みたいと思っていたところです。お茶、淹《い》れましょう」

ポットのお湯を使ってお茶を淹れる。美沙のような人は、普段はどんな風にお茶を飲むのだろう。その都度きちんと湯を沸かし、いい茶葉を使ってじっくりと抽出するのではないか。私が使っているお茶は、常に出涸《でが》らしのような味がする——まあ、たまには粗茶を味わってもらうのもいいだろう。

「どうぞ」

湯呑みを彼女の前に置く。茶托もないのが情けないが、ないものはどうしようもない。

「何かありましたか？　お電話いただければ、すぐに伺ったんですが」

「家では話しにくいんです。あの……私、疑われているんですか？」美沙が顔を上げる。

「どういう意味ですか」

「警察に話を聴かれて……私だけ、何度も何度も聴かれているんです。誰か、外の人間と——通じているんじゃないかって」

「はっきりそう言われたんですか？」

「そんな感じの……はっきりではないですけど、そのように言われました」

「そうですか……世田谷西署の捜査方針については、私は何か言える立場ではないですが、確かにちょっと失礼な言い方ですね」

「私のこと、やっぱり財産狙いの後妻だと思っているんじゃないですか？　手広く事業をやっている人が、二十歳も年下の女と結婚すると、世間はそんな風に思うんでしょう」

「一般的には、そうかもしれません」

　私が認めると、美沙が呆れたようにポカンと口を開けた。掠《かす》れた声で「ずいぶんはっきり言うんですね」と抗議する。

「あくまで一般論ですし、私は実際にはそうではないことを知っています」

「知っている？」

「私も、単に窓口を務めて終わり、ではありません。背景調査はします。あなたがどうやって梅島さんと知り合い、結婚されたか、知っているつもりです。あなたが猛プッシュしたわけでも、梅島さんが強引に迫ったわけでもない。梅島さんが、お知り合いに尻を叩かれて結婚された——そうですよね？」

「誰から聞いたのか、だいたい想像はつきます」美沙の表情が少しだけ緩んだ。

「ネタ元は話せません」私は唇の前で人差し指を立てた。「ですが、私はこの情報を信用しました。あなたは……誰に頼らずとも、十分稼いでいたんじゃないですか」

「当時は月に一回、ブランド物のバッグを自分のために買うのがご褒美でした。住んでいたのは湾岸のタワマンで、車はベンツのＳＵＶ――お金の面では不自由はなかったです」美沙が平然と言った。

「でも、梅島さんのプロポーズを受け入れた。どうしてですか？」

「どうしてって……」困ったように、美沙が掌を頬に当てた。

「話しにくいことですか？」

「何だか、寂しそうな人だと思ったんです」美沙が打ち明ける。「主人は、私の店によく来ていましたけど、基本的には仕事で、でした。ほとんど接待だったんですよ。話をしても仕事のことばかりで……一代で会社を作った人は、だいたいそんな感じですけど、ちょっと余裕がなさ過ぎて、辛そうでした。それに、ご家族のことで困っていたみたいです」

「二人の娘さん？」

「違いますよ」美沙が首を横に振った。「娘さんは二人とも優しくていい子で、今もよく電話してきます。自分の家庭があって、子育ても大変なので、あまり東京には来ないんですけど……私も普通に話しします。気を遣ってもらってますよ。あれこれ言う人がいるんじゃないかって心配してくれてます――実際、言われましたけどね」美沙が皮肉を吐いた。

「では、ご家族というのは？」

「主人の実家の家族です。お義母さんは、私たちが結婚する頃には亡くなっていたんですけど、兄弟は……上に三人います」

「ええ。梅島さんは末っ子でしたね」

「お金を……」

「たかられていたんですね？」

　美沙が無言でうなずく。ありがちな話だ、と私は納得した。兄弟の中で、一人だけが経済的に成功すると、他の兄弟は突然接近してくる。「大金が入ると親戚が増える」と言われているが、まさにそんな感じだったのだろう。離れて住み、疎遠になっている兄弟が、いきなり揉み手をしながら近づいて来る。

「もちろん、主人は少したかられたぐらいではびくともしなかったんですけど、精神的には参っていました。自分の兄弟がこんなに情けない人間なのかと思っていたんですね。ですから結婚した時、私がご家族にははっきり申し上げました」

「――勇気がありますね」梅島の兄弟からすれば、美沙は途中で家族に入ってきた訳の分からない女、ではないだろうか。「何とおっしゃったんですか？」

「梅島はもう正式な遺言を書いて、兄弟には一銭も渡らないようにしている。今まで十分経済的に援助したんだから、もう頼らないで欲しい。遺言を書き直して欲しいなら、今まで援助した分の金を返して下さい、と」

「援助額、どれぐらいだったんですか」

「三人に対して、総額一億円は超えていました。口座の動きを全部チェックしたので、正確に分かっています。もちろん、二人の娘さんを育てるのに手を貸してくれたりしたことには感謝していますけど、それにしても金額としては十分でしょう」

単純計算で一人当たり三千万円以上か。それが適正な額だったかどうかは、私には何とも言えない。

「ご兄弟は納得したんですか?」

「納得してもらいました」

自信に満ちた言い方。美沙はかなり乱暴な手を——脅したりしたのではないかと私は想像した。水商売の世界に長くいた人間だから、裏社会の人間ともつながりがあったかもしれない。しかし……いずれにせよ、梅島と兄弟の関係は切れているようだ。しかも完全に。この十年間、金の無心をされることもなく、梅島は心穏やかな日を送っているのではないだろうか。美沙に感謝の念を抱きつつ。

「分かってるんです」美沙が背筋を伸ばした。「私のことを悪く言う人がいるのは。でも、気にしなければどうでもいいんです。私は主人を支えて、主人には大事にしてもらっています。それだけで十分です。警察も、そういうことを気にするんですか? 私が後妻だから、何かやっていると?」

「私には何とも言えません」一般には、何か事件が起きた時にまず身内を疑うのは常識である。ただし今回は、少し事情が違う……家にいたまま、家族が貴重品を盗むというのはあり得ない。私も想像していたことだが、誰か外の人間とつながって手引きしていたのでは、という推測で疑っているのだろう。警察としては通常の推理、そして捜査方法である。「失礼なことを言うかもしれませんが、ご容赦下さい。世田谷西署もプレッシャーを感じているんです」

「なんで警察がプレッシャーを感じるんですか?」

「梅島家のように、社会的立場が上の方が被害にあったわけですから、通常の窃盗事件とは違います。上層部も捜査を急がせています」

「それで私たちが不快な思いをしたら、本末転倒じゃないですか？　要するに、私たちのご機嫌取りをしているんでしょう？」

「そういうわけではないですが……」

「今の財産は、主人が自分一人で築いたものです。私は少しお手伝いをしただけで……私自身、裕福ではない家で育ったので、自分で稼ぐのが当たり前だと思って頑張ってきました。お金を持っている人と結婚したからといって、それを自慢したいとは思いません」

「ご両親、離婚されたんですよね」

「ええ」美沙がうなずいた。「子どもの頃の寂しかった記憶は、何歳になっても消えないんですね。普通の人には分からないと思いますが」

「今は、両親が離婚してひとり親で育った子どもも珍しくないと思いますが」私はやんわりと反論した。

「もしかしたら、あなたも？」

「いえ。ただ、十九歳の時に父親が亡くなっています」

「子どもの頃に親を亡くしたのと、十九歳になってからでは……違うでしょう」

「私もそう思います」私はうなずいた。「まあ……私の場合、父親とは微妙な関係でしたから」

「そうなんですか？」

「何を考えているか、よく分からない人でした。子どもに興味がなかったのかもしれません」

「そんな親はいないと思いますよ」

「いや、いるんです」私は反論した。「自分のことが最優先で、家族は後回し。父はそういう人

「お父さん、何をしていた方なんですか？」

「会社を経営していました」

「だからあなたが、私たちの相手を——担当を任されたんですね。要するにあなたも、お金持ちなんでしょう」納得したように美沙がうなずく。

「父の会社は、一柳ホールディングスとは規模がまったく違いますが」

実際にはどうだろう……私は会社の経営にはまったくタッチしていないので、グループ全体の売上高がどれぐらいか、黒字なのか赤字なのかさえも分からない。持ち株会社の代表として全ての数字を握っている母と会うことはほとんどないし、私自身は株主でも何でもないので、積極的に聞く権利もない。いつ母親との関係がこじれてしまったか、自分でも覚えていないのだが……そして何が原因だったのかも、今となっては分からない。しかし向こうが何も言ってこない以上、こちらから接触もしないようにしようと決めていた。

「とにかく、何かあったらいつでも電話して下さい。今日も、わざわざお出でにならなくてもよかったんです。電話いただければ、いつでも参上します」

「警察の方の事情聴取が多くて、自由に家も出られないんです。たまには気晴らしでも……自分で車を運転してきました」

「そうですか……お気をつけてお帰り下さい」私は立ち上がった。美沙は結局、お茶には手をつけなかった。

一階まで降りて美沙を見送った後、私は警務課に立ち寄った。私を見た友香が、嫌そうに鼻に皺を寄せる。彼女の隣のデスクが空いていたので、私は端に尻を引っかけて座った。

「何でしょうか」顔も上げずに友香が言った。

「いつもありがとう」

友香がはっとしたように顔を上げ「何ですか、いきなり」と気味悪そうに言った。

「いや、面倒な人を案内してくれて。今日も面倒だったか？」

「面倒っていうか、暗い感じで……最初、梅島さんだとは分かりませんでした。今日は化粧も薄いし、声もぼそぼそしていて」

「化粧はしてただろう」何度か会ったが、いつも同じ感じだ。

「してますけど、薄いんですよ。簡単なメークです。今日は一日家にいるつもりのメークだったのに、急に出て来たみたいな」

「そういうこと、分かるんだ」私は感心してうなずいた。

「女性なら誰でも分かりますよ」

「勉強しないとな……今度、化粧の段階の違いを実践で見せてくれないか？」

「自分で化粧してみたらどうですか？　あそこに人が来ることは滅多にないんだから、化粧の練習をしていても大丈夫でしょう」

「それにしても、君の指導がないと」

「そういうのはネットで探して下さい。私はお断りします」

友香があまりにもあっさり言ったので、私は気が抜けてしまった。肩をすくめて立ち上がる。

「梅島さん、精神的にかなり参っている様子だったんだな？」

「私が見た時は……二階堂さん、ご機嫌取りには成功したんですか？」

「一応、元気にお帰りだよ」

「何か、ああいう人たちを喜ばせる方法ってあるんですか？　持ち上げたりとか」

「それをやれば、大抵の人は機嫌がよくなる」

「じゃあ、私も褒めて下さい」友香がすっと背筋を伸ばして胸を張った。

「それは今度、食事でもしながらゆっくりと」

「だからそれ、セクハラですからね」

「了解、了解」私は透明なメモ帳に忠告を綴る真似をした。「でも、ありがとう。君が受付をやっていることには、やっぱり意味があるんだよ」

「私を気に食わない人もいると思いますけど」

「その時はその時で」

うなずきかけ、部屋に戻る。湯呑みを洗わないと……給湯室は廊下の隅だ。一人勤務だとこういうのが面倒臭いのだが、まあ、しょうがないだろう。自分の分のお茶を飲み干し、給湯室に向かおうとしたところで、電話が鳴った。スマートフォンではなく固定の警電。どこかの部署からかかってきた電話で――ということは、新たな仕事かもしれない。

二つの湯呑み茶碗をデスクに置いて電話に出る。

「二階堂です」

「乾《いぬい》です」

「課長」刑事総務課長の乾里奈子《りなこ》だった。「どうしました？」

「今、手は空いてる？　世田谷西署の方、どう？」

「被害者の奥さんを宥めて、帰ってもらったところです」

「宥めた？」

「世田谷西署か捜査三課、どちらかが被害者を苛つかせているんです。口の利き方がなっていないようなので、後で指導しておきます」

「その件、取り敢えず大丈夫？」

「ええ」

「じゃあ、ちょっと面倒な件、引き受けてくれる？」

「刑事総務課マターですか？」

私が刑事総務課の所属なのは、あくまで組織上の問題である。たった一人の部署を独立させておくわけにはいかないからだ。

「まさか。うちに相談が回ってきただけよ」

「総務課に窓口をやってもらうのは申し訳ないですね。警視庁内で私の存在が知られていないようですから、庁内ネットのサイトで、バナー広告を出していいでしょうか」金持ちの相手、引き受けます――。

「誰が作って誰が許可するのか分からないから、面倒なことはやめて」

「了解です――それで、どこへ行けばいいですか」

「渋谷中央署」

「案件は？」

「強盗」

「容疑者ですか、被害者ですか？」私が相手にするのはどちらか、という意味だ。

「容疑者」

これで話はややこしくなる。金持ちや著名人が犯罪被害者になる——そもそも私がこの仕事を始めたのは、そういう状況を想定してのことだった。セレブが犯人になることはほとんど考えてもいなかった。可能性があるとしたら経済事件ぐらいか。

「問題の人間は？」

「総務省の審議官の長男」

「何でまた、強盗なんか……」

「まだ逮捕されたわけじゃないわ。容疑者として、任意で調べを受けているだけ。でも、容疑は濃厚だから、ややこしいことになりそうなのよ」

「課長も顔を出した方がいいかもしれませんよ」

「私が？　どうして」

「そういう人間が容疑者なら、本部も入ってくるでしょう。刑事総務課として、状況をしっかり知っておいた方がいいんじゃないですか」

「そうね」里奈子が認めた。「じゃあ、渋谷中央署で落ち合いましょう」

「私の方が先に着くはずです。刑事課にいますから」

「了解」

六本木から渋谷だから、車を使いたいところだが、この時間だと渋滞に巻きこまれる恐れも高い。私はコートを着こみ、汚れた湯呑み茶碗はそのままにして署を出た。後で帰ってきて、洗い物はできるだろう——甘い考えだと、その時は分からなかった。

6

渋谷中央署は、ＪＲ渋谷駅のすぐ近くにある。青山通りを横断する円形の歩道橋をわたれば、ＪＲの改札を出てから五分という近さだ。渋谷駅周辺は再開発が進んで、以前よりもややこしい街になっているのだが、渋谷中央署は昔と変わらぬ姿で街を睥睨《へいげい》している。

刑事課に顔を出すと、強行犯係の係長、溝内《みぞうち》が迎えてくれた。微妙に困った表情……捜査は順調に進んでいるのだろうが、相手への対応に困っている、と見た。

「とんでもなく偉い人が引っかかってきましたね」

「参っちまうよ」溝内が顎を撫でた。一日に二回髭剃りが必要なタイプで、午後半ばの今、既に顔の下半分が青くなっている。「最初から分かってたわけじゃないけどな……たまげた。ちょっと座ってくれ」

私は空いている席に腰を下ろした。溝内が書類を持ってきて、渡してくれる。

「竹本幸樹《たけもとこうき》、総務省の竹本一朗《いちろう》審議官の長男ですね」二十七歳。住所は……「これ、実家ですか？」と私は訊ねた。

「ああ。無職で実家暮らしだ」

「ということは、審議官としては困った長男という感じではないんですか？」

「審議官本人に話を聞いたわけじゃないが、自慢の息子ってことはないだろうな」

「容疑は強盗……先々週の事件ですか。松の内が明けたばかりなのに、大変でしたね」

「警察には盆暮はないから。今年は七日まで何もなかったんだから、渋谷中央署としては、平穏なスタートだったんだよ」

「現場は……東一丁目ということは、オフィス街ですよね」

「それは明治通り沿いで、裏に入ると住宅街なんだ。そこの一軒家で、夜中に忍びこんできた人間に家族が気づいた。ご主人が一喝したらいきなり殴りかかってきて、全治一ヶ月の重傷」

「無謀でしたね」私は書類に視線を落としたまま言った。「七十二歳でしょう？　強盗と戦うには歳を取り過ぎている」

「ご本人は、剣道三段なんだ。そして枕元には常に竹刀を置いている……でも剣道は、懐に入りこまれたら弱いからな。腹に一発、それで怯《ひる》んだところで顔面に一発。頬骨骨折で、視力にも影響がでるかもしれない」

「亡くなっていた可能性もありますね。悪質だ。被害額は百三十万円か……お年寄りは、自宅に現金を置いておくことが多いから、被害が大きくなりがちですよね」

「タンス預金もしょうがないんだよ。銀行に預けても、全然利息がつかないからな」溝内が真剣な表情でうなずく。「本人もそれで悩んでいるのかもしれない。昔は——バブルの頃は、それなりの額の定期預金があれば、利子で暮らしていけたというが。

「どうしてこの竹本にたどり着いたんですか？　防犯カメラ？」

「ああ。自宅の防犯カメラは壊されていたが、直前に姿が映っていた。それに、近所の家の防犯カメラにも……決定的なのは、こいつのバイクも映っていたんだよ」

「バイクで逃げたわけですか」

犯行時刻は午前三時。だったら何か「足」は必要だろう。もちろん、都内では午前三時でも夕クシーが走っているが、タクシーを使えば証拠が残ってしまう。犯人がよほど焦っていれば別だが、窃盗犯・強盗犯がタクシーで逃げたケースはほとんどない。

「ナンバーを折り畳みもしないで逃げている。準備が不十分だよな」

「ですね……それで今日、私を呼んだわけですか。ご家族には？」

「母親が家にいたから、事情は話している。当然、父親にも連絡は入っているだろうな」

「こちらに何か、連絡はありましたか？」

「まだだ」

「こちらから連絡は……」

「そろそろ電話を入れようかと思ってる。アリバイ確認も含めて、周辺捜査も必要だからな」

「情報が漏れないように、マスコミ対策をしっかりお願いします。マスコミが喜ぶ格好の材料ですよ」そして「上級国民の家族の犯罪」としてネットが沸騰する。

「あんたに言われなくても分かってる……ただ、マスコミ対策なら、所轄じゃなくて本部の方でしっかりやってくれないと」

「ああ——そうですね」私はうなずいて認めた。

　実際、マスコミへ情報が漏れるのは、所轄よりも本部からと言われている。マスコミ各社は、都内の警察署を専門に担当する警察《サツ》回りを置いているが、実際には雑用に追われてあまり機能していないらしい。一方、警視庁本部には記者が常駐して取材を行っており、優秀な記者なら捜査幹部だけでなく現場の刑事にも食いこんでいるから、情報が漏れがちなのだ。

「もちろん、任意の取り調べというだけでは、すぐには書けないと思います。ただ、逮捕となると一気に動くでしょうから、面倒なことになりますよ。それで今のところ、どうですか？　認めているんですか？」

「いや、否認してる。結構強硬だ」

「様子、見られますか？」

「モニターならな」

昔は、取調室にマジックミラーがついていて、そこから中の様子を確認していたそうだが、私はモニターの方に慣れている。全ての取り調べが外へ中継されているわけではないが、この方が複数の人間で確認できるし、音声もクリアに聞ける。

今は、二人の刑事が、部屋の片隅にあるモニターの前に陣取っていた。私は空いている椅子を引いて、彼らの後ろに座った。二人の間からモニターを覗きこむ格好になる。

竹本幸樹は、画面の左側に座っていた。モニターで見た限り、中肉中背。顔にもこれといった特徴がなく、街中で出会っても、三秒後には忘れてしまいそうだった。濃紺のシャツにハイゲージのグレーのセーターという格好で、下はジーンズらしい。傷だらけのテーブルには何も載っていなかった。目立つのは後頭部の髪の毛のはね……起き抜けで、髪を整える間もなく引っ張られてきた感じである。

「じゃあ繰り返すけど、一月九日午前三時頃、どこにいたか説明してもらえるかな」

「だから、家にいましたよ。この話、三回目ですよね」竹本が不服そうに言った。「何回聞いても同じです。家にいました。以上です」

「あなたのバイクが、渋谷区内で防犯カメラの映像に残っていたんです。それをどう説明するかな」刑事は粘り強い。否認が続いて、同じ質問を繰り返しているのだからキレてもおかしくないのだが、口調は冷静である。絶対に落とすという粘り強い意志を持った刑事でないと、全面否認する容疑者に対してこういう態度では臨めない。

「品川ナンバーのホンダレブル二五〇、色は黒。今、人気のバイクですね」

「そうだけど……」

「ナンバーで確認できているから、間違いなくあなたのバイクだ。あなたはそれに乗って、九日午前三時頃に渋谷区東一丁目のある場所にいた。間違いないでしょう」

「いや、家にいたから」

「ご家族にも確認しましたけどね」刑事が手元の手帳に視線を落とした。「家にいたかどうかは分からない、と。その時間だと、よほど何かない限りは寝ているそうですね」

「俺だって寝てた」

「今、あなたの自宅近くの防犯カメラをチェックしています。そこに、家を出る時、帰る時の映像が残っていれば、あなたが夜中に家を出たことは証明される」

「さあね」腕を組み、刑事の顔を睨みつける――ふてぶてしい、警察慣れした態度だった。

「逮捕歴はあるんですか？」私は溝内に訊ねた。

「いや、ない」

「警察に慣れている感じですけど……」

「肝が据わっているか馬鹿か、どちらかだろう」溝内があっさり言い切った。

「あれは、落ちないですね」私はつい、感想を口にしてしまった。

「嫌なこと言うなよ」

「でも、証拠から固められるでしょう。脇が甘そうなタイプだ」

「まあな……でも、自供は必要だよ」

そこへ、若い女性刑事がやって来た。顔面蒼白で、いかにも緊張した様子――溝内に耳打ちした。うなずきながら話を聞いていた溝内が、私に視線を向ける。

「お客さん、お出でなすったぜ」

「父親ですね？」

「ああ。あんたを呼んだ理由は――」

「分かってます。対処しますが、こちらからも人を出して下さい」

「それは俺がやるよ」溝内がうなずく。「一緒に話を聞こう」

若い女性刑事が案内して連れて来た竹本は、いかにも官僚という感じだった。濃いグレーの地味な背広に真っ白なシャツ。ネクタイは濃紺と黒のレジメンタルだ。眼鏡の奥の目は険しく、部下を命令一つで凍りつかせることができるだろう。

取調室に入れるわけにもいかないが、ざわつく刑事課で話をするのも無理がある。溝内は、刑事課の近くにある小さな会議室に竹本を案内した。

名刺交換まではスムーズに――しかし竹本は、私の名刺を見た瞬間に不審な視線を向けてきた。

「特別対策捜査官？　ずいぶん曖昧な肩書きでは？」

さすが総務省の官僚、警察の職掌のことも把握しているようだ。

「家族対応などをしています」私は淡々と説明した。「捜査しているわけではありません。主な役目は、あなたと話すことです」

「加害者家族担当――総合支援課でもないでしょう」

「違います」

「だったら――」

「被害者や加害者が、社会的に地位のある立場の人の場合、私が担当します。当該部署との間に立って、ご迷惑がかからないようにしますので」

「そんな仕事まで？　警察にはずいぶん余裕があるんだな」

「そうかもしれません」

「妻から電話があって、息子がいきなり警察に連れて行かれたという話だが――どういうことですか」竹本が身を乗り出すようにして本題に切りこんだ。

「渋谷区東一丁目で、一月九日未明に発生した強盗事件の関係で、事情を聴いています」

「強盗……」竹本が眉をひそめた。「息子が強盗をやったというんですか？」

「犯行現場近くで、息子さんのバイクが防犯カメラに映っていました」

「バイクぐらい、どこでも走ると思うが」

「夜中の三時です。犯行時刻の前後でした」

竹本が唸《うな》って、黙りこむ。一瞬腕を組んだものの、すぐに解いて両手を腿に置いた。

「息子さんは、夜中によく家を出るんですか？」

「そんなことはない」

「今、働いていませんよね？　収入はどうしているんですか」

「それは――私が面倒を見ている。何か問題だとでも？」

「何か事情があって無職なんですか」

「不運だっただけだ」竹本が腕を組む。急に気が強くなったようだった。「大学卒業後に、ＩＴ系企業へ就職した。ところが、入社して一週間後に社長が逮捕されて、会社は実質的に活動を停止した」

「ドレイク事件ですね」

「そう」

ＩＴ企業「ドレイク」の社長が、会社の金を流用して業務上横領容疑で逮捕された事件である。確か、裁判はまだ進行中で、判決は確定していない。この事件が世間の耳目を集めたのは、横領額が九十二億円ととんでもなく高額だったからである。

「息子は社長の理想に共鳴して、会社に入ったんです。その社長が会社を私物化していたとして逮捕された――会社にいる気はなくなったし、ショックで他の仕事もできなくなってしまった。甘やかしていると言うかもしれないが、今の二十代はそういうものだ。ちょっとしたショックで、活動停止してしまう」

「引きこもりだったんですか？」

「たまにバイトはしていたが、長続きはしていない。それだけ、裏切られた衝撃が大きかったんだ」

「何か、事情はあったんでしょうか。強盗に入るというのは、相当思い切った行為です。どうしても金が欲しい理由があったとか」

「息子がそんなことをするわけがない！」竹本が怒鳴った。「強盗？　暴力的なことには縁がない人間なんだ。あり得ない。帰してもらいましょうか」

「事情聴取が終わった時点で判断します」私は公式見解を口にした。

「冗談じゃない。息子はずっと、精神的に落ち着かない状態なんだ。取り調べなんか受けていたら、参ってしまう」

そんなことはない……逮捕歴もないのに、事情聴取に対してふてぶてしく振る舞っているのだから。精神的に不安定な人間だったら、反論もできずにやりこめられ、参ってしまうだろう。

「私も事情聴取を見ましたが、元気な様子です。それとも、医師の診断書とかがあるんですか？」

「それは……」竹本が黙りこむ。組んでいた腕を解き、また掌を腿に置いた。

「そういう傾向があるというだけで、診断や治療を受けてはいないんですね？」

「そこまでひどくはない」

「息子さん、緊急にお金が必要な状況にあるんですか？」私は繰り返し訊ねた。

「あるとしたら、バイクぐらいだろう」

「はっきりしませんね。息子さんのことですよ？　普段、あまり話されていないんですか？」

「あの年齢の息子と頻繁に話すのは、むしろ不自然だろう」

「責めているわけではありません」私は一歩引いた。「情報が欲しいだけです。ご協力いただけると助かります」

「私は協力していると思うが」

「ええ、それはもちろんです」私はうなずき、声を低くして続ける。「この件はまだ、マスコミには漏れていません。逮捕されない限り、息子さんの名前が表に出ることはないので安心して下さい」

「逮捕する気なのか？」竹本の顔から血の気が引いた。

「証拠が揃い、本人の自供があれば逮捕になります」実際には、自供を待たずに逮捕することになるだろう。今のところは「現場近くに竹本のバイクがあった」という状況証拠しかないのだが……ただし今日、指紋などの証拠提出を求めたはずだ。それを現場で見つかった証拠と照らし合わせて、追いこんでいく。

「息子は、昔からツキがなかったんだ。高校入試では、前の日に風邪を引いて、十分な力を発揮できなかった。大学入試では大雪に見舞われて、何とか時間ぎりぎりに間に合ったが……そんな状態では、冷静に試験に臨めるわけがない」

私はうなずいたが、内心呆れていた。それは単に、精神的に弱いだけではないだろうか。同じような状況でも、十分力を発揮できる人もいるのだ。

先ほどの若い女性刑事が、遠慮がちにドアをノックした。部屋には入らず、ドアのところから溝内を呼ぶ。溝内は億劫そうに立ち上がり、廊下に出た。一度部屋に戻って来ると、私の耳元で「すぐ戻るので頼む」とささやく。

「終わりですか?」私も小声で訊ねた。溝内が無言でうなずく。

ドアが閉まって二人きりになると、急に竹本が「証言は拒否」の態度を示し始めた。警察のやり方に反感を抱いているのは間違いないし、息子の無罪も信じているだろう。そして何より、この一件で自分の立場が脅かされるのではと恐れている。

「官僚の方は大変ですね」

「皮肉か?」

「いえ、よく分かっているから大変だと思うんです。自分の理想を実現するためには、出世しないといけない。でもあちこちに落とし穴がありますよね。それを避けながら、日々の仕事を続けていくのは大変だと思います」

「あなたは、普通の警察官ではないのか?」

「警察庁の里村刑事局長が叔父です」

「里村さん?」竹本が目を見開いた。「あなた、里村さんの甥ごさん?」

「はい。母の弟が里村局長です。何でそんな人間が普通の警察官をやっているんだとお考えですか？」つい皮肉っぽく言ってしまう。

「まあ……二世官僚も珍しくはないけどね」

「私に警察官になれと言ったのは叔父です。ただしそれを聞いてから、私の決心が固まるまでは時間がかかりました。それから国家試験の勉強を始めたらとても間に合わないような時期でしたし……就職浪人している余裕はなかったので、地方公務員になっただけです」

「それで今は刑事総務課に？　そしてこういう特殊な仕事をしている――それは出自のせいかな？　国家公務員が親戚にいるから、我々のような人間に対する対応が上手いと思われた？」

「そのようです」

「何なんですか、それは」竹本が呆れたように言った。

「変に思われるかもしれませんが、こうやってあなたと普通に話をしています。他の警察官だったら、こうはいかないと思います」

「まあ……そうかもしれない。あなたには、堂々としたところがある」

「目立たないように身を屈めて生きているつもりですが」

「見解の相違だな」

「最近、息子さんにおかしなところはなかったですか」私は話を引き戻した。こういう話は本来、所轄がすべきなのだが……好奇心を抑えるのは難しい。私は時々、自分が警察ではなくマスコミ向きの人間ではないかと思うことがある。正義感よりも好奇心で動いてしまうのだ。

「私が知る限り、そういうことはなかった」

「息子さんとあまり話すことはない――それは分かります。でも、普段から見て、観察はしますよね？　審議官のお仕事が忙しいことは理解できますが、息子さんの様子を見る余裕ぐらいはあると思います」

「人間、何回までの挫折に耐えられると思う？」

「あまりにも大きな挫折なら一回――男性の場合、配偶者の死が大きなショックになると聞きます」

その意味では、梅島はよく乗り越えたと思う。おそらく仕事と子育てで限界ぎりぎりまで忙しく動き、プライベートな時間を潰してしまうことで悲しみを追い払ったのだろう。その後は無事に再婚しているのだから、上手くショックを回避した貴重な例と言えるのではないか。

「息子は三回挫折した。高校受験、大学受験、就職後の会社の事件……三回も挫折したら、もう十分だろう。気持ちが折れる」

「今も折れているんですか」

「甘い親だと思うかもしれないが、私が元気なうちは経済的にも支えていくつもりだ。まあ……いずれ立ち直るだろう。会社の問題は、本人の手が届かないところで起きた事件なんだから、責任はない」

しかし、外部の出来事を言い訳にして、内に籠ってしまう人間がいるのも確かだ。いつかは息子が立ち直ると信じている竹本に、そんなことを言うのは気が進まないが。それでも言うべきかもしれない。親子関係が奇妙に捩《ねじ》れたまま、今よりおかしくなってしまう恐れもあるのだから。

ただし、私はカウンセラーではない。

ノックもなしでドアが開き、入って来た溝内が「息子さんの今日の事情聴取は終了します。一緒にお帰りいただいて結構です」と告げた。「ただし、明日も朝からこちらに来ていただきます。

責任を持ってお願いできますか」と釘を刺した。

「息子は何と言ってるんですか？　強盗を……やったと？」

溝内が苦渋の表情を浮かべる。家族が相手でも、取り調べの内容を漏らすわけにはいかないのだ。

「お帰りいただくということの状況で、ご理解いただけますか」私は助け舟を出した。

「つまり、否認しているわけだ。だったら、いつまでも取り調べを続けるのはどうかと思う」

「何の容疑もないのに犯人扱いするのは、戦後すぐの警察です。今の警察は、そういうことは絶対にしません。然るべき容疑があるから調べるんです」私は敢えてきつい口調で言った。「こういうことに関しては、こちらはプロです。ミスはしません」

「しかし冤罪は起きる」

「現段階でそれを言われても、どうしようもないです。とにかく息子さんは逮捕されていません。ただし必要があるから調べる——法に基づいた正当な捜査で、何の問題もありません」

「——明日は何時にこちらへ？」

「九時にお願いします」言って溝内が頭を下げた。

先ほどの若い女性刑事が、竹本を案内していく。会議室に取り残された溝内は溜息をついた。

「あんた、上手くやったね」

「官僚の扱いは簡単です。法律の話を出せばいいんですよ」

「それだけ？」

「全ての官僚が、法律に縛られて仕事をしています。依《よ》って立つべきものが法律なんですから、法律を出せば納得しますよ」

「そんなものか」どこか馬鹿にしたように溝内が言った。

「試してみて下さい。明日以降も、竹本さんとは話をすることになるでしょう」

「それはあんたに任せられないかな？」

「あまり首を突っこむと、総監に怒られますから」

「総監と直に話ができるのか？」溝内が目を見開く。

「何だったら、ここで電話をつないでもいいですよ。溝内さん、話しますか？」私は背広のポケットからスマートフォンを取り出した。

「冗談じゃない」溝内が顔の前で思い切り手を振った。「俺は遠慮しておくよ」

「父親の方も、息子の様子がおかしかったことに気づいていた可能性があります。否定の仕方が曖昧なんですよ。正式に事情聴取すべきかもしれませんね」

「それも考える」

「母親には？」

「家で事情を聴いてる。ただ、こちらも証言が曖昧なんだ。明日、時間をずらして署に呼ぼうかとも思ってる」

「それがいいかもしれませんね」私はうなずいた。

「あんたも待機していてくれよな。父親の方の扱いに困ったら、ヘルプを頼むから」

「空いていれば、飛んできますよ」

「そんなに忙しいのか？」

「このところ、急に人気者になりまして。東京のセレブの人たちに、異変が起きているのかもしれません」

　渋谷中央署での仕事は終了、と思ったところで、里奈子がようやくやって来た。

「話はもう終わりましたよ。マル被は、今日は帰しました」

「ごめん。出がけに殺しの通報があって。特捜本部の立ち上げを指示しないといけなかったから」

「お疲れ様です」私は頭を下げ、溝内を紹介した。「溝内係長です。溝内さん、こちらは乾刑事総務課長」

「知ってるよ」溝内が嫌そうな表情を浮かべる。本部の課長に対してその態度は危険だと思ったが、溝内は意外なことを言い出した。「同期なんだ」

「そうなんですか？」

「溝内君が真面目にやってるか、心配で見に来たのよ」里奈子がからかうように言った。

「ご覧の通りで、マル被を落とせずに、親父に連れ帰ってもらった」溝内が自虐的に言った。

「詳しく聞かせて」

　私と溝内は、交互に事情を説明した。里奈子はマメにメモを取りながら、時々質問を挟む。説明を終えると「じゃあ、審議官の方に関しては大きなトラブルはなし、ということでいいわね？」と確認した。

「こちらのセレブ刑事、二階堂君が丸めこみましたよ」溝内が揶揄《やゆ》するように言った。

「誠心誠意、話しただけです。息子が事情聴取されているとなったら、父親は慌てるのが当然でしょう」

「いずれにせよ、明日、巻き直しだ」溝内が里奈子にうなずきかけた。「久しぶりに一杯いくか？」

「そうね」里奈子が腕時計を見た。

「総務課長殿はザルだから、怖いけどな。何しろ同期で一番強い」

「過去形にしておいて。最近は、昔みたいな呑み方はしないし、弱くなったわ。でも、あなたよりは強いと思うけどね。二階堂君もどう？」

「遠慮しておきます。この件も報告書にまとめないといけないので」

それが面倒だが、総監へ直に報告という原則を崩すわけにはいかない。何だか書類仕事ばかりしているような気になったが、そもそも警察の仕事の九割は書類仕事と言われているから仕方がない。

今日も残業確定だ。

7

六本木署に戻って、簡単な報告書を作成する。事件番号と事件名、そして総務省の審議官が容疑者の父親だったことを明記。総監が、同じ官僚としてどう感じるかは分からない……そういうことを話す機会はないだろう。自分はあくまで、報告を上げる立場でしかない。総監と気安く話せるわけではないし、そもそも総監も、個人的な考えを話す気などないはずだ。

残業は最低限で済んだ。六時過ぎ、店じまいにして階下に降りる。そこで、仕事を終えて帰ろうとする友香に出会《でくわ》した。友香は私と目を合わせようとせずに「お疲れ様です」と短く言っただけで、歩き去ろうとした。

「まあまあ……今日こそ食事でもどうだろう」

「二階堂さん、しつこいですよね」

「しつこくない刑事なんかいないよ」

「しょうがないですね……当然、奢りですよね？」

おっと、どうした？　今まで散々拒否してきたのに、どうして急に気が変わったのだろう。

「今日は珍しく乗ってきたね」

「約束が飛んじゃったんで、暇になったんです。友だちが急に体調が悪くなって」

「じゃあ、僕は代打ということで」

「うーん……まあ、いいかな」

友だちと言いつつ、本当は恋人ではないかと思ったが、それは言えない。そんなことをぬけぬけと話すほど、私たちは親しい間柄ではないのだ。親しくても、そういう話題を口にするのはNGかもしれないが。

「それで？　どこへ連れていってくれるんですか」

「今日は元々、何を食べる予定？」

「イタリアンのつもりでした」

「だったらイタリアンにしようか……この時間でも予約できるかな」私はスマートフォンを取り出した。「『ジェンマ』は？」

「げ」友香が急に下品な声を出した。「夜は行ったことないんですけど……っていうか、夜は行けないですよ」

「ランチは？」

「それは行きますけど、給料日の直後だけです。何もない時にランチ二千円はきついですよ」

「でも、美味いよな」署の近くにある「ジェンマ」は、六本木でも老舗のイタリア料理店である。個人的にはいい想い出はないが……子どもの頃に、家族と何度か来たことがある。そしてどういうわけか、私の家族は、ここで外食すると常に剣呑《けんのん》な雰囲気になるのだった。父は外でだけ酒を呑む人だったが、アルコールが入ると急に言葉遣いが乱暴になる。母がそれを嫌っていたのは間違いなく、子どもの頃はそういう空気感が本当に嫌いだった。

そういう嫌な記憶と結びついた店なのだが、美味いのは確かだ。どっしりした味つけが特徴的で、私はデートでは何度か使っていた。ただし、この店で食事をした相手と上手くいったことは、結果的に一度もない。ということは、友香を誘うべきではないかもしれない……。

別にデートではないのだが。

電話を入れると、席は確保できた。この店は昔から、遅い時間の方が賑わう。満員になるのは十時過ぎで、今日はまだ時間が早い。

店は、署から歩いて五分ほど。六本木も、表通りから一本入ると、ヴィンテージと言われる古いマンションなどが建ち並ぶ住宅街になる。「ジェンマ」は、そういうマンションの一階にある店だった。

テーブルも椅子も茶色で、イタリアンの店らしい白赤チェックのモチーフはどこにもない。壁には直に絵が描かれており、全体には高級店というより気さくな店の印象だ。ただし夜のコースは、最低一万円からになる。

「ええと」私はメニューを開いた。「軽く呑む？」

「ワインでいいですか」

「じゃあ、それは君に任せるよ」

「白？　赤？」

「僕の好みは白だけど、君が好きな方で」

　ワインリストをチェックし始めた彼女を横目に、私はメニューを精査した。料理はどうするか……この店は肉よりも魚料理が得意で、パスタのスペシャリテはオマールエビのラグーソースだ。オマールエビを細かく刻んで軽く煮こんだソースは海の香りが濃厚で、しかもオマール自体の旨みを味わえる。

「何か、これだけは食べたいというものは？」ワインを吟味するためか、いつの間にか眼鏡をかけていた友香が顔を上げる。

「オマールエビの……」

「ラグー？」

「はい。それは食べたいです。あとはお任せでいいですか？　だいたいここ、ランチでパスタしか食べたことがないんです。二階堂さんは詳しそうですね」

「夜も何度か食べたことがある」

「デート？」

「ああ」

　私が認めると、友香が微妙な表情を浮かべた。

「何か問題でも？」

「モテる自慢でもしたいんですか？」

「いや、単なる事実だから。誰でもデートぐらいするだろう」

「何か……二階堂さん、よく分からない人ですね」

「実は、自分でも分からないんだ。ワイン、決まった？」

「え？　ああ……ワインじゃなくてシャンパンでもいいですか？」

「いいよ。それなら最後までシャンパンで通すけど、いいかな？　色々呑むと、酔っ払って料理の味が分からなくなる」

「右に同じくです」友香が珍しく同意した。「料理とお酒のマリアージュとか、嘘ですよね。日本人って、そんなにアルコールに強くないでしょう」

　二人ともシャンパンをグラスでもらい、料理は全て私が注文した。前菜にカプレーゼとマグロのカルパッチョ。パスタは二人ともオマールエビのラグーソースで、メーンは鯛のアクアパッツァ。二人分で頼んだので、鯛一匹丸ごとが出てくるはずだ。友香はいかにも食べそうなのだが、この店は量たっぷりなので満足してくれるだろう。

　前菜のカプレーゼは記憶にある通りの味だった。モッツァレラチーズが少し柔らかいのが特徴で、それが甘味の強いトマトによく絡みつく。これだけで、料理のレベルが分かるというものだ。友香も満足しているようで、私としても嬉しい限りだった。

「本当に僕のところへ来ないか？」

「それ、本気ですか？」友香が途端に臍《へそ》を曲げる。「前も言ってましたけど……」

「一人だと、忙しくなった時に、どうしてもね……それに君は、金持ちに受けがいいタイプだと思う」

「そんなこと言われても、あまり嬉しくないんですけど。私、おべんちゃらが上手いように見えますか？」

「君なら、おべんちゃらを言わなくても、相手はいい気分になるよ。今回は、事件が二つ重なって大変なんだ」

「二階堂さん、金持ちを持ち上げて機嫌を取って、楽しいですか？　それが本来の警察の仕事と言えます？」

「そういう仕事もある、ということだ。特に所轄の連中は、金持ちの対処に慣れていない。今回も、結構際どい場面があったんだ。僕がクッション役になって、何とか上手く回ってると思う。うちの部屋、狭いけど、もう一つぐらいデスクを置くスペースはあるし、必要なら別の部屋を用意してもらうこともできる。必ずしも六本木署にいる必要はないんだし」

「そもそも、何でここにいるんですか？」

「何か、六本木は金持ちっぽいから」

「ああ……」友香が惚《ほう》けたように言った。「でも、それなら千代田署とかがいいんじゃないですか？　あそこは一方面の代表だし、いかにも東京の中心の警察署って感じですよ」

「提言しておくよ」

「総監に？」

「まず、刑事総務課長」

　料理が次々に運ばれてきて、会話が途切れがちになる。しかし料理が美味いので、沈黙の時間も気にならなかった。こういう店には、もっと頻繁に足を運ばないといけないなと思ったが、それもなかなか難しい。成人してからほぼ一人暮らしをしている私だが、一人飯に慣れていると言えるかどうか……少なくとも、フレンチやイタリアンの店に一人で入り、コースを組み立てて食べることはない。やってできないことはないのだが、こういう店での食事は単なる食事ではなく、デートなども含めた「社交」でもあるのだ。

一人で社交はない。

目玉のパスタは、オマールエビのしこしこした歯応えもよく、いかにも上等な料理を食べている満足感を味わえた。メーンのアクアパッツァは、鯛の柔らかさと大量に添えられた野菜の旨みが最高——鯛のエキスを吸った野菜の方がメーンの料理かもしれない。

「デザートは?」

友香が一瞬口をつぐむ。本気で悩んでいるようだったが、ほどなく「やめておきます」と結論を出した。

「別に遠慮しなくても」

「うーん」友香が腹を撫でた。「最近ちょっと体重が増え気味で」

「そうかな?」私は首を捻った。

「制服を着てると、体型の変化が分からないんですよ」

「確かに、あの制服はねえ……あまり格好いいものでもないし。それで、制服じゃなくて、私服で仕事をする気はない?」

「本気で二階堂さんと一緒に仕事するように誘ってるんですか? リクルートする権限まであるんですか?」

「あるかどうか分からない。ちゃんとした組織じゃないし、前例もないから。僕がこれから決めていけばいいと思うんだけど……でも、人は欲しいな」

「何でも言うことを聞く坊やをリクルートした方がいいんじゃないですか? うちの署にも、素直な若い子、たくさんいますよ」

「ルッキズム的に問題発言かもしれないけど、素直でもルックスがね……うちに相談に来る人が、柔道三段で耳が潰れたいかつい奴が座ってるのを見たら、どう思う？」実際、六本木署には、そういう強面《こわもて》の若手が多いのだ。「それより君が座っている方が、相手は安心も信用もする」

「お飾りじゃないですか」

「金持ちは、お飾りが大好きなんだ。例えば今の時代、秘書なんか必要ないだろう？　会社の受付も、ＡＩでいくらでも代用できる。そこにわざわざ人を置くことで、自分はそれだけの余裕があることを、人に見せつけるんだ。逆に言えば、きちんとした人が対応してくれれば、自分は丁寧に扱われていると感じる。金持ちは、雑な扱いが大嫌いなんだ」

「でも、やっぱりお飾りですよね」友香がむきになって言った。

「有能な秘書は」私は人差し指を立てた。「交通整理係だ。相手の話を聞いただけで、本当に困っているか、ただの妄想なのか見抜ける。これは想像だけど、今回の件が上手くいけば、これから僕の仕事は増えるかもしれない。何か面倒なことになったら、僕のところへ持ちこめば上手くやってくれるかもしれない——そんな感じで」

「どっちにしても、私のことをお飾りとか秘書とか、そういう風に考えているんですね」友香がむっとした口調で反発する。「まともな仕事じゃないです」

「そんなことないよ。警務でバックアップの仕事をしている君なら、そういう仕事の大切さは、身をもって分かってるんじゃないか？」

「裏方の仕事が大事なのは分かってますけど、二階堂さんの仕事の場合は違うでしょう。何か……探偵みたいじゃないですか。金持ちの依頼人が、訳の分からない依頼を持ちこんでくる、みたいな」

「少なくとも、日本の話じゃないな。アメリカとか？」

「アメリカでもイギリスでもいいですけど、やっぱり何か変ですよ。民間の人が、高い金を払う依頼人のために無理をするのは分かります。でも、私たちは地方公務員じゃないですか。都民全体に奉仕するのが基本ですよね？　それなのに、お金持ちや有名人を優先して……」友香の声が萎《しぼ》む。慌てて周囲を見回すと咳払いした。老舗のイタリア料理店で話すような内容ではないし、誰かに聞かれたらまずい。

「今、抱えてる二つの仕事の話を聞いてくれないか？　それで判断してもらえばいいと思う」

「仕事に誇りを持てますか？」

「どうかな」改めて聞かれると、答えられない。そもそもそんなことを考えて仕事をしていなかった。説明を受けた時、やるなら自分しかいないだろうとは思ったのだが。

「こういうことを言うと馬鹿にされるんですけど、私、自分の仕事に誇りを持っています。警察の顔じゃない――刑事部みたいに派手な仕事はないし、交番勤務みたいに街の人と触れ合うわけじゃないですけど、警務がいないと警察の仕事は回らないと思います」

「その通りだよ」

「でも、二階堂さんの仕事は……やっぱり、お金持ちのご機嫌取りですよね」

「金を持っている連中や有名な人たちには、普通の人間には分からない悩みがあるんだ。それは往々にしてややこしくて、簡単には解決できない。事件に巻きこまれた場合はなおさらだ。特殊な対応も必要になる」

「お金持ちだから優遇っていうことですか？」

「違うよ。どんな人でも公平に警察のサービスを受けられるようにするためだ。上級国民なんて言うけど、実際には金を持っていようが有名人だろうが、それで何かが有利になることはない。民間の仕事なら、金で動くこともあるだろうけど、僕らの場合はそうもいかない」

「お金をもらったら賄賂ですよね」渋い表情で友香が言った。

「ああ。上の方が気を遣って色々言ってくることはあるかもしれないけど」私は人差し指を天井に向けた。「現場は、言うことを聞かないんだよな。金持ちに対する反発もあるし、上の強引な指示も許せない。その結果、まともに捜査しないということもあり得るんだ。だから僕が交通整理をして、誰も嫌な思いをしないようにする」

「気高い理想なのか便利屋なのか、よく分かりません」

「分からないんだったら、取り敢えず飛びこんでみるのも手では？　そういうことを躊躇するような年齢じゃないだろう？」

「大きなお世話です」

「――失礼」私は手を挙げて、店員を呼んだ。勘定を頼んで財布を取り出し、手の中で弄《もてあそ》ぶ。

「割り勘にしましょうか？」友香が心配そうに言った。

「いや、約束通り奢るよ」

「二階堂さんも金持ちなんですか？」

「何でそう思う？」

「だってここ、一人当たり一万円、軽く超えますよ。それにいつも思ってたんですけど、服もいいもの着てますよね」

「お、それが分かるということは、君の審美眼もなかなかだ」

「からかわないで下さい……でも、いい服を着て、高いイタリアンを食べて、警察官の給料でやっていけるんですか?」

「実家暮らし……みたいなものなんで」

「みたいなもの?」友香が首を傾げる。

「家賃がかからないという意味で。だから服と飯に金を使っても、毎月赤字になるわけじゃない」

「何か事情があるんですね」

「それは、君が僕のところへ来てくれない限り、話さない」

「結構です。興味ありませんので」

友香があっさり言った。どうにも扱いにくい……それでも、彼女が近くにいれば、私の仕事はやりやすくなるだろう。何しろ見た目がいいし、こういう風にはっきり言う人間を好む金持ちは多い。少しやり方を教えれば、金持ちを掌の上で転がせるようになるだろう。

料金を払い——二万五千円を超えた——店を出る。

「送っていく……と言いたいところだけど、車はないんだ」そもそもアルコールも入っているし。

「ベンツとかに乗ってるのかと思ってました」馬鹿にしたように友香が言った。

「山手線の内側に住んでて車に乗ってるのは、単なる見栄だよ。公共交通機関とタクシーで、自由自在に動けるんだから。バイクでよければ、送っていこうか?」

「スカートなんですけど……そもそも、何でバイクなんですか?」

「災害対策。もしも東京で大地震が起きたら、交通手段として一番役に立つのはバイクだと思う」

「じゃあ、地震が起きた時だけお世話になります。今夜はお酒も呑んでますしね」ひょいと頭を下げて、友香が歩き出した。

「駅まで送るよ」

「ご心配なく」

「そろそろ、うるさい連中が街に出始める時間だぞ。外国人も増えてきたし」

「それでも、二階堂さんよりは安全じゃないですか？　訳の分からない提案とか、しないでしょうし」

「もっともだ」私はうなずき、彼女と別れた。怒っているのか機嫌がいいのかも分からない。彼女の方が、金持ちよりもよほど扱いにくい。

8

翌朝、私は出勤するとすぐに、渋谷中央署に電話を入れた。昨夜里奈子と呑んだ溝内はどんな具合だろうか……里奈子に潰され、二日酔いで死にかけているかもしれない。

「ああ――ちょっと今、忙しい」

「何かありましたか？」

「少し待って、かけ直してくれ」

溝内がいきなり電話を切ってしまった。昨日話して、私を敬遠しそうな人だとは分かっていたが……一度置いた受話器を取り上げ、すぐに里奈子に電話をかける。

「あら、朝早くからどうも」里奈子は元気だった。

「二日酔いじゃないんですか？」

「何で？」

「いや、溝内係長を潰そうとしたのかな、と。それなら課長も多少はダメージを受けるでしょう」

「そういう馬鹿な呑み方は、三十代までよ。昔は、呑まないと男性に対抗してやっていけないと思っていた。完全な勘違いだったけどね――単に、酒の強い、面白い女としか見られない」

「ガラスの天井？」

「まあ、そんな感じ……それで、朝からどうしたの？」

「渋谷中央署がばたついているみたいです。何かあったんですか？」

「うちには報告は入ってないけど……昨夜、溝内君とは穏やかに呑んで別れたわよ」

「何時頃ですか？」

「九時過ぎ」

ということは、何かあったとしたらその後だ。私は壁の時計を見た。午前九時半……十二時間あったら、どんなことでも起こり得る。しかし竹本――息子の方――の関係だろうとは想像がついた。

嫌な予感がする。

電話を切って、またすぐに渋谷中央署の刑事課に電話を入れる。名乗ると、溝内が「何だ！」と怒鳴った。今度は本気で怒っている様子だった。

「少し待ってかけ直せ、ということでしたので。少し待ちました」

溜息をついた溝内が、早口で話し出す。

「あんたな、ふざけてるのか？　それともセレブ刑事は世間知らずなのか？」

「面倒だから反論しません。それで、どうしたんですか？」

「竹本幸樹が消えた。詳しいことを知りたかったら、そこにケツを落ち着けていないで、こっちへ来てくれ」

行かない理由はない。コートを摑んで階段を駆け下りながら、私は溝内に同情していた。マークしていた容疑者が出頭要請を無視して姿を消した——監視が緩かったとして、溝内の責任も問われるだろう。

こういう事件では、対応は難しい。竹本が、総務省審議官の息子でなかったら、それほど「格」は高くない強盗事件である。容疑者がセレブの息子というだけで、事件のランクが上がった感じ——そして私にも出動要請が来た訳だ。

この件には積極的に関わらざるを得ないだろう。面倒な仕事になるのは分かっているが、やらざるを得ない時はある。

今だ。


渋谷中央署に到着した時、溝内は少しだけ落ち着いていた。少なくとも私に状況を説明してくれるぐらいには——ただし、立ったままだったが。

「今朝、竹本幸樹には、九時に出頭するように言ってましたよね」私は確認した。

「ああ。ただし、本当に来るかどうかは分からなかったから、うちの捜査員を自宅へやったんだ。ところが、いつの間にか姿を消していたってわけさ」

「それは分からない。昨夜は家族会議をやったようだが、家族は日付が変わる前には寝たはずだと言っている」

「昨夜——」

「家族会議と言っても、要するに息子を叱りつけただけじゃないんですか？　それで嫌になって、家を出ていってしまったとか」

「そうかもしれない。今、手配している」

「審議官は？」

「自宅だ。今、うちの捜査員が話を聴いている」

「私も行きましょうか？　怒らせないで話を聴けると思います」

「ああ……そうだな」溝内がうなずく。「だいぶ荒れているそうだ。うちの捜査員も困ってる。ちょっと宥《なだ》めてきてくれないか、セレブ刑事」

「では、行ってきます……家、どこでしたっけ？」

「目黒中央署の管内なんだ。うちの刑事が行くから、覆面パトに同乗していってくれ」

「助かります」

運転していたのは、昨日何度か、ちょろちょろと顔を見せていた若い女性刑事だった。改めて挨拶して、彼女の名前が藤尾明日架《ふじおあすか》だと知った。

「怒られに行くのかな？」

「ガサ入れの準備です。今、令状を請求しています。取れたら私はすぐにガサに入る——それまで現場で待機です」

「君は、家宅捜索のプロなのか？」

「はい」明日架があっさり言った。「父が――」

「ああ、もしかしたら藤尾鑑識課長？」

「そうです」

「お父さんが鑑識課長だからといって、探し物が上手いとは限らないけど」

「でも、子どもの頃から仕込まれました。探し物が上手いのは間違いないです」

そういう特技は、警察では非常に役にたつ。それこそ鑑識にでも行けば、貴重な戦力として重宝されるだろう。

「二階堂さんは……審議官のお守《も》りですか」

「そうなるかな」私は頭の後ろで手を組んだ。「君、煙草を吸うね？」

「分かります？」横を見ると、明日架が口元を押さえていた。

「匂いには敏感でね……審議官にはなるべく近づかない方がいい。あの人は煙草を吸わないんだ」

「そういう人は、煙草臭いのを嫌いますよね。やめようと思ってるんですけど……」

「やめた方がいいだろうね」私は即座に言った。「鑑識で活躍しようと思うなら、常に五感を研ぎ澄ませておいた方がいいんじゃないか？　煙草を吸ってると、嗅覚が鈍くなるって言うし」

「そうかもしれません」

「いい機会かもしれないよ」

「努力します」

「煙草も高いし……そう考えれば、簡単にやめられるんじゃないか？」

「そうもいかないのが、喫煙者なんですけどね」

無駄話をしているうちに、竹本の自宅に着いてしまった。ごく普通の一戸建て……目黒中央署から歩いて五分ぐらいのところなのだが、この辺は高級住宅地なので、それほど広くないこの家でも、かなり高価格だろう。高級官僚の自宅として相応《ふさわ》しいかどうか――官僚には、権力はあるが金はない。金があったら、不正に手を染めている可能性もある。

「君は？　ここで待機か？」

明日架が覆面パトカーの窓を全て全開にした。

「煙草の臭いが抜けるのを待ちます。いずれにせよ、私の仕事は少し先になると思いますので」

「風邪ひかないように」

「ありがとうございます」

明日架は素直だ。こういうタイプと一緒に仕事をしても――上手くいく予感はない。セレブは、こちらがただ素直に頭を下げていればそれでOKというわけでもないのだ。友香のように反論したり、皮肉を飛ばしたりする人間の方が、「気骨がある」と気に入られる可能性もある。普段から、周りにはイエスマンしかいないので、反論してくる人間が珍しく、面白がる傾向があるのだ。

階段を五段上り、玄関の前に立つ。植木鉢を載せた木製の棚……今は何も植わっていないが、これから春に向けて、何か花が咲くものを植えるのではないだろうか。植木鉢も棚もきちんと掃除されていて、花が咲かなくなって放置されている感じではない。

インタフォンを鳴らしても、反応がない。しかしすぐにドアが開いた。疲れ切った顔の中年女性が姿を見せる。

「奥様ですか？　刑事総務課の二階堂と申します」

「はい……」また警察官か、とうんざりしているのだろう。溝内によると、ここには三人の刑事が来ているはずだ。さらに一人増えて、一体何をするつもりかと訝っているに違いない。

「ご主人は?」

「今、刑事さんと話をしています」

「分かりました。交代します」

私は玄関に入ってすぐにコートを脱ぎ、左腕にかけた。とはいえ、靴はすぐには脱げない。黒のストレートチップは、きちんと紐で締め上げているのだ。

私は、仕事用に黒のストレートチップを五足持っている。ウィークデーに週一回ずつ履いて、必ずきちんと磨き上げ、シューキーパーを入れて保存……それで十年ぐらいは軽く持つ。

刑事の仕事では、どこへ行って誰に会うか分からないから、相手を不快にさせない無難な服装を常に意識しなければならないのだ。無地のグレーか濃紺のスーツ。シャツも無地の白で、ネクタイの柄も抑えめにする。そして靴は、ビジネス用としては最も格式が高い黒のストレートチップ。今日は黒に近いグレーのスーツなので、このままネクタイを無地の黒に替えれば、葬式にも参列できる。

「失礼します」

私は玄関の脇にある小部屋に通された。応接間ではなく、竹本の書斎……本来は六畳ぐらいあるのだろうが、壁の二面が本棚で、部屋を狭くしていた。部屋の中央には、一人がけのソファが二脚、向かい合って置かれている。窓際にはパソコンが載ったデスク。

渋谷中央署の刑事が一人、ソファに座って竹本と対峙していた。残り二人の刑事は、手持ち無沙汰の様子で、その背後に控えている。三人がかりで竹本にプレッシャーをかけているようなものので、上手い手ではない。

私は竹本と対峙している刑事に目配せした。私と同年代——三十代後半から四十代前半というところだろうか。最初、怪訝《けげん》そうな表情を浮かべていたが、私が「ちょっとお願いします」と言うと、立ち上がって廊下に出て来た。

「刑事総務課の二階堂です」

「ああ——」刑事が声を低くした。「セレブ担当の人ね」

「そんなところです。どんな具合ですか？　審議官はちゃんと喋ってますか」

「不機嫌ですよ。ろくに話ができない」

あんたが怒らせたんじゃないか、と私は懸念した。竹本が怒りそうな感じ——だらしないのだ。スーツのサイズは合っておらずダボっとしているし、ワイシャツは逆に小さ過ぎて、第一ボタンが閉まり切っていない。当然、ネクタイは緩められていた。髭の剃り残しがあるし、髪もろくに手入れされていない。朝起きて、何もせずに家を出て来た感じだった。もしかしたら顔も洗っていないかもしれない——両方の目尻に目ヤニがついていた。そして、少し離れていても漂ってくる煙草の臭い。ワイシャツの胸ポケットは、煙草とライターで膨らんでいる。

「交代してもいいですか？」

「それもあんたの仕事なんですか？」

「ご機嫌取りをしておきます。機嫌が直ったらまた交代しますよ——溝内係長にも、そうするように言われています」

「じゃあ、ちょいと頼むよ」刑事が首をぐるりと回した。バキバキと嫌な音がする。

「私一人でいいですか？　何人もで話を聴いていると、追い詰められるような気分になるかもしれません」

「分かった」

「それと――」

「まだあるのか？」刑事が不機嫌な表情を浮かべる。

「煙草は遠慮した方がいいです。審議官、煙草嫌いだと思いますよ」

「吸いたくなったら外で吸うよ」

「それでも臭いでバレます」

「面倒臭えなあ。セレブの相手は大変だ」

「セレブだろうが何だろうが、煙草嫌いな人は、臭いを嫌がりますよ」

「セレブが面倒臭いというか、あんたが面倒臭い？」

「よく言われます」

「――分かったよ。じゃあ、選手交代だ」

私は部屋に入り、竹本の正面に座った。背後に控えていた刑事二人が部屋を出ていく。

「君か」

「不快な思いをさせたんじゃないですか？」

「煙草臭くてね。警察は今でも、喫煙者が多いんじゃないか？」

「他の業界に比べれば多い、とよく聞きます。窓、開けますか？」

「ああ」

私は立ち上がり、デスクの前の窓を細く開けた。一月の冷気が入ってきて、エアコンの暖気を追い出していく。しかし竹本は平気な様子だった。今日はワイシャツにグレーのズボン、そしてカーディガンという格好である。カーディガンを脱ぎ、ネクタイを締めて背広を着れば、そのまますぐに出勤できると思っているのかもしれない。

今日、外へ出られる可能性はゼロに近いが。

「何度も同じ話になるかもしれません。申し訳ないんですが、昨夜からの動きを教えていただけますか」私は下手に出た。

「家へ戻って来たのが午後五時半。飯を食ってから、家族三人でずっと話していた」

「家族会議ですね？　議題は？」

「それは、言わなくても分かっているのでは」竹本が冷たい口調で言い放つ。

「事件のことですね？」

「息子は、事件への関与は認めなかった。やっていないの一点張りだ。我々は警察ではないから……」

「家族を疑うわけにはいきませんよね」

「やったかやってないか……あなた、結婚は？」

「独身です」

「ということは、お子さんもいらっしゃらないね」

「ええ。息子さんの扱いは大変ですか？」

「二十七だよ？」竹本が溜息をついた。「普通の二十七歳は独立して、自分の家庭を持っていても珍しくない。それが、何度か失敗して、ずっと家にいて親の脛《すね》を齧《かじ》っている……育て方を間違った。しかし、もっと金を渡しておくべきだったかもしれないとも思う」

「公務員の給料はそんなに高くないですよね」私は応じた。「副業も基本ＮＧですし、出せる小遣いには限度があるんじゃないですか」

「その辺の事情は、君にはよく分かるわけだ」

「私と審議官では、給料には大きな差があると思いますが——まあ、基本的な状況は理解しています」

「もちろん、息子はやっていない——私はそう信じている。ただし疑われるのは、普段の行動に問題があるからだ。今回の一件が落ち着いたら、どこか海外へでも行かせようと思う。助けてくれる人間がいない場所で一人になれば、どうしたって頑張って生きていくしかないだろう。そういう経験をしないと、大人になれない」

逃亡の手助けとも解釈できる発言だが……そもそも「一件が落ち着く」のは、息子の幸樹が逮捕された時ではないだろうか。

「昨夜、寝たのは何時頃ですか？」

「日付が変わる頃だ。いつもと同じだ」

「息子さんがいないことに気づいたのは……」

「朝だ。私は毎日六時半には起きるんだが、新聞を取りに出て、息子のバイクがないことに気づいた」

「玄関脇の車の横が、バイクのスペースですね」私は確認した。

「ああ。こんな早朝に出て行くことは、普段はないんだが……」竹本が首を横に振った。「まずいと思いましたよ」

「その時点では、警察には届けていないんですよね？」

「まず、いそうな場所を探してみようと思ったんだが……そもそもあまり外に出ないので、行きそうな場所を思いつかなかった。情けない話だ」竹本がうなだれる。

「昔の友だちとか、バイト先とか」

「分かるところには全部電話を入れた。行方不明だ。そうこうしているうちに、警察に行く時間が迫って来て、迎えの人が来てしまったんだ」

「警察の方でも捜していますし、バイクで出かけていれば、見つかる確率は低くありません。今は様々な監視システムがありますから、どこかに引っかかりますよ」

竹本が溜息をつき、目を閉じた。指を瞼《まぶた》に押しつけ、眼球に刺激を与える。指を離して目を見開くと、疲れと悲しみを追い払おうとでもするように、二度、三度と頭を振る。

「自殺未遂があったんだ」といきなり打ち明ける。

「いつですか？」

「大学受験に失敗した後だ。合格した大学の入学式の日に、睡眠薬を呑んだ。ただし、呑んだ量は大したことがなくて、発見も早かったから大事には至らなかったが……その後で、情緒不安定になったんだ」

「きつい経験だったんですね」

「今回も、あらぬことで疑われて動揺したんだろう。何もないといいが……何かあったら、然るべき人間に責任を取ってもらう」

「警察の責任だと仰るんですか？」

「犯人ではない人間を厳しく取り調べて、精神的に追いこんだ。もしも息子が死んだら、当然責任を問う。厳しく」

「まず、昨日の事情聴取の様子を見ていただくのがいいと思います。動画を残してありますから……私は見ましたが、審議官が心配するような、強引な取り調べではありませんでした。それとも、息子さんが何か言っていましたか?」

「ひどい目に遭った、と」

「具体的には?」

「ひどい目に遭った」竹本が繰り返す。

警察の事情聴取を受ければ、誰でも「ひどい目に遭った」と思うだろう。それが初めてなら、なおさらだ。実際には何もなかった――少なくとも問題になるようなことはなかったと私は判断した。

「私も捜索に参加しますが、息子さんが行きそうな場所、教えて下さい」

「それはもう、他の刑事さんに話した」

「それなら結構です」私はうなずいた。「失礼なことを伺いますが、息子さん、今まで不良行為はありましたか?」

「ない」竹本がすぐに断言した。「気が弱い子なんだ。悪いことに手を出せるほど度胸がない」

「強盗は――」

「あり得ない」竹本が吐き捨てるように言った。「盗みに入るのもあり得ない。そんなことができる人間じゃないんだ」

「私は直接息子さんと話していないので、よく分からないんです」

「父親の私が言うんだから、間違いない」

「無事に見つかるよう、最大限努力します。審議官のお仕事にも影響が出ないように」

その台詞《せりふ》が、竹本の顔に嫌な表情を植えつけた。そう、彼は近い将来に次官を狙おうかという高級官僚である。息子が強盗事件の容疑者になっていることも大問題だし、もしも行方不明のまま自殺でもされたら……竹本自身の将来も閉ざされてしまうだろう。いや、既に危ない感じになっているのではないだろうか。息子が強盗容疑で警察の事情聴取を受ける——竹本自身が周囲に漏らすことはなくても、そういう話はいつの間にか広まっているものだ。昨日の今日で、上は次官から、下は今年度入ったばかりの若手官僚までが知るところになっているのではないか。

「息子が何をしようが、私には関係ない」

「はい？」

「子どもが何かやって、親まで責任を問われるのは日本だけだ。海外ではこういうことはあり得ない。今回の件でも、私に色々言う人は出てくるかもしれないが、私には関係ない。無視する」

「そう簡単には決めつけられないと思いますが……審議官はある意味、日本の行政の中心にいる方です。そんな方の家族が——と捻くれて考える人間がいるのも、ご理解いただけると思いますが」

「無視しておけばいい」

「それで収まればいいんですが」

「私に謝罪しろと言うのか？」竹本が気色ばんだ。「息子と私は別人格だ。どうして私が謝らなければならない？　そもそも息子はやってないと言ってるんだ」

どうも様子がおかしい。幸樹の行動に対して怒りまくっているのではないかと思ったのだが、必ずしもそうではない感じだ。無理矢理息子を無視しようとしている感じ……どうも不自然である。

「これからもう少し、刑事がお話を伺います。息子さんを見つけるためですから、ご協力願います」

私はすぐに部屋を出た。廊下では刑事たちが待機している……あまり刺激しないようにと釘を刺した上で、事情聴取を交代した。先ほどの刑事に忠告する。

「親子関係は、微妙なものだったかもしれません。父親は息子さんに興味がないというか、息子さんよりも自分のキャリアが大事なのかもしれません」

「さもありなん、だな。中央官僚の偉い人なんて、そんなものじゃないか？」

「僕には何か言う資格はないですけど、言葉遣いにだけ気をつけて下さい。怒らせないように……」

「分かった、分かった。せいぜい馬鹿丁寧にやるよ。あんたは？」

「奥さんから話を聴こうと思います」

「よろしくね」

　うなずき、妻を捜す。あまり我が物顔で家の中を歩き回るのも申し訳ないのだが……リビングダイニングルームにいた。

「奥さん、ちょっとよろしいですか？」

　ダイニングテーブルについていた妻が、ぼんやりとした表情で私を見てうなずく。

「あ……どうぞ」

「失礼します」

　椅子を引いて向かいに座る。生活感のないダイニングテーブルだ。普通は調味料や果物などが置いてあるものだが……何もない。このまま会議が始まってもおかしくない感じだった。

「改めまして、刑事総務課の二階堂です」私は名刺を渡した。住所は六本木署のもので、実際に「六本木署内」と記載されているので、めざとい人は「桜田門じゃないんですか」と確認するだろう。しかし彼女には、そこに気づく余裕はないようだった。

「奥さん……朋花《ともか》さんですよね」

「はい」

「昨夜の息子さんの様子を教えて下さい」

「憔悴《しょうすい》してました。いきなり警察に呼びだされて、犯人扱いされて……びっくりしたんだと思います。今日も朝から警察に行かなくてはいけないと……泣いてました」

「家族会議の時ですか?」

「いえ、夜中です。様子を見に行ったら、ベッドで泣いていました」

かなり異様な光景だ。幸樹が泣いていたことが、ではない。わざわざ息子の様子を見に行くことが、だ。二十七歳、どう考えても子どもとは言えない年齢だ。幸樹は家族に頼り切っていたのかもしれないが、親も構い過ぎだったのではないだろうか。

「ここだけの話にしていただけますか?」私は声をひそめた。「ご主人ですが、息子さんとは上手くいってなかったんですか?」

「そんなことはないです」即座の否定。「何とか独り立ちさせたいと、いつも言っていました。親として当然の態度だと思います」

「海外留学させたいと仰っていましたよ」

「前から出ていた話です。実際、息子には勧めたんです。でも本人が、どうしても乗り気にならなくて」

新しいことに手を出したくないタイプなのかもしれない。引きこもりがちで、趣味はバイクのみ。そのバイクを買い替えるために強盗事件を起こしたとしたら、悲しいとしか言いようがない。

「昨夜は、相当落ちこんでいたんですね？」

「そうですね。警察に呼ばれることなんて、初めてですから」

「今まで、何も言わずにいなくなったことはありますか？」

「ないです。もちろん、バイクが趣味ですから、ツーリングに行くことはありますけど、そういう時はきちんと、どこへ行くか言っていきますから」

「何も言わずにいなくなったことはない？」

「ないです。一度も」朋花が即座に言った。「だからびっくりしてしまって。どこへ行ったのか……」

「お金に困っていたんですか？」

「疑っているんですか？」朋花が急に険しい視線を向けてきた。

「一般的な話です」

「いえ……お金はちゃんと渡していました。そもそもそんなにお金を使うわけじゃないので。バイクのガソリン代ぐらいですね。時々バイトして、そのお金でツーリングに行ったりしてました」

「一緒にツーリングに行く仲間はいたんでしょうか」

「いたと思います」

「連絡先は……そういう仲間の連絡先はスマートフォンですか」

「そうだと思います」

そこで私は、ふと思いついた。幸樹の部屋を捜索する令状は、いずれは取れるだろう。しかしその前に、「行方を捜すための手がかり」を見つける名目で部屋を調べさせてもらうことはできるはずだ。目的が違うとはいえ、捜索という意味では同じである。そしてこちらには、本人の自己申告だが、鑑識眼を持った人間がいる。

「部屋を見せてもらうことは可能でしょうか」

「そうですね……」

「連絡先を知りたいんです。ツーリング仲間が分かれば、行き先が分かるかもしれない。我々も、心配しているんですよ」

「ちょっと主人と話してみないと」

「では、お願いします」まだ事情聴取は続いているが、こういうことなら途中で乱入してもいいだろう。私はすぐに立ち上がり、書斎に向かった。


幸樹の部屋は六畳間で、私が想像していたのとは違い、よく片づいていた。引きこもりがちの生活というと、荒れ放題で異臭が漂っていたりするものだが、この部屋はちゃんとしている。ベッドはきちんと整えられ——しかも今朝、幸樹が自分でやったのだろう——床には余計なものは何も置かれていない。二人がけのソファとガラスのローテーブル、デスク。本棚にはコミックの単行本とバイク雑誌がずらりと並んでいた。その一角に、大学の案内と参考書が並んでいる……大学受験の名残りが、ここにだけ残っているのだ。デスクにはノートパソコン。


私はまず、ノートパソコンの電源を入れた。すぐにログイン画面が現れたが、ＩＤもパスワードも分からないから、ログインはできない。何度も繰り返せば、ロックされてしまうだろう。

「パソコン、押収しますか？　サイバー犯罪対策課なら、ロックを解除してくれるかもしれません」明日架が言った。

「いや、令状のある捜索じゃないから、押収はできない。家族に許可を取る必要があるけど、それを始めたらキリがない――面倒だ。何か持ち出すのは避けよう。取り敢えず部屋を調べるだけにして」

「了解です。私、デスクを探しますから、二階堂さんは他をお願いします」

「可能性九十パーセントのところと、限りなくゼロに近いところの戦いだな」

「デスクの引き出しには無駄なものが多いです。でも私はすぐに、選り分けられますから」

「了解」

妙に自信ありげな態度に、私としては「了解」と言うしかない。取り敢えず本棚のチェックにかかった。コミックの単行本の間に、何か秘密の情報を隠しているとも思えないが。

明日架はデスクの一番上の引き出しから始めた。そして五分後、早くも「出ました」と言い出した。

「君、本当に今すぐ鑑識に行った方がいいんじゃないか？　見つけるのが早過ぎるよ」

「まあまあ……手紙です」

「それはいい」

最近も連絡を取り合っている――手紙のやり取りをしている人がこれで分かる。現在もつき合いがある可能性は高く、これで何とか手がかりが摑めるだろう。

本格的な捜索は令状が取れてからということにして、私たちは手紙の束を持って下へ降りた。朋花に手伝ってもらい、検《あらた》め始める。全て葉書なのだが、どれもバイクの写真である。凝《こ》ったアングル、光線の入れ具合、中には明らかに画像加工してイラスト風にしたものもある。どうやら、ツーリング仲間から来た葉書のようだ。そのうち二人は、携帯電話とメールのアドレスも記載している。ここを手がかりにしようと決めて、私たちは一時外へ出た。家の中でややこしい電話をかけるわけにはいかないから、覆面パトカーがオフィス代わりだ。

リアシートに座った私は、一枚の葉書を手にして、携帯電話を取り出した。

「私も電話しますけど」

「それは後にしてくれ。パトカーの中で二人で話していたら、うるさくて仕方ないんじゃないか」

「じゃあ、待ちます」

携帯電話の番号を打ちこみ、スマートフォンを耳に当てる。呼び出し音二回で、相手は電話に出た。見覚えのない番号なので出ないのではないかと思ったが……警戒心が薄い相手なのかもしれない。

「はい」塩谷美羽《しおやみう》。葉書によると、住所は横浜だった。何をしている人なのかも、年齢も分からないが、声を聞いた感じでは若い女性だった。

「塩谷美羽さんですか？」

「そう……ですけど、どなたですか？」

「警視庁の二階堂と申します。警察です」

「警察……何ですか？」不審げな声だったが、電話を切ってしまうような気配はない。

「東京の目黒に住んでいる竹本幸樹さんをご存じですよね？　ツーリング仲間ですか？」

「事故ですか？」暗い声で美羽が訊ねる。

「違います。今のところ、そういう情報は入っていません。ただ、行方不明です」

「行方不明……」惚《ほう》けたような口調で美羽が言った。「どういうことですか？」

「今朝早く、自宅から姿を消しました。それで探しているんです。連絡はありませんか？」

「いえ……」

「電話ではなく、メールやメッセージでも？」

「ちょっと待って下さい」

ガサガサと音がした。スマートフォンを改めてチェックしているのだろう。ほどなく電話に戻ってきた美羽が「連絡はないですね」と言った。

「ご自宅であなたからの葉書を見つけて、電話しています。ツーリング仲間ですか？」

「そうです」

「おつき合いはいつ頃から？」

「大学生の頃ですから、もう七年か八年になります。同じ大学なんです」

「クラスメート？」

「はい、そうです」

「この葉書は、どういうものですか？」

「ツーリング仲間が、全員写真好きなんです。ツーリング先で凝った写真を撮って、上手く加工して葉書にするっていうルーティーンです。メールじゃなくて、葉書にして一手間かけるのが大事みたいな……でも、本当に行方不明なんですか？」

「連絡が取れません」

「何かあったんですか？」

「はっきりしたことは分からないんですが」私は誤魔化した。容疑者になって追いこまれていた、とは言えない。「どこか、彼が一人で行きそうな場所に心当たりはないですか？」

「だったら伊豆ですね。伊豆方面には、よくツーリングに行っていました」

「伊豆のどの辺ですか？」

「どの辺……下田とかだと思いますけど、詳しいことは知らないんです。『人に教えたくない、いいワインディングがある』と言ってました」

伊豆半島全体だとしたら、あまりにも捜索範囲が広い。静岡県警に手配を回して、バイクを探してもらうぐらいしかできない。それにしても、ワインディングロードを楽しんでいたのだろうか。レブルは街中をキビキビ走るか、下道を法定速度でゆったり流すのが似合うマシンで、決してワインディング向けではないはずだが。

「もしも彼から連絡が入ったら、私の携帯——この番号に電話してもらえませんか？　何時でも構いませんから」

「はい。あの、連絡を回しておきましょうか？　よく一緒にツーリングに行く仲間が五人ぐらいいるんです」

「いや」一瞬考えた後で私は断った。あまり話が広がるのはまずい。何しろこの件の背景には強盗事件があるのだから。「大袈裟になるとまずいので、内密でお願いします。他の人には話さないで下さい」

「……分かりました」必ずしも納得した感じではないが、美羽は言った。

「ご面倒おかけしました。ちなみに、あなたには電話して大丈夫ですか？　仕事の邪魔になりませんか？」

「今は専業主婦なので、大丈夫です。子どもの世話で手が離せない時もありますが」

「失礼しました」

電話を切り、明日架にリレーする。彼女は今の電話をきちんと聞いていたようで、私が電話しても同じ質問をするだろうという感じで言葉を連ねていく。なかなか優秀な人だ——とはいえ、収穫はゼロ。電話の相手は、幸樹がどこにいるか知らない。

「どうします？」スマートフォンを手で振りながら、明日架が運転席から振り向いた。

「やることはやった。あまり話が広がるのもまずいから、ここで打ち切りにしよう。二人とも、何かあれば電話してくるはずだ……そっちはどうだった？　協力的だったか？」

「困ってました。何のことか分からない様子で」

「いきなりこんなことを言われても困るよな」私はうなずき、覆面パトカーのドアに手をかけた。

「どこへ行くんですか？」

「渋谷中央署へ行って、溝内さんと相談するよ。僕にできることはあまりなさそうだけど、状況は把握しておきたいから。本格的なガサが始まったら頑張ってくれ。君、今すぐに鑑識に行ってもやっていけそうだな」

「鑑識に行くかどうかは分かりませんけど。目標は、ＳＣＵ（特殊事件対策班）の八神《やがみ》さんなんです」

「ああ、八神佑《たすく》さん」私はうなずいた。「あの人は、特殊な目の持ち主だね」

人には見えないものが見える——と言っても、もちろん透視ができるわけではなく、普通の人なら見逃してしまいそうな小さなもの、目立たないものを見つけ出せるのだ。それが事件の解決につながったことも少なくない。一種の映像記憶で、現場で見たもの全てを一瞬で把握してしまうようなのだ。そして、そこにある「違和感」を掘り出す。訓練して身につく能力ではなく、生まれつきだろう。

「間違い探しをやると、訓練になるかな?」

「そういうのともちょっと違うと思いますけど、他の人にない能力があれば、この世界で生きていけるでしょう?」

「今でも十分やっていけると思うけどね」

「でも、頑張りたいです」

「分かった。君ならできるよ。君の能力は十分見せてもらった。SCUへ行きたいとか?」

「それはちょっと……あの部署、何だかやりにくそうですし」

SCUは、どこの部署が担当するかはっきりしない「狭間」の事件を担当する部署だ。どんな事件に手をつけるかは裁量を任されており、総監直属という意味では、私と同じ立場である。

「若いんだから、考える時間があるのは羨ましいよ」

「いえいえ——お疲れ様です」

私は外へ出た。途端に、強い寒風が吹きつけてきて、思わず身をすくめる。コートのボタンをしっかり留め、前屈みになって足早に歩き出した。

この一件はどこへ転がっていくのだろう? 今は想像もできないのだった。

第三章　死と別れ

9

　私は昼過ぎまで渋谷中央署に残って、状況を見守った。竹本家に詰めている刑事たちは、その後家族を怒らせるようなことはなかったようだが、幸樹の行方は依然として分からないままだった。幸樹のバイクは手配され、ＮシステムやＥＴＣのチェックも始まったものの、まだ引っかかっていない。高跳びしたのではなく、近場に身を隠しているのでは、と私は想像した。

「何かあったら、また頼むぜ」それが当然とでも言うように溝内が切り出した。

「いつでも言って下さい。審議官から直接私に電話があるかもしれませんし」

「その時は、俺にも連絡してくれよ。何も知らないままってわけにはいかないから」

「すぐに連絡しますよ……どうしますか？　逮捕状まで取れる状況なんですか？」逮捕状が取れれば指名手配できる。そうなると、今よりも手厚い体制での捜索が可能になるのだ。

「まだ厳しいな。本人は否定したままだし、バイクが現場近くにいた以外には物証もない」

「となると、時間がかかりそうですね」

「さっきの捜索だけど……部屋からは何も出てないのか？」

「まだ綿密に捜索はしていません。彼女に任せておけば、何か出るかもしれませんけどね」

「藤尾か？　あいつ、目がいいだろう。探し物が得意なんだ」

「大した才能ですよ」

「ただし、視力は両眼とも〇・二だけどな」

「視力と、探し物をする能力は関係ないということですかね」意外だった。眼鏡をかけていないので分からなかった……普段はコンタクトレンズを使っているのだろう。

六本木署へ戻って、総監へのレポートを作る。夕方まで待って新しい動きがなければ、このレポートを送って、今日の仕事は終了だ。

しかし、不思議な仕事だ。総監は、本気で私に金持ちの相手をさせようとしているのだろうか？

とはいえ私自身、二件の事件に関わったことで、この仕事に関する興味が湧いてきた。金持ちや権力者はとかく扱いにくいし、話しているだけで頭にくることもあるが、それでも興味深い面が多い。

自分の仕事には意義もあると思う。日本は二極化——持つ者と持たざる者にはっきり分かれた社会に変化しつつある。そして今後もにわか成金や、ＳＮＳを利用して一夜で有名になる人などは出てくるはずだ。そういう人は、犯罪に巻きこまれると大騒ぎして、新たなトラブルを引き起こす可能性が高い。今のうちに、様々な状態に慣れておいた方がいいだろう。そしていずれは——近いうちにスタッフも増やす。警視庁として本気で金持ち・有名人対策をするなら、私一人では絶対に手が回らない。

そして問題は、仮に正式にそういう部署が発足しても、外部に知られてはいけないということだ。「警察は上級国民を優遇するのか」という非難の声が絶対に上がる。もっともそれは、正式な部署でやっても私一人でやっても同じことで、この仕事は密かに行うのが肝だ。

自分の仕事を世間にアピールできないというのは、なかなかストレスが溜まるものだが。

私はできるだけ自炊するようにしている。家賃はかからないとはいえ、六本木は物価が高いので、毎日外食していたらエンゲル係数が突出するし、栄養バランスも崩れてしまう。とはいえ、常にしっかり栄養バランスを考えているわけではない。できるだけ野菜を多く食べる、ぐらいの意識だ。スポーツ選手ではないのだから、あまりにも栄養のことばかり考えていると、それがストレスになってしまうだろう。

だからたまに、栄養バランスを完全に無視した馬鹿馬鹿しい夕食を作りたくなる。今日も唐突にハンバーガーが食べたくなった。六本木には美味いハンバーガーを食べさせる店はいくらでもあるのだが、敢えて手作りにチャレンジする。ハンバーグは作り置きで冷凍してあるものがあるので、それをじっくり焼いてパテにする。パンは、自宅近くにある美味いパン屋で、ハンバーガーバンズではなくベーグルを買ってきた。挟むのはパテとごく薄い玉ねぎのスライス、トマトのみ。自家製のピクルスをたっぷり添え、大量のサラダとともに食べた。パテは二百グラムほどで、巨大というほどではないものの、ベーグルが歯応え十分な上、野菜も多いので腹は膨れる。フレンチフライさえ食べなければ、ハンバーガーの栄養バランスは悪くないと思う。特に今回のように大量の野菜サラダと一緒に食べれば。結果的に、自分を褒めたい夕食になった。

それでも食事を終えると、このところジムをサボりがちなのが気になってきた。明日は、何もなければジムへ行って、少し体をいじめることにしよう。

今夜は何もなさそうだ。久々にちゃんと掃除でもするか……2LDKのこのマンションは、一人暮らしには広い。掃除が面倒なので、もう少し狭い家に引っ越したい気持ちもあるのだが、無料というのは何よりも魅力だった。

このマンションは、父が代表を務めていた持ち株会社の所有だ。築二十五年ぐらい……本来どういう目的で購入したのか分からないが、父は遺言で、私に使わせるように、と書き残していた。この辺りでこの広さのマンションを借りたら、どんなに古い物件でも月の家賃二十万円、買えば億は下らないだろう。都心部の便利な場所にある物件でもあり、私は父の遺言をそのまま受け入れた。当時私は大学生、家を出て一人暮らしをしたかったせいもある。父が亡くなった後、どういうわけか母親との関係がぎすぎすしてしまったのだ。というわけで、母親がこの家に来たことは一度もない。もしかしたら、父が愛人のために用意していた物件で、母はそれを知っていたのでは、と私は訝《いぶか》っている。だったら、私がここに住むことに関して、いい感情を持たないのは当然だろう。

私は刑事である。その気になれば、二十年近く前に亡くなった父に愛人がいたかどうか、も割り出せるだろうが、その気にはなれなかった。過去は過去。埋めたままにしておいた方がいい。

部屋の一つは完全に物置になっている。物置というか、衣裳部屋か……私は持ち物が多い人間ではないので、本当は1LDKで十分なのだ。取り敢えず、一部屋には服をしまってあるだけだ。まず、その部屋に掃除機をかける。床に何もないので、綺麗に端から端まで。それから寝室に移ったが、掃除機の音が気になり始めた。この掃除機も、かなり古くなっている。結構頻繁に使っているから、そろそろガタがきてもおかしくない。しかし、掃除機ももう少し、進化の方向を考えた方がいいのではないだろうか。吸引力や扱いやすさはどんどん向上しているのに、「音」だけはまったく改善されていないではないか――と思ったのは、電話を聞き逃しかけたからだ。何か聞こえた気がして掃除機を止めると、スマートフォンの呼び出し音……急いでリビングルームに戻り、ローテーブルに置いてあったスマートフォンを取り上げた。登録したばかりの番号――世田谷西署の清水だった。

「おい、えらいことだ！」

「落ち着きましょう。夜の挨拶から始めませんか？」

古いタイプの警察官である清水らしくない慌てふためいた態度に、私は敢えてからかうように言った。それで清水が爆発する。

「そんなこと言ってる場合じゃねえ！　梅島さんが殺された！」

この件は、正確には世田谷西署の担当ではなかった。所轄は渋谷中央署である。現場――一柳ホールディングスがあるのは渋谷区だ。

清水のところにもまだ詳しい情報は入っていなかったが、どうやら非常に荒っぽい犯行だったらしい。梅島はとっくに仕事を再開しており、今日も朝から会社にいた。仕事を終えて会社を出たのは、午後六時過ぎ。そこをいきなり襲われ――銃弾を浴びせかけられ、病院へ運びこまれたものの、死亡が確認されたという。

「世田谷西署としてはどうするんですか？」

「どうもこうも、うちには捜査権がねえ。ただし、遺族に話をする時は、うちの刑事が同行する。知っている人間がいた方がいいだろう」

「そうですね……ご家族には会いましたか？」

「これからだ」

「渋谷中央署なら、話が聴ける相手がいます」溝内の顔を思い浮かべたが、今はそれどころではないだろう。現場指揮官として、てんてこ舞いになっているはずだ。いや、刑事課の係長レベルで済む話ではないか。梅島はセレブ――当然、署長自らが指揮を執らねばならない。そして家族への対応は、私がやるべきではないだろうか。

「渋谷中央署に話を聴きますけど、ご家族には私が話した方がいいんじゃないですか？」

「ああ、あんたの方が家族の受けはいいだろうな」清水がほっとした口調で言った。未だに、梅島家には苦手意識を持っているらしい。「じゃあ、申し訳ねえが頼む。すぐに電話してくれよ」

「分かりました。ご遺体は？」

「病院に運びこまれて、身元の確認ができたのはついさっきなんだ」清水が苦しそうな声で言った。「だからまだ……遺体はしばらく、家族には渡せねえな。解剖が必要だ」

「その辺の事情は、落ち着いた状況で説明しましょう。取り敢えず、情報収集します」

電話を切って、昨日もらったばかりの溝内の名刺を取り出したが、電話するのは憚《はばか》られる。ふと考え直して、もう一枚の名刺を取り出した。藤尾明日架。まだ現場で必死に駆け回っているかもしれないが、溝内よりは話しやすい。

「二階堂です」

「ああ、こんにちは――今ちょっとばたついているんですが」

「渋谷三丁目の事件だろう？」

「情報、早いですね」明日架が驚いたように言った。

「被害者、梅島さんだよな？　梅島満さん」

「何で知ってるんですか？」かすかに非難するような口調。

「梅島さんの自宅に、先週泥棒が入った。その件で、僕が話を聴いていた」

「宥《なだ》めていた、じゃないんですか」

「言い方は何とでも……上層部では情報が共有されてたんじゃないか？　担当の世田谷西署に話が流れて、そこから僕に情報が入ってきた。ご遺族に説明しないといけないんだけど、現段階で分かってる部分を教えてくれないか？」

「発生は――通報は午後六時十五分です。会社は渋谷三丁目で、その近くの会社に勤める人から一一九番通報がありました。銃声のような音がして、人が二人倒れていると」

「二人？」

「梅島さんと、もう一人は運転手と見られます。ただしまだ、確定できていません」

「二人とも撃たれた？　運転手の方は大丈夫なのか？」

「今、処置中だそうです。どうなるかは分かりません」

運転手が生き延びるかどうかは重要なポイントだ。一番近くで事件を見た――巻きこまれたわけで、犯人を見ている可能性が高い。

「状況は分かってるのか？」

「まだです。直接現場を見ていた人もいないようなので、今、防犯カメラの映像を分析しています」

「君は何をやってる？」

「現場の聞き込みです。目撃者はいそうな場所なんですけどねえ」

渋谷三丁目……明治通りの東側に広がる一帯だ。渋谷中央署のすぐ裏、とも言える。飲食店や小さな会社が入ったオフィスビルなどが建ち並んだ一角のはずだ。

「午後六時なら、まだ人はたくさんいそうだけどな」

「そうなんですけど、そう都合よくは……もういいですか？　今も現場を回ってる最中なので」

「溝内さんのご機嫌は？」

「最低に決まってるじゃないですか」

礼を言って電話を切り、すぐに家を飛び出した。これから動き回るにはバイクの方が便利なのだが、バイクでは走りながら電話はしにくい。結局六本木署まで戻って、車を出すことにした。西へ向かいながら、清水に電話を入れる。

「まだあまり状況が分かっていないようです。目撃者も見つかっていません。ご遺族の方、どうします？」

「あんたは今どうしてる？」

「そちら方面へ向かっていますが、ご遺体は病院から動かせないですよね？」

「ああ」

「だったらまず、誰かを派遣して、ご家族に知らせて下さい」

「あんたが話してくれるんじゃないのか」清水は不満そうだった。

「話しますが、第一報はそちらで……私は病院で待機します。その方が無駄がないですよね」

「分かった。じゃあ、病院に着いた後は、あんた、頼むぞ」

「責任持って話しますよ」

病院は西麻布にあった。夜間緊急出入り口の近くにポルシェを停めて、病院内に駆けこむ。ざわついた雰囲気……普通、夜の病院は気味が悪いほど静かなのだが、今夜は違う。銃撃を受けた怪我人が二人も運びこまれているのだ。

運転手の治療は終わり、ＩＣＵへ移されたというので、その場所を確認して早足で急ぐ。本当はダッシュしたいところだが、警察学校で叩きこまれた教えは、無意識レベルで身に染みついている。病院とのつき合いは多くなるので、失礼にならないように——どんなに多数の犠牲者が出るような事故や災害でも、絶対に病院内で走ってはいけない。走るのは医師や看護師の仕事で、警察官が慌ててそれに加わってはならないのだ、と。

ＩＣＵの前では、溝内が後ろ手を組んで、落ち着きなく歩き回っていた。廊下の幅をひたすら往復……何もわざわざ係長が病院へ来る必要はないのだが、一刻も早く結果を知りたいのだろう。同行している二人の若い刑事は、「廊下に立っていろ」と言われた小学生のように、厳しい表情を浮かべて並んでいる。

「溝内さん」

溝内が廊下の真ん中で立ち止まり、こちらを向いた。私の顔を認めると、険しい顔でうなずく。

「被害者の方が——」

「世田谷西署に聞いた。あんたがハブになってるようだな」

「人を犯人グループの中心みたいに言わないで下さい」私は抗議した。

「しかし、梅島さんとは先週から接点があったんだろう？」

「窃盗事件の被害者として、ですよ」そして今回は、取り返しのつかない「被害者」になってしまったのだが。

「状況、簡単にしか聞いてないんですけど、どうですか？　何か分かりましたか？」

「梅島さんが会社を出て、社用車に乗りこもうとした瞬間に、背後から撃たれたらしい。検視もまだだが、最低二発は当たっているようだ。一発は背中、一発は後頭部……本当は、検視も解剖も必要ないな。頭の右半分が吹っ飛ばされている」

「かなり大口径の銃ですね？」

「それは、銃弾を見つけてみないと何とも言えないが、傷跡がな……さらに一発が、ドアを押さえていた運転手の胸に当たった」

「運転手は、会社の人ですか？」書生の一人では、と私は想像した。それでは哀れ過ぎる。

「ああ。手術は終わったけど、まだ意識は戻っていない。梅島さんのご家族は？」

「今、世田谷西署が、事情を話しに行っています。おそらく、すぐこっちへ来ると思います。それで私は先回りして……」

「慰めに来た、と」

「慰めるのか、怒りを受け止めることになるのか分かりませんけど……念の為ですが、総合支援課にも連絡した方がいいですね。こういう事件の被害者家族対応となったら、やはりあの連中の専門でしょう」

「もう連絡した。間もなくこっちへ——来たな」

私は振り返った。女性が二人——二人とも三十代前半ぐらいだろうか——険しい表情を浮かべてこちらへ向かってくる。私は二人の行手を阻むように、廊下の真ん中に立った。先を歩いてきた女性が足を止める。彼女の方が、表情が険しかった。

「支援課の柿谷晶《かきやあきら》です」

こいつが柿谷か、と私は困ってしまった。今、警視庁の中で一番扱いにくいという評判の人間である。本人の出自がややこしい——実兄が傷害致死事件の犯人で実刑判決を受けて服役した——上に、支援課に来てからは、犯罪被害者、加害者の家族を気遣うあまり、捜査部署と衝突ばかりしているのだという。確かに気の強そうな顔をしている……。

「刑事総務課の二階堂です」

「総務課……」晶の表情がさらに歪む。「刑事総務課の人が、どうして現場にいるんですか？」

「別件で被害者を担当していまして、話を聞いて急いで来たんですよ」

「被害者を担当——ああ、もしかしたらセレブ担当の人って、あなたですか？」

「セレブ担当、とは言わないでもらえるかな。セレブ刑事は絶対ＮＧ。セレブが、趣味で刑事をやっているみたいに聞こえるから」

「それはどうでもいいですけど……被害者のご家族は？」

「地元の世田谷西署が対応しています。間もなくこちらへ来る予定だけど……最初に僕が話しますよ」私は宣言した。

「被害者家族の支援は、私たちの仕事なんですけど」晶が抗議した。

「扱いが難しいご家族です。僕は顔見知りなので、何とかしますよ」

「そうですか……では、お手なみ拝見といきますか」晶が馬鹿にしたように言った。

「そもそもそちらは、被害者家族が困っている時に手を貸すのが仕事では？　どういう状況か、まだ全然分かっていないでしょう」

「何かあってからでは遅いんです。事前にちゃんと準備して、寄り添うようにします――それで、どんなご家族なんですか？」

私は、窃盗事件のことも含めて説明した。溝内は初めて聴く話のようで、いつの間にか話の輪に入っている。

「つまり、自分の腕一本で会社をここまで大きくした辣腕《らつわん》経営者ということですね？」

「世間では一般的に、成り上がりとか成金とか言います」

晶の表情が微妙に歪む。「セレブ担当の人が、そんな風に言っていいんですか？」と遠慮がちに訊ねる。

「セレブ担当ではないです……それに、セレブの人を持ち上げていい気分にさせるのが私の仕事ではないですから。持ち上げるとしたら、捜査をやりやすくするためです」

「何だかよく分かりません」

「私もよく分かっていないので、お気になさらず」

溝内の顔が動いた。その直後、私はヒールが廊下を打つカツカツという甲高い音と、罵声を聞いた。

「だから！　どうしてすぐに会えないの！」

美沙だ。廊下の角を曲がった瞬間、怒りに満ちた顔が見えた。肩を怒らせて、こちらに向かって来る。誰がここへ連れてきたんだ……すぐ後ろから、顔を知っている世田谷西署の刑事が追って来る。彼も、どこへ連れていっていいか分からず、ここへ来てしまったのだろう。

私は前に出て、彼女と向き合った。気づいた美沙が、急停止する。ヒールの高いパンプスなのでバランスを崩しそうになった……病院に来るのに、こんなハイヒール？　それだけ慌てていた証拠かもしれない。

「美沙さん」私は静かに声をかけた。

「主人に会わせて！　何があったんですか？　ちゃんと説明して！」

私は両手を広げ、何度か上下させた。「落ち着け」のジェスチャーだが、それがかえって美沙を怒らせてしまったようだ。

「何ですか！　事故に遭ったと聞いたから急いで来たんですよ。どうして会わせてくれないの？」

私は世田谷西署の刑事に視線を向けた。事故？　そう言わざるを得なかったのか。後でバレても「状況がよく分からなかった」と言い訳はできるわけだ。

「事故ではありません」私は言った。言っていいかどうかは分からなかったが、誰かがきちんと説明しないといけない。「それより、ここでは話ができませんし、ご主人はこの近くにはいません。今ご案内しますので……ここでは、会社の運転手の方が寝ています」

「運転手って——総務の石垣《いしがき》さん？」

「名前はまだ確認できていないんです。石垣さんという方なんですか？」

「会社で運転を担当しているのが石垣さんです。石垣さんが運転していて事故に遭ったんですか？」美沙が食い下がる。石垣を許さないとでも言いたげな、怒りに満ちた顔つきだった。

「違います。ここでは話せないので——」

私は後ろを向いて、溝内に助けを求めた。溝内が前に出て、挨拶する。

「渋谷中央署の溝内です。ご案内します……」

「主人はどこなんですか！」美沙が金切り声を上げた。

「病院にも遺体を安置する場所があります」

「遺体……」

美沙の口がぽかりと開き、全身から力が抜ける。膝から崩れ落ちそうになる直前、私は前に進み出て肘を摑み、何とか彼女を支えた。すかさず晶がヘルプに入ってくれる。二人で両脇から支えて、廊下にあるベンチに腰かけさせた。晶が私にうなずきかける。私は「問題児」と認定していた——実際その片鱗を見せた——晶を少しだけ見直していた。余計なことを喋らず、ただ黙ってサポートしてくれる。もう一人の女性スタッフが、巨大なトートバッグから小さな水のペットボトルを取り出してキャップを開け、美沙に渡した。

「飲んで下さい。楽になります」

言われるまま、美沙がボトルを受け取り、口元に運んだ。少しこぼれたが、何とか一口飲む……ボトルを口から離すと、小さく溜息をついた。顔を上げ、助けを求めるような目で私を見て「何があったんですか」と訊ねる。

私は溝内に厳しい視線を向けた。梅島が死んだことは告げねばならないが、言い方に工夫して欲しかった。溝内が素早くうなずく。この場は私に任せたということか。覚悟を決めて、話し始める。

「会社を出て車に乗りこもうとしたところで、撃たれたんです。犯人は、至近距離で発砲した可能性があり、避《よ》けられませんでした。運転手の石垣さんも、その時に撃たれたようです」

「主人は……」美沙の声が震える。

「すぐにこの病院に運びこまれましたが、その時点で心肺停止状態だったと聞いています。蘇生《そせい》できませんでした」

「話したの！　話したんです！」

「梅島さんと、ですか」

「会社を出る前に、いつも電話してくるの！　今日はそのまま帰るから家でご飯を食べるって……あの人の好物の牛タンを仙台から送ってもらったから……朝から楽しみにしていて……」

美沙がその場で倒れこんだ。晶がさっと脇に座り、彼女の腕を取る。しかし無理に引き上げようとはせず、そっと腕を撫でた。コートの上からでもその優しい感触は分かるはずで、美沙は左手をベンチについて、何とか姿勢を立て直した。

「主人に……会えますか？　会わせて下さい！」

私は溝内と顔を見合わせた。溝内が黙って首を横に振る。溝内は既に死体を確認したはずで、状態のひどさはよく分かっているのだろう。頭を後ろから吹き飛ばされて即死――家族が見るには辛い状態になっているのは間違いない。解剖後、ある程度綺麗にしてもらってからの方がいいのだが、それがいつになるかは分からない。

「率直に申し上げます。傷の状態がかなりひどいです」私は言った。止めるには、正直に言うしかない。

「関係ないです」

「――分かりました」私は、今度は晶に視線を向けた。晶は瞬時困惑した表情を浮かべたが、それでもうなずく。「今、ご案内します。他のご家族――娘さんたちには、連絡されましたか？」

「まだです」

「書生の方たちも、こちらには来ていないんですか？」

「二人ともまだ大学にいました」

「分かりました」私は手帳を広げ、ページを繰った。梅島の娘二人の連絡先を控えた箇所がある。そのページを破り取って、晶に渡した。本来は、家族への連絡は渋谷中央署が行うのが筋なのだが、せっかく支援課のスタッフがいるのだから任せてしまおう。紙を受け取った晶が、勘よく事情を察してうなずいた。

「では今、ご案内します」

晶が手を貸して美沙を立たせる。この状態では、相手が金持ちだろうが何だろうが関係ない。どれだけ金を持っていても、亡くなった人間を甦らせることはできないのだ。

そして事態は、さらに混迷していくことになる。

10

この夜のうちにできることは、あまりないはずだった。梅島家から書生の二人が駆けつけてきて遺体と面会はしたが、それ以上はどうしようもない。解剖が必要だと説明すると、美沙は気絶しそうになったが、何とか持ちこたえた。

解剖は明日の午後になりそうで、遺体の引き渡しはそれ以降……晶が二人の娘に連絡を取ってくれ、大阪に住む長女は明日の朝一番で、仙台にいる次女は、車を飛ばしてこれから東京へ向かうことになった。ということは、美沙たちには家にいてもらった方がいい。私は晶と相談して、自宅で少し様子を見ることにした。私のポルシェで、美沙と書生を自宅まで送る。晶たちは電車を乗り継いで行くと決まった。

しかし……こんなに苦しい運転は初めてだった。ショックと悲しみで言葉もない三人を乗せると、車内は湿った重苦しい沈黙に包まれる。喋って相手を和《なご》ませる術《すべ》は知っているつもりだが、こういう状況だとまったく対応できない。できるだけ早く家に着きたかったが、アクセルをベタ踏みするわけにもいかない。カイエンのアクセルを思い切り踏みこむと、重量級のボディは、体がシートに張りつくような加速を見せるのだが。

午後九時過ぎ、自宅に着いた時にはほっとした。大きなガレージの前に車を停めると、書生の一人がリモコンでシャッターを開けてくれた。中に車を入れて、ようやく一息つく。手伝いの女性が出迎えてくれた。眉間に皺を寄せて、今にも泣き出しそうである。

「奥様、おにぎりだけ用意してますが……」

「それどころじゃないでしょう！」美沙が怒りをこめて喚《わめ》き散らす。それで手伝いの女性はびくりと身を震わせ、固まってしまった。やがて深く頭を下げ、「余計なことをしました」と謝った。

口を挟めることではないが、さすがにむっとした。彼女は、何も食べていない美沙たちのために食事を用意しただけなのだ。もっとも、美沙が何も食べる気になれないのも理解できる。こういう場合は、何も言わないのが正解だろう。私の仕事はあくまで交通整理であり、金持ちたちと捜査部署をつないで、捜査をスムーズにすることだ。慰めるのは「サービス」と言っていい。

三人がリビングルームに入った。バスケットボールのコートが作れるほど広い部屋は、ひどく空疎な感じがする。書生の一人、安塚が気を利かせてお茶を淹れたが、美沙は右腕の一振りで、湯呑みをテーブルから叩き落としてしまった。湯呑みが粉々に割れ、お茶と破片が床に飛び散る。蒼い顔になった安塚が、それでも湯呑みの破片を片づけ始めた。もう一人の書生、三河は凍りついたように立ったまま。

「――ごめん」美沙が誰の顔も見ずにつぶやき、立ち上がった。「少し休むわ」

美沙が危なっかしい足取りで歩き始めた。リビングルームを出る時に振り返り、私に視線を向ける。

「犯人は……逮捕してくれるのよね？」

「担当者がきちんと捜査します」

「あなたが逮捕して！」美沙が叫んだ。「あなたは、この家に泥棒が入った時から話を聴いてくれた。うちに一番近い刑事さんでしょう？　それにあなたなら信用できる。あなたがちゃんと捜査して！」

言い残して、美沙が出て行く。そのタイミングで玄関のチャイムが鳴ったので、私はインタフォンで応対した。晶だった。彼女を出迎え、事情を説明する。晶はすぐに、美沙を追って階段を上がっていった。しばらく耳を澄ませていたが、何も聞こえない。少なくとも美沙は、晶に対しては怒りを爆発させていないようだった。

もう一人の女性スタッフは後を追わず、静かに立っている。私に視線を向け、頭を下げた。

「先ほどは挨拶できませんでした……支援課の秦香奈江《はたかなえ》です」

「彼女、大丈夫かな」

「何がですか？」

「任せてしまって」

「当たり前じゃないですか」香奈江が意外そうな表情を浮かべる。「晶さん、プロですよ」

「いろいろ悪い評判も聞くけど」

「それは逆です。捜査担当者が被害者家族を傷つけるようなことをするから、問題になるんです。うちは常に被害者ファーストですから、どうしても捜査担当者とぶつかることもあります。でもそれが、支援課の仕事なので」

「捜査担当者とぶつかることが？」

「被害者家族を守ること、そして支援のあり方を教育すること、です」香奈江が平然と言い放つ。

「そういう基本が分かっていない人が多いんです」

そういえば、支援課はよく「研修」をやっている。本部内各部署、所轄……私も捜査一課にいた頃に研修を受けたことがあるが、眠気をこらえるので大変だったとしか覚えていない。

言い合いをするのも面倒なので、私はリビングルームに戻った。二人の書生が手持ち無沙汰にしている。いつの間にかテレビがついていたが、音量はゼロ。しかし九時のニュースで、まさに梅島が殺されたと伝えられていた。映像は現場――一柳ホールディングスの本社前だ。

私は二人に、座るよう促した。

「明日以降、警察の事情聴取も始まる。大変だけど、協力して欲しい」

「またですか……」安塚が不満そうに言った。「外の話ですよね？　何か聴かれても、答えることとなんかないですよ」

「梅島さん、人に恨みを買ってるようなことはなかったかな」

「それは……」安塚が助けを求めるように三河を見た。三河が自信なげに首を横に振る。

「心当たり、なしか……君たちは、会社の仕事も手伝ってたんだろう？」

「ただの雑用です」安塚が答えた。「大事なところには触ってないですし、仕事の内容もよく分かってません」

「あの……」三河が心配そうに切り出した。「僕たち、ここを出ないといけないんじゃないですか？　大学も？」

「それは……僕には分からないな」私はそう言わざるを得なかった。「梅島さんのご意志で君たちはここにいる……梅島さんが亡くなった今、何をどうするか決めるのは奥さんだ。奥さんに確認してもらうしかないな」

「でも、しばらく無理ですよね。あの調子だと……」三河が溜息をつく。

「美沙さんは、普段からあまり安定しない人なのかな？」

「そんなこともないですけど、今日は……ショックなんでしょうね」三河が答える。

「だったら、少し時間をおいて、落ち着いたところで聞くしかないだろうな。今は一月だから……今年度の分の授業料なんかは、払いこみ済みだろう？　四月――来年度以降のことを心配するのは、もう少し先でいいんじゃないかな」

そこへ晶が戻って来た。安心した様子……でもない。何かが引っかかっている感じだった。

「美沙さんは？」

「寝ました」

「もう？」

「処方された睡眠薬を呑んで……」晶が二人の書生に視線を向けた。「普段から睡眠薬を呑んでるの？」

「ちょっと分からないです」安塚が首を捻りながら答える。

「これね」晶が袋を持ち上げる。「こういう状況だから、睡眠薬は呑まない方がいい……明日、ちゃんと話します。二階堂さん、明日以降もこちらへ？」

「分からない。所轄から応援要請があるか、梅島さんに呼ばれたら来るよ」

「明日以降どうするか、ちょっと作戦会議をしておきませんか？　二階堂さんの車で」

「ああ、そうしよう」支援課とは、しばらく一緒に仕事をすることになるかもしれない。今のうちに基本方針を定めておいてもいいだろう。

ガレージに停めた車に乗りこむと、香奈江が驚きの声を上げた。

「何でこんな高級車……二階堂さんの車ですか？」

「まさか。貸与されてるだけだ。金持ち相手に仕事をするのに、相手に舐められない方がいいから、これにしたんだよ。中古のいい車を見つけてくるのは大変だったけど」

「二階堂さんが自分で探したんですか？」

「一人しかいないからね——ちょっと待った」

背広のポケットで携帯電話が鳴っている。引っ張り出すと、先ほどかけたばかりの電話番号が浮かんでいた。明日架。

「すみません、今、大丈夫ですか？」

「ああ」

「話していいかどうか分からなかったんですけど、二階堂さんは最初からこの件に嚙んでいたので……」

「君の判断で電話してきたのか？」

「ええ。内密でお願いします——容疑者が上がってます。防犯カメラの映像からです」

「SSBC（捜査支援分析センター）がもう動いたのか？　分析依頼が溜まっていて、相当待たされるはずだけど」

「いえ、うちで確認しました。ＳＳＢＣに持ちこむ前に、こっちで見ておこうと……それで分かったんです。容疑者は竹本幸樹です」

「竹本が？」声が裏返ってしまう。

「はい。犯行時の様子と、その直後にバイクで走り去る様子が確認できました。ナンバーは間違いなく竹本のバイクのものです」

「顔は？　ヘルメットをかぶっていたら、顔を特定できないだろう」

「フルフェイスではないんです。何て言うんですか、前のシールド全体が上に上がるような……」

「ジェットタイプ？」

「それです。サングラスもマスクもしていないので、額から顎まで、シールド越しに映っています。もちろん、詳細な鑑定は必要ですけど、間違いないと思います」

「分かった」分かったとは言ったが、どういうことなのかはさっぱり想像もできない。竹本幸樹が梅島を襲った？　しかも射殺？　いったいどういう目的でこんなことをしたのだろう。今朝から姿を消していたのは、このためか？

「一応、お知らせまで、です」

「分かった。親切にありがとう」

電話を切り、スマートフォンを握ったまま目を瞑《つぶ》った。重苦しい沈黙が車内に満ちる。それに耐えられなくなったのか、晶が「二階堂さん？」と声をかけてきた。

「どうしたんですか？」

「犯人が割れた」

「もう、ですか？」晶の声も裏返る。「防犯カメラですか？」

反応が早い――そうか、彼女も捜査一課出身だったと思い出す。最近の捜査がどんな風に進むかもよく分かっているだろう。

「そうらしい。確定じゃないけど、僕のネタ元の話し方だと、まず間違いないな」

「どこにネタ元を飼ってるんですか？」

「それを言うと、ネタ元がばれてしまう」

「そうですか……それで、容疑者は誰なんですか？」

「実は、渋谷中央署が別容疑で追っていた人間なんだ」

私はかいつまんで事情を説明した。その件――元々の事件である強盗については、晶も知っていた。

「その事件でも、支援課が出動したのか？」

「いいえ、所轄の初期支援員がしっかりフォローしてくれたので、私たちの出番はありませんでした。ただ、都内で起きた事件は全部、うちに連絡が入ることになっています。交通事故も含めて」

「だったら、てんてこ舞いじゃないか。交通事故なんて、都内で一日何件起きてるか」

「支援業務が多いのは、交通事故と性犯罪なんです」

「ああ……なるほど」

「それで、容疑者が割れると、二階堂さんの仕事は変わるんですか？」

先ほどの美沙の痛切な叫びが耳に蘇る。「あなたがちゃんと捜査して！」……彼女は、私を信用している――すがっている。信用している人間に犯人を捕まえて欲しいと願うのは、まっとうな感情だろう。容疑者が割れたということは、既に事件は解決したも同然で……しかし詳しく事情を調べて、説明するぐらいはいいだろう。

「とにかく情報収集してみる。状況によっては、明日は別の動きをするかもしれない。こっちは、君たちに任せて大丈夫だろうか」

「もちろん、大丈夫です」晶があっさり言い切った。「プロですから」

念のために連絡先を交換した。晶たちはもう少しここに残って、書生の二人からも情報収集したいという。私は渋谷中央署へ……スカッシュのボールになってしまったような気分だった。ラケットで打たれたり壁に当たったり——ひどく動いているように見えて、実は狭いコートから一歩も出ていないのかもしれない。

「あんたはこの捜査には関係ないんだから、一々顔を出さなくていいんだよ」溝内は憔悴しきっていた。

「容疑者が割れたんですよ？　被害者の奥さんに説明する責任があります」

「今、あんたが喋った以上の情報は分かってないんだ。手配は強化したから、後は捕まるのを待つだけだ」

「行き先は、まだ潰し切れていないですよね？」

「ああ」

そう言えば、私が話した塩谷美羽からも連絡はない。幸樹が人殺しをした疑いが強いということを教えておくべきだろうか。彼女には、単なる行方不明として教えたのだが、殺人事件となったら、本気になって捜してくれるかもしれない——いや、余計な刺激は与えない方がいいだろう。

「容疑者が割れた話は、広報したんですか？」

「いや、まだ逮捕状も取れてないからな。広報するとしたら、逮捕の準備が整ってから――逮捕してからだ」

「分かりました。ちなみに、竹本審議官には……」

「まだ話していない」

「どうしますか？　逮捕状待ちですか？　何だったら、私が話しますけど」

「難しいところだ」溝内が首を横に振った。「これで犯人と確定できたわけじゃないから、あまり先走って伝えても、な」

「でも、容疑がかかっているのは間違いありません。それを事前に教えておかないと、万が一幸樹が自宅に戻って来た時に、混乱するかもしれません。それがマスコミに漏れたら、大騒ぎになりますよ」

「漏れるも何も、逮捕状が取れたら広報する――そうしたら一斉に記事になるよ」

「その辺も含めて、審議官には説明しておいた方がいいです。心構えがあるのとないのとでは、大きな違いでしょう」

「そうか……それは、あんたがやってくれるのか？」

「そのつもりです。ちなみに、防犯カメラの映像も見せたいんですが」

「駄目だ。あれは証拠だ」溝内が頑《かたく》なになる。「容疑者の家族でも見せるわけにはいかない」

「動画から切り出した静止画のプリントアウトでは？　厳密に言えば、証拠は映像でしょう。静止画は違いますよ」

「屁理屈はいい！」

「審議官は、疑り深い人なんです。はっきりした証拠がないと、こちらの言い分を信用しないかもしれません」

「分かった、分かった」溝内が舌打ちをした。「ただし、渡さないで、見せるだけだぜ」

「もちろんです」

明日架がプリントアウトを用意してくれる間に、竹本に電話をかける。「十二時に寝る」と言っていたが、既に夜十一時……訪ねて行くどころか、電話をかけるにも遅い時間だ。しかし今は緊急事態なので、私は迷わず電話をかけた。

竹本はすぐに電話に出たが、何だかあたふたした感じだった。

「大事なお話があるんですが、今からお伺いしてよろしいですか？　渋谷にいるので、二十分もあれば行けます」

「いや、今は困る」

「困る？」何か問題でも起きたのだろうか。そうでなくても、今は問題だらけのはずだが。

「今、幸樹のバイクが戻って来たんだ」

「幸樹さん本人が運転していますか？」

「それは……リビングルームからはよく見えない」

「分かりました。では、かけ直します」

私は正直、呆れていた。人を一人殺し、一人を重傷にした夜に、平然と家に帰って来るとは、何を考えているのだろう。

「幸樹が家に帰って来たようです」溝内に告げる。

「ああ？」溝内が声を張り上げる。

「まさに今です。自宅には、警官はいないんですか？」

「いない――目黒中央署に動いてもらおう。あそこはすぐ近くだ」

溝内が受話器を取り上げた。それを横目で見ながら、私は明日架と話した。彼女も興味津々といった様子で、話を聞きたがっている。

「たった今だ」

「本人なんですかね？」

「それは分からないけど……何なんだ、いったい？」私はつい疑念を口に出してしまった。「自宅に帰るなんて、自殺行為じゃないか。捕まらない自信でもあるのかな」

「うーん、何を考えてるかは分かりませんけど」

「おい、出動だ！」電話を終えた溝内が声を張り上げる。しかしまだ冷静さは残っており、その場にいた全員の出動ではないと訂正する。それから四人の刑事の名前を挙げた。明日架も入っている。「現場部隊は以上の四人。俺も行く。その他の人間は待機」

おう、と声が上がる。私も行きます――と言おうとしたが、敢えて言わなかった。言えば「余計なことはするな」と釘を刺されそうだし、そんなことで言い合いをしている余裕はない。

溝内を含む五人が刑事課の部屋を飛び出していくのを確認してから、私は自分のポルシェに戻った。

竹本の自宅周辺は、物々しい雰囲気になっていた。非常線が張られているわけではないし、パトカーが大量に集まっているわけでもないが、制服警官が二人、それに私服の刑事が何人もいる。普通の人が通りかかっただけでは分からないかもしれないが、異様な雰囲気は私には敏感に感じ取れた。

溝内が自らインタフォンを鳴らす。しばらくそのまま……二度目に鳴らそうとした瞬間、ドアが開く。顔を出したのは竹本。何か言おうとしたが、次の瞬間にはよろけて、倒れそうになりながら外へ出て来た。何も履いていない……闇の中、靴下も履いていない足の白さがやけに目立った。

すぐに幸樹が出て来る。刑事たちが身柄を押さえようと詰め寄ったが、いきなり鳴り響いた銃声に、動きが止まってしまう。

「こっちへ！」私は、近くで警戒していた制服警官二人を呼んだ——銃声が聞こえて、既に動き出していたが。制服警官は必ず銃を持っているし、こっちは複数だ。十分対処できる。

幸樹は焦っている。目は血走り、唇は震えていた。丈夫そうな革ジャンは、家に入った時から、ずっと脱いでいなかったのかもしれない。

逃走の途中だから。

「動くな！」幸樹が叫ぶ。声は震えているが、確実に歩みを進めた。刑事たちの輪が広がる。銃を持った相手に対して無理はいけない。ここは制服組の二人に任せるしかない。

二人が、幸樹の正面に立ちはだかる。銃はしっかり構えて、相手の胸を狙っていた。しかし幸樹は、気にする様子もなくゆっくりと前に進む。

「どけ！」

「止まれ！」制服警官の一人が叫んだが、声が頼りなく震えてしまった。おそらく、まだ若い——所轄に配属になったばかりかもしれない。それでいきなり銃を持った相手と対峙するのは、可哀想としか言いようがない。

幸樹が走り出す。虚を突かれた二人の警官は、必死で腕を伸ばして幸樹を捕まえようとしたが、ぎりぎりで届かない。しかしわずかに手が触れたせいで、幸樹もバランスを崩してしまう。

私は即座にダッシュして、幸樹の右手を蹴り上げた。靴に硬い衝撃があって、拳銃が宙を舞う。幸樹はその場でしゃがみこんでしまったが、刑事たちは誰も動けない。何が起きたか分かっていないのか……私は「確保！」と叫んだ。それが引き金になり、まず一番近くにいた制服警官二人が襲いかかった。次いで溝内たちも。幸樹はたちまち、数人の警察官の下敷きになった。革ジャンの腕が伸びているのが見えたので、私は明日架――さすがにこの乱闘劇には参加しなかった――に声をかけた。

「手錠《ワッパ》！　早く！」

再起動した明日架が、ベルトから手錠を抜いて、素早く幸樹の手にかけた。かちりという冷たい音が聞こえて、幸樹も命運が尽きたことを悟ったようだ。すぐに動かなくなる。

「確保！　確保した！」

私が叫ぶと、一人二人と幸樹から離れる。この場は大丈夫……私は周辺を探し回って幸樹の拳銃を見つけ出し、ハンカチを使って取り上げた。

「あんた、やるじゃないか」溝内が驚いたように言った。「ただのセレブ刑事じゃないんだな」

「セレブ刑事はやめて下さい……それより、血が出てます」突っこんだ時にどこかにぶつけたのか、溝内の額には血が滲《にじ》んでいる。

「大したことはない。拳銃、預かる」

私はハンカチごと拳銃を渡した。今しがた発砲されたばかりなので、銃身がまだ熱い。

「これから署に引っ張る。公務執行妨害と銃刀法違反だ」

「私は審議官と話します」

「藤尾を残していくから、一緒に頼む」

「分かりました」明日架は……その場にへたりこんでいる。「ほら」

私は彼女に手を差し伸べた。明日架が泣きそうな表情で私を見て、手を摑む。私は思い切り引っ張って彼女を立たせた。しかし立ち上がってもふらつくので、慌てて肘を摑んで支えた。

「大丈夫か?」

「すみません。腰が抜けるって、本当にあるんですね」

「誰でも、目の前で拳銃をぶっ放されたら、ビビるよ」

「二階堂さん、平気じゃないですか」

「それなりに経験は積んでるよ——君は残って、審議官から話を聴いてくれ。僕も残る」

「分かりました」

涙目になりながらも、明日架がうなずいた。こういう時は、ショックが引くのを待つよりも、すぐに新しい仕事を始めた方がいい。

私は、玄関の前でへたりこんだ竹本に駆け寄った。

「審議官、大丈夫ですか?」

「大丈夫ではないな」

消え入りそうな声で言って、竹本が立ちあがろうとした。明日架が急いで手を貸す。竹本は何度かうなずきながら、何とか立ち上がった。明日架と違ってふらつきはしない。

「あの銃は……本物なのか?」竹本が私に訊ねる。

「私が触った感じでは、本物に思えました」

「まさか、拳銃なんて……」

「その辺について、お話をさせていただきます。遅い時間ですけど、ちょっとお時間いただきますね」

そして家に入った私たちは、号泣する竹本の妻と対面することになった。

11

竹本は呆然としていた。いきなり目の前で息子が発砲し、その場で逮捕された——いかに高級官僚とはいえ、こんな特殊な状況に簡単にアジャストできるはずがない。

「怪我はないですか？」

私の問いかけにも、力なくうなずくだけだった。私と竹本はダイニングテーブルについて正面から向き合い、妻はぐったりしてソファに座っている。明日架がつき添っていた。

「殺人事件の現場近くの防犯カメラの解析から、息子さんがそこにいたことは分かっています。もちろん、これから調べてみないとはっきりしたことは分かりませんが……」

映像から切り出した写真を見せたが、竹本は力なく首を横に振るだけだった。きちんと見るだけの余力もないか。

「私からお願いというか、忠告というか、お話ししておきたいのはマスコミ対策です」

「ああ……」竹本がぼんやりとした表情でうなずく。

「審議官が、これまで日本のために尽力されてきたことは、私は知っています。しかし多くの人が『審議官』という役職を聞いて思い浮かべるのは『何をしているか分からないけど偉い人』です。その息子さんが犯罪に手を染めたら、とにかく叩こうとする人が出てきます」

「炎上、か」馬鹿にしたように竹本が言った。

「ネットは見ないように、お勧めします。できるだけ家からも出ないようにして……警察の事情聴取はありますが、それ以外では家にいていただいた方がいいです」

「仕事があるんだ」

「仕事より、今はご自分の身を守って下さい！」私は声を張り上げた。「ご自分と、奥さんの」

「この件は発表されるんだろうな」

「殺人事件ですから、犯人逮捕となれば隠すことはできません。隠したりすれば、それで色々な人が叩かれます。炎上はどうでもいいですが、隠すのは正義に反する行為です」

「公表しないでくれと頼んでも、無理だろうね」

「無理です」私は断言した。「誰か、警察の上の方に知り合いがおられるかもしれませんが、そういう人に頼むのもやめて下さい」

「その辺は、忖度《そんたく》してもらえるとばかり思ってたよ」

「昔だったら、そういうこともあったかもしれません」私はうなずいた。「でも、そういうことはなくしていく……そのためにも、私がいます」

「変な頼み事をしてきた時に、説得してやめさせる、ということか」竹本が溜息をついた。

「はい。そういう歪《ゆが》みは直していかないと……審議官は、無理な要求はされないと信じています」

「とにかく、役所に連絡しないと……」

「もう遅い時間です。明日の朝でいいんじゃないですか？」

「この時間でも誰かいるんだよ。部下がニュースを見た後で、私から連絡がいくのは筋違いだ。一本だけ電話をかけさせてくれ」

「分かりました」

竹本が、ダイニングテーブルに置いたスマートフォンを取り上げた。すぐに電話をかけ始めたものの、通話に時間がかかる——簡単に説明できることではないのだ。私はその間、きつく組み合わせて白くなった両手の関節を眺めながら時間を潰した。しかし耳は、竹本の会話に集中する。電話をかけた相手は部下のようだが、話し方は丁寧だった。「申し訳ない」を何度も繰り返し、頭さえ下げる。普段の彼の様子から考えると、あり得ないほど低姿勢だった。

ようやく通話を終えると、スマートフォンをそっとテーブルに置く。立ち上がって冷蔵庫の扉を開けると、ミネラルウォーターを取り出して一気に呷《あお》った。ボトルの中身が半分ほどなくなる。竹本はボトルを頬に当てながらテーブルに戻って来た。

「被害者の梅島さんですが、一柳ホールディングスの代表を務めています」

「知っている」少し白けたような口調で竹本が言った。「元ラーメン屋というか、一軒のラーメン屋から始めて、一大企業グループを作り上げた」

「よくご存じで」

「経済誌か何かで、インタビューを読んだ記憶がある」

「息子さんと梅島さんには、接点はなかったですか」

「まさか」吐き捨てるように竹本が言った。「何もない……まったく思いつかない」

「息子さんは拳銃を持っていました。それについては？」

「分かる訳がない。拳銃なんて……」

「これは一つの可能性なんですが」私は人差し指を立てた。「バイトかもしれません」

「バイト？　人を殺すことが？」

「闇サイトで、バイトを募集していたかもしれません。そういう事件は何件もあります」

「幸樹は、そんな……」

「闇サイトは使っていなかった？」

「そう思う……いや、分からない」

「分からなくて当然です」私はうなずいた。「家族とはいえプライバシーはありますから、スマートフォンやパソコンで何を見ていたかまでは把握していないのが普通です。それは改めて、警察で調べますから」

「そうですか……」

「金が必要な事情はあったんですか？　バイクの買い替えの話などがあったとか？」

バイクも新車なら数十万円、機種によっては百万円超えもある。一方、下取りは車に比べてぐっと下がるから、買い換える時には相当な資金が必要になるだろう。

梅島を殺すバイトで、いったいいくらもらえるのか。

いや、それはまだ想像にしか過ぎない。全ては、幸樹の取り調べの結果次第だ。今夜の取り調べは、銃刀法違反についてになるだろうから、殺しについての本格的な事情聴取は明日以降だ。任意の取り調べの時の様子を見た限り、簡単に喋るとは思えない。この件は時間がかかりそうだ。

「明日以降、審議官も警察の事情聴取の対象になります。何か思い出したら、隠さずに話して下さい。きちんと話すことで、幸樹君の情状もはっきりしてくると思います」

「拳銃で人を殺したら……情状もクソもないだろう」

「背後にどんな事情があるかで、情状は変わってきます——ところで梅島さんは、先週窃盗の被害に遭っていました。自宅へ押し入った泥棒に、貴重なアンティークの時計などを盗まれたんです。この件について、何かご存じないですか」

「いや……ニュースになっていましたか？」

「いえ。失礼しました——我々は引き上げますが、大丈夫ですか？」

「大丈夫とは言えないだろうね」竹本が皮肉っぽく言った。

「総合支援課のスタッフがこちらにお伺いするかもしれません」

「ああ……」

「犯罪被害者や加害者家族に対するサポートをする部署です」

「加害者の家族も？」竹本が目を見開く。

「はい。加害者家族も、理不尽な非難を浴びることがありますから。そういう被害を広げないために活動しています」

晶たちは今回の逮捕劇も把握するだろう。今夜は「被害者」の家族に寄り添っていたが、明日は「加害者」家族をフォローする……同じ事件の被害者・加害者双方のケアをすることなど、あまりないのではないだろうか。

この事件では、誰もが混乱している。私も例外ではない。

私は自分の車に明日架を乗せて、渋谷中央署に向かった。彼女は署の上にある独身寮に住んでいる。

「独身寮は窮屈だろう」

「でも、今夜みたいに遅くなった時には助かります。通勤時間ゼロですから」

「それは僕も知ってるよ。所轄時代は独身寮に住んでたから」

「失礼しました」

「ところで、夕飯は？」

「ああ……食べ損ねました」

「何か食べていく？」私の胃は、自作のハンバーガーでまだ塞がっていたが。

「大丈夫です。部屋にちゃんと緊急用の食料をキープしてありますから」

「侘しい夕飯だ」

「仕事中ですから、仕方ないです」

最近の若者らしくないな、と私は内心思った。生活優先で仕事はほどほどというのが、今時の二十代だとばかり思っていた。警察官は、仕事の心得について警察学校で徹底的に叩きこまれるものだが、ワークライフバランスは課題に入らない——昔はそうだったし、今でも同じだろう。

署の前——明治通りに一時停車して、明日架を下ろす。

「お疲れ様でした」ドアを閉める直前、明日架が元気よく言って頭を下げる。私はさっと手を上げて挨拶を返した。

既に日付が変わっているものの、まだ気持ちを緩めることはできない。今日はさらに、何かあるかもしれないのだ。

夜中に叩き起こされるのも覚悟しておこうと自分に言い聞かせながら、私は車を出した。明治通りを並木橋まで行って八幡通りへ。渋谷二丁目の交差点で六本木通りに入る——渋谷中央署から六本木署まではこれが最短コースなのだが、わずかに遠回りしている感じがして苛つく。

苛つくようなことではないのだが、と私は苦笑した。それだけ、ダメージを受けているということだろう。


幸い、夜中に電話はかかってこなかった。しかし疲れているにもかかわらず、何度も目が覚めてしまう。まるで年寄りみたいだと呆れながらベッドから抜け出したのは、午前六時過ぎ。今日は渋谷中央署へ直行して、状況を把握しておくつもりだった。逮捕が昨夜遅かったので、まだ幸樹の取り調べはほとんど行われていないはずだが。

朝はしっかり食べて昼は軽めにするのが、私の食生活だ。本当は朝・昼としっかり食べて、夕食は軽めにするのが健康的にはいいのだろうが、どうしても夜はがっつり食べてしまう。

しかし……我ながら朝飯に対する執着心は異常だと思う。昨夜も遅かった——日付は変わっていたのに、きちんと朝食の準備をしないと気が済まなかったのだ。サラダ用にアボカドとトマト一個ずつを自作の和風ドレッシングで和えておく。一晩おくと、しっかり味が染みこんだサラダ——マリネになる。タンパク質は卵とベーコン。加工肉は体によくないと聞くのだが、ベーコンやソーセージは手軽なので、冷蔵庫に常備している。あとは、昨夜も食べたベーグル。ベーグルはスモークサーモンなどと合わせてサンドウィッチにするのが普通だろうが、私は軽くトーストしただけで、オリーブオイルで食べる。水分はコーヒーと出来合いの野菜ジュース。本当は果物と野菜を使って自分でジュースを作りたいのだが、一人分の量にするのが難しい。

量たっぷりの朝食だが、あっという間に食べてしまう。早飯は、警察学校で一番最初に叩きこまれることで、そういう習慣は一生抜けないものだ。定年間際の先輩が、若い警官と同じスピードで食べるのを見ていると、警察学校の教えは怖いものだと思う。あの厳しさに匹敵するのは、軍隊ぐらいではないだろうか。

急いで食器を片づけ、家を出る。七時半……八時には渋谷中央署に着いてしまうが、警察の朝は早い。今回の事件は特捜本部になっており、大抵九時には捜査会議が開かれて一日がスタートするのだが、それより先に、状況を把握しておきたかった。私には、捜査会議に参加する権利はないのだし。

しかし溝内は、意外にも私を歓迎してくれた。

「いやあ、昨夜は助かった。あれで誰か怪我でもしていたら、俺は今頃、辞表を書いてたね」

「銃を持っていたのは予想外でしたね」本当は、昨夜の一件は完全に溝内のミスなのだ。人を射殺した人間を捕まえにいくのだから、こちらも拳銃を用意するのが普通である。幸樹がちょっとしたミスを冒さなければ、私が撃たれていたかもしれない。

「まあ、とにかくあんたのおかげで何とかなった。見直したよ」

「あれは、マル被が勝手に転んだんです。敢えて誰の手柄かといえば、二人の制服警官ですよ。目黒中央署に感謝状を出してもいいぐらいじゃないですか」

「あんたも欲がないねえ」

「他の欲は人並みにありますけど、こういう欲は昔からないですね」

「表彰を受ければ、出世にも有利になるぜ」

「その出世に、あまり興味がないんです」

結局私の根っこにあるのは、早いリタイヤを望む気持ちだけなのだ。父が残した信託財産を受け取り、その後は呑気に暮らす——本来私は怠惰な人間である。ただ、五十歳での引退を夢見て耐えているのだ。

「マル被、どうですか？　何か喋ってますか？」

「いや、完黙だな」

「拳銃については？　本物ですか？」

「正式な鑑定が必要だが、簡易検査では本物という判定だ。実際に犯行に使われた銃かどうかも、すぐに分かるだろう。昨日の夕方の犯行では、現場から銃弾が見つかっている」

「潰れてませんか？」

「上手く抜けて、路上で見つかったんだ」

銃弾は、回転して発射される。軌道を安定させて真っ直ぐ飛ばすためだが、これによって銃弾には固有の模様――ライフルマークが刻まれる。銃弾が発見されれば、犯行に使われたとみなされる拳銃で実弾発射実験を行い、ライフルマークを照合することで、実際に犯行に使われたものかどうか、確認できる。

「それは、時間はかからないでしょうね」

「今日中には分かるだろう。鑑識も最優先でチェックしてくれるはずだ。その事実があれば、マル被は落ちると思う」

「任意の事情聴取の様子だと、結構粘りそうですけどね」

「今回は、捜査一課のエースが出てくるよ」

「誰ですか？」

「大友鉄《おおともてつ》」

「ああ、大友さんの班が担当なんですね？　それなら安心だ」

大友鉄はねじれたキャリアの持ち主だ。若手の頃から捜査一課のエースになると期待されていたのだが、妻を交通事故で亡くし、まだ幼かった子どもを一人で育てるために、勤務時間が決まっている刑事総務課に自ら希望して異動した。そこで事務的な仕事をしながら、時に難しい事件の現場に呼ばれて捜査に当たってきた――そして子どもが大学に進学したタイミングで、捜査一課に復帰したのである。以来、取り調べの名手として、貴重な存在になっていた。容疑者は何故か、彼の前に座ると自然に白状してしまうという。それは、彼が「警視庁一のイケメン」と言われていることと関係しているのかいないのか……容疑者が男女問わず進んで自供してしまうのだから、彼がイケメンであることとは関係ないのだろう。何か独特のオーラを発しているとしか言いようがない。当たりが柔らかく、刑事っぽくない人なのだが。

その大友がやって来た。珍しく不機嫌な感じ……普段は何があっても淡々としているのだが。

私は立ち上がってすぐに挨拶した。

「大友さん」

大友が私を見て、ふっと表情を緩めた。しかしすぐに、元の厳しい表情に戻ってしまう。

「何か……ありました?」

「昨夜、息子と飯を食ってる最中に呼び出されたんだ」

「息子さん、もうこっちに戻ってきてるんでしたっけ」確か、北海道の大学に進学したはずだ。

「ああ。就職してＩＴエンジニアをやってる。昨日は、彼女を連れてくるっていうから、こっちも張り切って用意したんだ。美味い店を探して……それが、前菜を食べ終えた瞬間に終了だよ」

「それは、残念でした」

「しょうがないけどな――君は?」

「加害者の親が……」

「ああ、竹本審議官か。この状況だと、セレブ刑事の出番だね」

「セレブ刑事はやめて下さい。僕が金持ちだと思われる」

「了解」

「一応、状況だけ見ておこうと思いまして」

「そうだな。セレブの相手は大変だ……しかし、審議官も、これでキャリアはお終いじゃないか？」

「本人の犯行じゃないですけど、銃ですからね。家に銃を隠してあったりしたことが分かったら、叩かれますよ。本人には関係ないとしても」

「そうだね」大友がうなずく。「こういう場合も、君の出番なのか？」

「今のところは、支援課じゃないでしょうか」

「柿谷晶には気をつけろよ」真顔で大友が忠告した。「彼女は危険だ。最近、女性版鳴沢了《なるさわりょう》と呼ばれてるらしい」

「鳴沢さんとは面識ありませんけど、噂通りの人だとしたら、彼女も……確かに要注意ですね」

鳴沢了は、もともと新潟県警の刑事だったのだが、何故かそこを辞めて、警視庁に入り直している。仕事はできると評判なのだが、融通がきかないので周りと衝突することも多く、煙たがられている。しかも、人が見逃してしまう事実を掘り起こして大事《おおごと》にするのが得意だ。別名、ぼやを大火事にする男。鉛筆を電柱にする男。そのせいか、警視庁に入って二十年も経つのに、未だに本部勤務の経験がなく、所轄を転々としている。そして行く先々でトラブルを引き起こしているのだ。

「まあ、自分の仕事に信念を持つのはいいけど、やり過ぎはよくないね……ところで、マル被はどんなタイプの人間かな?」

「人生を投げかけています」

「どういう意味だ?」

度重なる不運について説明する。私が話している間、大友は何度かうなずいた。表情は真剣――幸樹に同情している気配さえある。

「落とせると思う」大友が言った。自信たっぷりというわけではなく、それが当然という感じだった。

「そうですか?」

「今回の一件の背後には、本人の性格や普段の生活の問題があると思う。何度も挫折を経験した人間は、自分のマイナスポイントを、全てそこに押しつけがちなんだ。その辺の話をたっぷり聞いて、挫折の責任はあなたにはないと言ってやれば、大抵落ちるね」

「さすがですね」

「ま、実際は対面で話してみて、やり方を決めるんだけどね。見ないでくれよ?」

「後学のために見学したいですね」

「やめてくれよ。モニターで見られていると思うだけで緊張するんだ」

「大友さんでも?」

「当たり前じゃないか。僕は普通の人間だから」

私の感覚では、普通の人とは思えないのだが。

それからしばらく溝内、そして明日架――昨夜遅かった割に元気だった――と話して情報を収集し、竹本の自宅へ転進することにした。これから自宅の家宅捜索が行われる予定で、両親も立ち会うという。私はそこで提案した。

「事情聴取もするんですよね？」

「当然」溝内は、何を今さらとでも言いたげだった。

「ここへ呼びます？」

「然るべきタイミングで」

「家で事情聴取はまずいですか？　家を出たり、署に出入りしているところを報道陣に見つかると、面倒なことになります」

「自宅にも、マスコミの連中は張ってるぜ？　もう連絡が入ってきてる」

「だったら尚更、家から出ないようにした方がいいです。相手は中央官庁の高級官僚ですから、マスコミの大好物ですよ。マル被の住所は広報したんでしょう？」

「隠しておけないからな」

「家に行ってみたら、主人はキャリア官僚だった――マスコミの連中、盛り上がるでしょうね」

「だろうな」

「これから行きますけど、目黒中央署に頼んで、警備もつけた方がいいと思います。それこそ、犯罪加害者家族ということで、ダイレクトに攻撃してくる人もいるかもしれません。支援課には、私が話してもいいですよ」

「支援課からは、朝イチで連絡があったよ。もう自宅に向かってるはずだ」

「だったら、家で事情聴取――審議官を守ることを考えて下さい」

「それは、あんたからの要請と考えていいかな？」

「それで構いません」

「まあ……加害者家族に余計な負担をかけないことも、意識しておかないとな。分かった。家族への事情聴取は自宅で行う」

「お気遣い、恐縮です。では私は、向こうで支援課と合流しますので」

というわけで、二日続きで晶と対面することになった。二日目だから慣れるわけではない――しかも彼女は、昨日よりもカリカリしていた。

「ネット上で、マル被の父親が竹本審議官だと特定されて、炎上してます」

「もう？」私は眉をひそめた。

「特定班は優秀ですし、こういう情報は、あっという間に広がりますから。止めようもないです」

「支援課としてはどういう方針で？」

「その都度、柔軟にやります。一件一件、状況が違うので」

「大変だ」

「大変だと分かってくれるだけで、取り敢えずいいです……ちょっと失礼します」

晶が携帯で話し始めた。相手は法曹関係者……弁護士という感じである。攻撃が激しくなってきたら、法的な対抗策も講ずる――それを既に準備しているのかもしれない。

私は書斎――支援課はここを現地本部に使うつもりのようだった――を出て、リビングルームに入った。夫婦が並んでソファに座っている。音を消したテレビをぼんやりと観ていたが、妻がいきなりリモコンを取り上げ、電源を切った。直前、「渋谷の事件」とテロップが入るのを私は見ていた。今は、事件に関するあらゆる情報を遮断しておきたいのだろう。

私は二人の前でひざまずき、今日の予定を説明した。

「これから、息子さんの部屋の捜索があります。それとお二人に対する事情聴取も……それは、自宅で行うように特捜本部に頼んでおきました。今日は家を出ないで下さい」

インタフォンが鳴った。竹本が無言で立ち上がり、リビングルームの入り口にあるモニターを見る。私は慌てて彼の横に立った。画面には、若い男が映っている。

「お知り合いですか？」

「いや、記者だろう。今朝からインタフォンが鳴りっぱなしなんだ」

「無視して下さい。警察の人間が来た時は、私が対応します。それと、目黒中央署に警備を強化するように頼みました」

「そういうことをすると、また上級国民が、と言われる」心配そうに竹本が言った。

「単に交通の邪魔になるからです。ご近所の人にも迷惑かと」

「ああ……」惚《ほう》けたように竹本がうなずく。「それより、ネットで息子が攻撃されている。私の名前も出ている。どういうことだ？」

「息子さんの個人情報は、逮捕時の広報で明らかにされています。住所が分かれば、審議官の息子さんだということは分かってしまいます」

「君が漏らしたんじゃないのか！」突然竹本が怒りを爆発させた。

「違います」私は冷静な口調で反論した。「私には、マスコミに接触する機会もないですし、ネットで情報を流すようなこともしません。そんなことをしても、何にもなりませんから」

「面白半分でやる人間だっているだろう」

「私には、面白いとは思えません――審議官、これはある種の代償です」

「代償？」

「審議官はこれまで、日本のために仕事をされてきた。それに関しては誇りを持たれるのが当然だと思います。でも普通の人にとっては、官僚というのは具体的に何をやっているか分からない、ただの『偉い人』です。何かあったらそういう人を叩こうと構えている人はいるんですよ。官僚だけではありません。金持ち、芸能人、スポーツ選手や政治家……私は、物理的な被害は及ばないように努力しますが、ネットはコントロールできません。ですから、ネットは見ないようにして下さい。存在しないと思っていただいた方がいいですね」

「こちらが我慢しなければいけないのか。筋違いだろう」竹本の顔が強張る。

「あまりにもひどくなれば、事件として立件も検討します。でも今は、精神衛生的に、ネットを遮断しておいた方がいいです。ネットでの誹謗中傷に関しては、支援課がチェックしていますので」

「……分かった」納得した様子ではなかったが、竹本はうなずいた。

「今日はつき添いますので、何かあったらいつでも言って下さい」

またインタフォンが鳴る。竹本が私の顔を見てから、モニターを確認した。黙って首を横に振ると、ソファに戻る。反射的にだろうが、スマートフォンに手を伸ばしかけ、引っこめる——ネット断ちは難しいのだが、今回は我慢してもらわねばならない。

日常は突然壊される。

警察官である私は知っているが、普通の人はそんなことが起きるとは考えてもいない。しかしいつかは慣れる——慣れてもらわないと、竹本夫妻が壊れてしまう。

12

　ネット上では、情報が暴走し始めたようだ。書斎に籠った晶はずっとSNSをチェックしていて、出て来る気配がない――いくら調べてもキリがないからだろう。私も少しSNSの情報を調べてみたが、あまりにもひどいのでやめた。晶にとってはこういうことも仕事かもしれないが、もう少し竹本夫妻をケアしてもいいはず……。

　そうこうしているうちに、鑑識が到着して、幸樹の部屋の捜索が始まる。明日架も応援で派遣されてきた。

「君の目が必要ということか」

「頑張ります」

「視力、両眼とも〇・二なんだって？　それなのに探し物が得意っていうのは不思議だね」

「自分でも不思議です――では」

　明日架はさっさと二階に上がって行った。私は一度家の外に出て、周囲を確認した。報道陣はまだいる――しかしかなり遠いところまで追い払われていて、このところ、インタフォンも鳴らない。制服警官が、見える範囲に二人……三人。目黒中央署としては余計な仕事だろうが、ここでトラブルが起きたらさらに厄介なことになる。

　しかし、警察の網を通り抜けてしまう強者《つわもの》もいる。二人組の若者が、制服警官と話しているのが見えた。ごく普通の様子――近くに住んでいる人が「通っていいか」と確認している感じだった。

二人は丁寧に何度も頭を下げて、こちらに向かって来た。話しながら、ごく自然な感じで……しかし私は、途中で異変に気づいた。背の高い方が、バッグからスマートフォンを取り出したのだ。それだけなら何ということもないが、スマートフォンを竹本の家に向ける。もう一人、小柄な方が前に回りこみ、後ろ向きに歩きながら、身振り手振りを交えて話し始めた。

「ここが殺人犯の実家――総務省のお偉方の自宅です。ヤバいですねえ」

ヤバいのはお前らじゃないか――私は前に出て、喋っている男と相対した。これでスマートフォンのカメラには、私の後頭部しか映っていないことになる。

「ストップ。勝手な撮影はやめて下さい」低い声で忠告する。

「公道なんだけど」男は強気に反論した。

「個人の家を撮影して、どうするつもりかな？　配信？」

「言う必要ないでしょう」

私はバッジを出して、男の眼前に記した。そのタイミングで、撮影していた男が私の正面に回りこんでくる。

「この様子も配信しちゃうよ」小柄な男が嬉しそうに言った。「アクセス数、爆上がりだね」

しかし、スマートフォンを構えていた男が、急に腕を下ろした。数人の男が前方から迫ってきたのだ。背広姿だが、間違いなく刑事――警察官は、独特の雰囲気を発している。さらにスマートフォンの男の背後からは、二人の制服警官が追いかけて来る。そして騒ぎを嗅ぎつけたのか、家から晶も出てきた。

「何だよ……」実況していた男が周囲を見回して、不安げな声を発した。

「全員、警察官だ」私は告げた。「撮影していた動画、消してもらおうか」

「犯罪者の家族だぜ？　どういう人なのか、知る権利があるだろうが！」

晶が突然手錠を取り出し、男に近づいた。顔の前に手錠を示し、私を見て「逮捕しますか？」と気軽な調子で言った。

「容疑はどうしようか」

「公務執行妨害でいいんじゃないですか？　我々の仕事を邪魔してるわけですから」

「そうするか」

私が一歩前に進み出ると、二人は急に踵《きびす》を返して逃げようとした。しかし、二人の制服警官――よりによって、二人とも身長百八十センチ以上で、横にも大きな巨漢だった――にぶつかってしまう。さらにもう一人、応援の制服警官が迫って来た。目黒中央署は、いったいここに何人投入しているのだろうと心配になる。通常業務には影響がないのだろうか。

「状況は見てたな？」私は制服警官に声をかけた。二人が、示し合わせたようにうなずく。「署にお連れして、きちんと話を聞いてくれ。ああ、手錠はいらないよ。君たちには、そんなもの必要ないだろう。暴れないよな？」

配信しようとしていた二人はしばらく抵抗していたが、さらに制服警官が一人来て、連れていかれてしまった。

背後に控えていた若い刑事が溜息を漏らす。

「何なんですか、あれ」

「危ない連中だよな」私はうなずいた。「ある意味マスコミよりもタチが悪い。どこにでも入りこんでくるんだから」

「今の制服組、目黒中央署の連中ですよね？」

「ああ」

「連行する途中で、事故でも起きたら面白いんですけどね」

「腕の一本ぐらい折っても、僕はあの連中を弁護するよ」

「喜んでつき合います」

「ところで、ご両親の事情聴取？」

「ええ——あ、捜査一課の沢木《さわき》です」

「刑事総務課の二階堂だ……ご両親はかなりダメージを受けているから、気をつけて」

「溝内係長から警告されています。気をつけますよ」

私は一礼して、四人の刑事を家に通した。玄関にいた晶がそれを見送る。

「一応、私も立ち会います。まだまだ、乱暴な事情聴取をする人も多いので」

「ああ」

「二階堂さん、ここで警戒していた方がいいんじゃないですか？　ああいう連中、また入ってくるかもしれませんよ」

「銃を持たせてくれたら、やってもいい」

「お願いですから、騒ぎを大きくしないで下さい」晶が鼻を鳴らした。

「君だって、撃ち殺した方が早いって思ってないか？」そもそも、手錠を取り出して威嚇《いかく》したのは彼女だ。

「そういうことは口にしない方がいいですよ」晶が肩をすくめた。「口に出すと、本当になることがあります。言霊《ことだま》って、馬鹿にできないんですよ」

取り敢えず、騒動は一段落した。私は竹本の自宅で待機……しかし昼を過ぎても状況が変わらないので、一度引き上げようかと思った。それと、梅島家のことも気になっている。一枚の鏡の表と裏――被害者と加害者。

この場を誰が仕切っているかははっきりしなかったが、晶と沢木には声をかけた。六本木署へ引き上げ、被害者の様子を見る――明日架が二階から降りてきた。手には、何か――おそらく証拠品が入ったビニール袋。怪訝そうな表情を浮かべて私の顔を見ると、ひょいと首を傾げた。

「何か変なことでも？」

「変……ではないんですけど、違和感はありますね」

「何が？」

「これなんですけど」

明日架がビニール袋を差し出した。私は念のためにラテックス製の手袋をはめて受け取った。腕時計――それも、かなり古いものである。高級な腕時計は、定期的にメインテナンスに出せば、新品同様に磨き上げてくれるというが、それでも長い歳月を経ればへたってくるだろう。この腕時計は、革のブレスレットのところどころに細かなひびが入り、本来白かったであろう文字盤もごく薄い茶色に変色していた。保存状態がよかったとは言えない。

「二階堂さん、時計には詳しいですか？」

「そんなに詳しくはない。でもこれは分かるよ。アルファだね」

「有名なブランドなんですか？」

「機械式腕時計で有名な、スイスのメーカーだ。これは相当古いな。もしかしたら、何十年も前のものかもしれない。いわゆるアンティークだと思う」

私は、竹本の書斎に入った。晶は事情聴取に同席しており、ここには誰もいない。人の部屋を勝手に使うのは気が引けたが、今は落ち着いて調べたかった。

私はソファに座り、ビニール袋から腕時計を取り出した。文字盤のロゴは「アルファ」と読めるのだが、今のロゴではない。もしかしたら、ロゴデザインは何回か変わっていて、これは私の知らない時代のものかもしれない。

スマートフォンを取り出し、アルファ社について調べる。ロゴの変化は……そんなことまではネットでは見つけられなかったが、アルファ社の腕時計の輸入元になっている日本の会社が見つかった。腕時計の写真を撮ってから、輸入元に電話をかけ、事情を説明する。応対してくれた広報担当の人も、ロゴの変化については知らないというが、すぐに調べると請け合ってくれた。私は電話を切って、先ほど撮影した写真をメールした。

「二階堂さん、そこまでしてくれなくても」

「ちょうど時間を持て余してたんだ。戻ろうかと思ってた矢先だから」

私はバッグから小物入れを取り出した。ここには、現場で使う可能性がある小物が入っている。カッター、粘着テープ、巻き尺、証拠保存袋にオーバーシューズ等々。巻き尺を取り出し、時計をビニール袋から出してサイズを測った。直径三十九ミリ、ないし四十ミリの丸型。サイズ的に男性用だろう。改めて見ると、革のブレスレットは高級なアリゲーター製だった。三針のシンプルなモデルで、日付表示つき。ただし、針は全て立体的で、それだけで高級なモデルだと知れる。古い機械式の腕時計だが、ちょっと気になった。

「この時計には、少しおかしなところがある——っていうクイズをやっている暇はないね」

「ないです」明日架があっさり言った。

「動いてる」

「時計だから、動いて普通でしょう」

「それは、クオーツ時計の場合。電池で動くようになる前は、腕時計は手巻きか自動巻きの機械式が主流だった。歴史の流れを言えば、手巻きから自動巻き、一九六〇年代後半からクオーツ」

「すごい詳しいじゃないですか」

「社会常識だよ……」実際は、梅島の時計盗難事件があってから、ざっと腕時計の歴史を調べただけだった。つけ焼き刃。「とにかく、この時計は相当古い。クオーツじゃないと思うんだ。それが出る前の時代のもの、ということで……君は、竜頭《りゅうず》には触ってないよな？」

「持ってきただけですよ」

「それなのに動いている。君がここへ持ってくるだけで、ゼンマイが自動的に巻かれて動き出したんだ。つまりこれは手巻きじゃなくて、自動巻きの腕時計だ」

「ええ……」明日架はまだピンときていない。

「手巻きは、自分で竜頭を巻いて中のネジを巻き上げる。自動巻きは時計が揺れたりすることで、自動的にネジが巻き上げられるシステムなんだ。つまり、手首につけている限りは勝手にネジが巻かれて動き続ける」

「分かりましたけど……それで？」

「自動巻きって、戦後ぐらいに一般化したはずなんだ」

「そうなんですか？」

「いや、そんなに詳しいわけじゃないけど……これだけ古い腕時計で自動巻きってなると、それこそ自動巻きの出始めの頃のものかもしれない。だとすると、かなり希少なモデルになる——おかしくないか？」

「マル被が持っていることは——ちょっと合わないですよね」

「ああ。無職で稼ぎがない人間が手に入れられるものじゃない。ちょっと確認しよう。家族のものかもしれない」

私は腕時計をビニール袋に入れて立ち上がった。リビングルームに向かい、話が途切れるのを待つ。ここでは、竹本が事情聴取を受けていた。緊張した雰囲気が漂っているし、竹本は不機嫌そうだったが、致命的に悪化している感じではない。晶はソファに座って、手帳に視線を落としていた。何かあれば口を出す、というスタンスのようだ。

「ちょっといいですか」

私は沢木に声をかけた。沢木が私を見て、ちらりとうなずく。私は時計をダイニングテーブルに置いた。

「審議官、この時計に見覚えはないですか」

「……いや」

「息子さんの部屋から出てきたんです。かなり古い、希少な時計のようですが、心当たり、ありませんか」

「初めて見ました」

「そうですか……奥さんにも見てもらっていいですか」

「ええ」

惚《ほう》けたような竹本を残して、私は二階へ上がった。妻は、上で事情聴取を受けているのだ。しかし結果は同じ――この時計には見覚えがないという。

　書斎に戻った瞬間に、私のスマートフォンが鳴った。

「お待たせしました」涼しげな女性の声が耳に飛びこんでくる。「アルファの根津《ねづ》と申します」

「ええと、広報の方では……」

「店舗の人間です。お問い合わせの件ですが」

「はい」

「写真をお送りいただいた腕時計のロゴは、一九四〇年代前半まで使われていたものです」

「戦時中まで、ですか」

「そんな感じだと思います。当時は、あるタイミングで一斉に物事が切り替わるような時代でもなかったようで、ロゴだけでは、何年のものか正確に言えないんですが」

「シリアルナンバーはどうでしょうか？　裏面の写真もお送りしましたけど」

「シリアルナンバーの打ち方が、通常のものとは違います。西暦四桁、モデルを示すアルファベットの後に五桁の数字というのがアルファのシリアルナンバーで、それは創業当時から変わっていません」

「これは……」私は腕時計をひっくり返した。ビニール袋に光が反射して、見にくい。ぴったりくっつけ、何とかシリアルナンバーが判読できた。「0000R00001」。

　そのナンバーを読み上げると、電話の向こうの女性が「イレギュラーですね」とあっさり言った。

「正規のモデルではないということですか？」

「0000は、テストで製作したとか、お客様が特別注文して一本だけ作ったとか、そういう特別なモデルのシリアルナンバーの頭につきます」

「これもそうですね?」

「ええ。詳しいことは、正式に鑑定させていただければ……写真だけでは分からないこともあるので」

「モデルは分かりますか?」

「戦前に有名だったストリームというモデルのようですが、完全に同じ感じではないですね。それと、自動巻きと仰いましたよね?」

「ええ」

「おかしいですね。ストリームは手巻きで、自動巻きはないはずです。ちょっと不思議なモデルですので、我々も知りたいんですが……アーカイブに入れたいです。鑑定させていただけると助かります」

「検討します」

電話を切り、改めて腕時計を見る。言われてみれば、やはり高級感のある腕時計だ。誰か腕時計に詳しい人は――と考えて、捜査一課の追跡捜査係に一人いることを思い出した。沖田《おきた》大輝《だいき》。機械式腕時計が大好きで詳しく、必死で費用を捻出して自分でも機械式の腕時計を購入していたはずだ。

思い立ったらすぐ確認。私は追跡捜査係に電話を入れた。幸い、沖田は自席にいた。

「何だよ、珍しい人が電話してきたな」沖田がからかうように言った。

「ちょっと知恵を貸してもらえませんか?」

「それは構わねえけど、何か奢れよ」

奢れよ、は沖田の口癖なのだが、本気でそう思っているわけではないだろう。単なる挨拶のようなものだ。「奢れ」を約束した相手が、全員本当に実行したら、彼は一年間、自腹で昼飯を食べずに済むとも言われている。私は苦笑しながら事情を説明した。

「アルファのストリーム？　ずいぶん古い時計だな」

「戦前のモデルですよね」

「ああ、逸品だよ。外交官時計って言われてた」

「外交官専用なんですか？」

「そういう訳じゃないけど、とにかくムーブメントが高性能で——ムーブメントっていうのは、車で言えばエンジンみたいなもの、な——当時の水準としては驚異的に高性能で狂わなかった。バリエーションもいくつかあって、アラームつきのやつは特に有名だった。スマホとかがない時代だから、時間が来たのを知るために、腕時計のアラーム機能は大事だったんだ。外交官はアポも多いから、そういう機能が重宝されて、外交官時計って言われるようになったらしい」

「手巻きですよね？」

「あの時代はだいたい手巻きだよ。自動巻きを実用的にしたのはロレックスで、それが一九三一年だ。他のメーカーが追随したのはずっと後で、戦後だな。アルファも、初めて自動巻きを発売したのは戦後だったはずだ」

「じゃあ、戦前のアルファの時計は全部手巻きだったと？」

「研究用には自動巻きも作ってただろうけど、商品にはなってないんじゃねえかな。でも、はっきりしたことはメーカーに聞いてみろよ。代理店に頼めば、お前の代わりに聞いてくれるはずだぜ」

「分かりました……ありがとうございます」

「お前も、機械式腕時計の良さに目覚めたのか？」

「そういうわけじゃないです。これは捜査ですよ。僕はスマートウォッチ派なので」

「スマートウォッチをはめてる人生って、面白いか？」

笑い声を残して、沖田は電話を切ってしまった。何を言ってる？　たかが腕時計で、人生をどうのこうの言われても。

そこから先は、やはり厄介だった。まず明日架が壁になって立ちはだかる。私はすぐに、アルファ社の代理店に持ちこんで鑑定してもらおうと言ったのだが、彼女は首を縦に振らない。

「押収した証拠品はきちんと整理して、それから調べを始めるべきです。ナンバリングと分類をしないで証拠を扱うのは、混乱の原因になりますよ」

「君の親父さんならそう言うだろうけど、この時計に関しては早く調べた方がいい」

「何でそんなに気にしてるんですか？」

「幸樹の部屋にあるのがおかしいからだよ」

「盗んだのかもしれません」明日架は引かなかった。

「少なくとも、先日の強盗事件とは関係ないだろう」あの事件では、時計は被害に遭っていなかった。

ただし、別の事件では……私は、何に引っかかっているのか、ようやく気づいた。その想像が当たっていたとしたら、あまりにも偶然が過ぎるのだが。しかし、先日感じた、もう一つの小さな違和感と結びついてしまう。

「こいつを鑑定してもらって、どういう時計なのかはっきりさせた上で、幸樹にぶつける。それでどうだろう」

「私の一存では決められません」

「じゃあ、僕が溝内さんに話してもいいかな」

「まず私に話して、納得させてもらえませんか？　そうしたら、私が係長に話します」

「分かった」

私は、自分の推理を披露した。明日架はうなずきもせずに聞いていたが、私が話し終えると、否定的なニュアンスを滲ませながら「いやあ」と短く言った。

「納得できない？」

「ちょっと無理があるんじゃないですか？　偶然をそんなに簡単に結びつけても……どうですかね」

「僕も、ちょっと無理があるとは思っている。でも、調べてみる価値はあるんじゃないかな。どんな小さな疑いでも、大きな楔《くさび》になるかもしれないんだから」

「教訓ですか？」

「そんな大層なものじゃない」

「でも、やっぱり……うーん……」明日架が首を捻る。「腕時計の鑑定って、大変じゃないんですか？　うちの父が、結構いい時計を持っていて、五年に一回ぐらいメインテナンスに出すんですけど、最低でも一ヶ月かかりますよ。スイスの本社へ送り返して、向こうでメンテしてから日本へ戻すわけですから」

「鑑定だけなら、国内でもできるんじゃないかな」

「時間の無駄になりそうな気がしますけど」

「早くやってもらうように、急かすしかないだろうな」

「どうやって?」

「一緒に行くか? 君に、効果的な回し蹴りを披露するよ」

第四章　時を追う

13

結果的に私も、時計の鑑定で捜査に参加することになった。腕時計の鑑定を提案したら溝内の「あんたがやってくれ」の一言で、仕事が回ってきたのだ。ただし明日架は同行しない。

代理店は銀座にあった。実は銀座は、世界でも有数の「高級腕時計の街」であり、ヨーロッパのハイブランドのショップが軒を並べている。歩く度に、いったい誰が利用するのかと不思議に思うのだが……いつ覗いても、客で賑わっている店はないのだ。アルファのショップも、ガラガラだった。本当に大丈夫なのだろうか？　狭い店とはいえ、銀座の一等地である。家賃だけでも相当なものだろうし、店員はいかにも高価そうな制服を着ている。まあ、私が心配することではないが。

先ほど私と電話で話した女性、根津麗《れい》は、驚いた様子で出迎えてくれた。

「本当に鑑定に持ってきて下さったんですか？」

「どうしても気になりまして」私はビニール袋に入った時計を見せた。「鑑定に、どれぐらい時間がかかりますか？　スイスの本社に送らないといけないとか？」

「いえ、よほど難しくない限り、日本でできますよ。うちには、アルファ本社の検定に合格したウォッチマスターという職人がいて、修理を担当していますから。鑑定は急がせます」

「お願いします。ただしこれは、警察の証拠品で、後で裁判などで使われる可能性もありますので、事故がないように丁寧にお願いできますか？」

「もちろんです。私たちはプロですから、信用して下さい」

私は名刺を取り出した。スマートフォンの番号――名刺には刷りこんでいない――を書きつけ、こちらに電話をするように頼む。最近、六本木署の自席にはいないことが多いのだ。

「どれぐらいかかりますか？」

「早ければ明日……明後日には確実に」

「早いですね。助かります」

「本社へ問い合わせするような状況が出てきたら、もう少し時間がかかるかもしれません」

「了解です。よろしくお願いします」

丁寧に礼を言って店を出る。これで何とかなるだろう。取り敢えず一仕事終えてほっとすると、異様な空腹を覚える。朝、あれだけちゃんと食べたとはいえ、既に午後三時過ぎだ。しかし銀座には、手早く食べられる店がない……あっても、ランチタイムを過ぎているので中休みだろう。

私は、新橋方面に向かった。銀座ナインに気安い喫茶店があり、そこでは手早く食事が摂れるはずだ。

店は健在だった。店の外にあるメニューを見ると、幸い、ランチは夕方までやっている。喫茶店らしい喫茶店……カフェではなく、昭和の時代から続いている喫茶店の雰囲気、インテリアで、新聞や週刊誌が常備されているのも嬉しい。フードメニューもまさに昔ながらの喫茶店のそれだ。サンドウィッチ、トースト、ホットドッグ……前に来た時に何を食べたのか思い出せなかったので、勘でグリルサンドウィッチを頼む。飲み物つきで千百五十円は、銀座のランチとしては安値だろう。

グリルサンドウィッチは二種類を選べるので、ツナとコンビーフにした。飲み物は、スピード優先でアイスコーヒー。最高気温が五度の日に飲むものではないが、ホットコーヒーを冷まして飲んでいるうちに、時間はどんどん経ってしまう。

予想通り、料理はあっという間に出てきた。かなりのボリューム……食パンを二等分したグリルサンドウィッチが計四つ。ということは、これだけで食パン四枚分ということになる。しかも中身は一杯に詰まっていた――しかし、中はほとんどキャベツだ。ツナもコンビーフも香りづけという感じだが、これはこれで悪くない。サラダまでついているので、朝飯と合わせて、一日に必要な野菜は十分摂れたはずだ。

そそくさとアイスコーヒーを飲み干し、次の現場へ向かう。成城の梅島邸には誰が詰めているのだろう……本来の担当は世田谷西署。しかし今や、渋谷中央署が、殺人事件というさらに重い事件を担当している。取り敢えず世田谷西署に電話を入れて、清水と話した。

「滅茶苦茶じゃねえかよ」第一声で、清水が文句を言った。

「同情しますけど、どうしようもないですよ」

「あんた、渋谷中央署の件にも噛んでるそうだな」

「そちらの事件からの絡みです。梅島さんのことは、渋谷中央署よりも私の方がよく知ってますから」

「お守りか……」

「そういうことにしておいていただいて結構です。それで、梅島さんのご家族に確認したいことがあるんですけど……」

「奥さんのことかい？　今、署に来てもらっている」

「ずっと事情聴取ですか？」今の美沙に、長時間の事情聴取に耐えられる体力・気力があるとは思えないが。

「ああ。ただし、間もなく終了させる。お疲れでね。無理はさせられねえよ」

「自宅には誰かいますか？」

「書生の人とお手伝いさんはいる」

「警察は？　支援課は入っていませんか」

「いや……支援課は、加害者家族のフォローで大変じゃねえか？　まさか、審議官の息子が犯人とはね」

「向こうは大変なんですが、梅島さんの方も大変になるかもしれません。事件が事件ですから、マスコミの連中の取材攻勢、すごいですよ。署で警備をつけた方がいいと思います。それとやはり、支援課にもケアをお願いした方が――」

「あんたに仕切られるのは気に食わねえが、今は従った方がよさそうだな」

「そうして下さい。竹本審議官の家には、ユーチューバーが突撃して騒ぎになりました」

「そういう連中は面倒だな」清水が舌打ちした。

「基本的には、排除した方がいいと思います。トラブルの芽は摘んでおかないと」

「分かった。奥さんを送る時に、制服警官を何人か送りこんでおく」

「お願いします。私もこれから向かいますから」

「今度は何をやらかそうとしてるんだ？」清水は疑わし気だった。

「ちょっと確認したいことがあるだけです。すぐに済みますよ」

「あまり強引に動くなよ」

「この私が？　警視庁で一番丁寧だと言われている私が？」

「どこの世界の警視庁だよ」清水がせせら笑った。「あんた、俺とは別の世界線に生きてるみたいだな」


私が先に梅島邸に到着した。予想通りと言うべきか、報道陣が待機している。竹本家ほどではないが、混乱が生じかねない状況だ。私は、美沙が間もなく戻ると確認した上で、玄関の外で待った。五分ほどで、ワンボックスカーがガレージの前に横づけして停まる。状況を察した報道陣が殺到してきたが、いち早く車を降りた制服警官二人が、それを制する。私はすぐに、書生から借りてきたリモコンでガレージのシャッターを開けた。ワンボックスカーのガレージ側に回りこみ、スライドドアを開けて美沙を誘導する。

「こちらから入って下さい」ガレージの中は既に家の敷地内……勝手に入ってくれれば、報道陣とはいえ家宅侵入に問われる。

私は美沙の背中に手を当て、頭を下げさせて、シャッターが半分ほど開いたガレージの中に入った。パッと灯りが点き、迎えに来ていた安塚が頭を下げる。すぐにシャッターが閉まり始めた。

「梅島さん！」「一言お願いします！」シャッターがゆっくりと降りる中、コメントを求める報道陣の声が追いかけてきて、美沙がびくりと身を震わせる。私は彼女を安心させようと、低い声で言った。

「大丈夫です。家に入ってしまえば安全です。警備もつけますから」

美沙は私を見ようともしない。安塚に支えられるようにして、辛うじて階段を上がって行く。後を追って途中の踊り場まで行った時、どさり、と重い音が聞こえた。慌てて、残りの段を駆け上がる。広い玄関で美沙が倒れ、安塚が狼狽《うろた》えていた。私はひざまずいて、彼女の手首を摑んだ。脈は……安定している。胸の動きを見た限り、呼吸にも問題なさそうだ。

「大丈夫……です」美沙がゆっくりと体を起こす。「少し疲れただけです」

「奥様！」手伝いの女性が飛んできて、美沙を助け起こす。美沙は両脇を支えられて、ようやく家の中に入って行った。この状態で話ができるだろうか？　書生の二人に先に話を聴くか……いや、やはり家族が先だ。

美沙はリビングルームのソファに落ち着いた。水のペットボトルを手に、ぼんやりと壁を見ている。私は彼女の前で膝をついた。話ができるかどうかは分からないが、とにかく聴いてみよう。

「お疲れのところ申し訳ないんですが、この写真を見ていただけますか」私はアルファの腕時計の写真をスマートフォンに表示させて、彼女に示した。

美沙がぼんやりした表情でスマートフォンを見て、ゆっくりと首を横に振る。

「見たことはないですか？　ここから盗まれたものかもしれないと思ったんですが」

「分かりません。主人の時計は、私も全部把握していたわけではないです」

趣味としての時計を薦めたのは美沙だ。しかし実際にハマってしまったら、後はどうでもいいということかもしれない。実際、女性でアンティークの時計に興味がある人というのもあまり聞かない。

私は安塚に目配せした。彼を連れて、書斎に向かう。安塚が盛大に溜息をついて、壁に背中を預けた。

「大変かい？」

「大変です。昨夜も奥さん、全然寝てないみたいで、夜中に家の中を歩き回ってました」

「さすがに、そんな風にしてると気づくだろうな……君も眠れなかった？」

「ほとんど寝てません」

「今後のことを話してる余裕はなさそうだね」

「はい」安塚がまた溜息をついた。

「この写真、ちょっと見てくれないか」私は彼にスマートフォンを示した。「もしかしたらこの時計、この部屋にあったんじゃないかと思ってね」

「あ……はい」安塚がうなずく。「たぶんあったと思います。棚の中じゃなくて、そこのウォッチワインダーに」

「やっぱりそうか」

私は空のウォッチワインダーに視線を向けた。その瞬間に、時計を留めておく部分が動き出す。回転して、自動巻き腕時計のネジを巻き上げるタイプだ。しかし今は空……電源を切っておくべきだ。

「アルファはここにあったんだね」

「はい」

「でも、今はない。この前泥棒が入った時に、盗まれたんじゃないかな」

「そう、かもしれません……」安塚が自信なげに言った。

「何でこの前、被害届けを出した時に言わなかったのかな」

「先生が全部やっていましたから……僕は口を出す暇がなかったです」

「その後でも言ってくれればよかったのに」

「先生が言わないのは、何か理由があるかと思って」

「そんなに遠慮しなくても」私は苦笑したが、安塚の顔は引き攣《つ》ったままだった、私は咳払いして続けた。「とにかく、ここにあったんだね？」

「はっきりそうかと聴かれると、困りますけど」

「写真か何か、ないかな。梅島さんは、ここでお客さんをもてなすこともあったんだろう？　そういう時、写真とか撮ったりすることは——」

「あります」安塚があっさり言って、小さな本棚の引き出しを開け、大きなアルバムを二冊、取り出す。今時デジタルではなくプリントアウトか……しかし私は二冊のアルバムを受け取った。

今夜は目を酷使することになりそうだ。

アルバムと一緒に六本木署に戻った私は、途方に暮れた。写真は大量——何百枚もありそうだ。しかも現像されたものだから、画面上で拡大もできない。とにかく見ていって、何かおかしいと思ったら拡大鏡を使うしかないだろう。そもそも拡大鏡があったかどうか……そして一人きり。明日架がいれば助けてくれるかもしれないが、さすがにわざわざ呼び出すわけにはいかない。

遅くなることを覚悟して、食べ物を仕入れてきていた。とはいっても、六本木署の近くにはテークアウト対応の店がなく、コンビニ飯である。こういう時はできるだけシンプルな食事の方がいい——というわけで、今夜の夕食は握り飯二個とインスタントの味噌汁だ。

取り敢えず作業を始めて、後で食事にすることにした。

アルバムをパラパラとめくっていくと、撮影された日付順に並んでいることが分かった。三年分……日付をチェックしていると、梅島はほぼ二週間に一度、客を呼んであの部屋でもてなしていたようだ。そしてツーショット、あるいはスリーショット写真を撮っていた。角度は様々……あくまで人を写すのが主眼で、時計や本棚を意識的に写したような写真はない。

法則性を理解したところで、一番古い写真から順番にチェックしていく。さほど手間はかからなかった。写真にウォッチワインダーが写っているかどうか、確認すればいいだけなのだから。

あのウォッチワインダーはスイス製で、上質な木材を使い、優雅な曲線で仕上げた「箱」である。サイズはかなり大きい——縦横高さとも三十センチぐらいある——ので、写真に写っていれば見逃すはずがない。

まず最初の一年。ない。角度的に、ワインダーが写っていてもおかしくない写真もあるのだが、肝心の画像はなかった。あのワインダーは結構年季が入ったもののように見えたが、実際には最近手にいれたものかもしれない。

最初の一冊を見終えた時には、もう目が疲れ切っていた。私はずっと視力がいい——今も両眼とも一・五だ——が、今夜一晩で一気に目が悪くなってしまいそうだった。目薬を用意しなかったことを悔いる。

一休みすることにして、トイレで顔を洗ってきた。コーヒーも欲しい……部屋で用意してもいいのだが、それも面倒臭い。一階に降りて、交通課の前にある自動販売機で百円のカップのコーヒーを買った。今夜は自分を甘やかしてもいいだろうと、砂糖とミルク入り。

そこで、制服姿の友香と出くわした。

「当直？」

「ええ。二階堂さんは残業ですか？」

「まあね。こういう夜はコーヒーが欲しくなるよな」

彼女が財布を握りしめているのに気づき、私は自販機に百円玉を投入して「どうぞ」と言った。

「二階堂さんに奢ってもらう理由はないですよ」

「この前も奢ったじゃないか」

「あれはあれ、今日は今日です」

「じゃあ、買収。今の百円は賄賂だ」

溜息をついて、友香がミルクティのボタンを押す。紅茶が入るまでのわずかな時間を利用して、猛抗議を始めた。

「何で私を引っ張りこもうとしてるのか分かりませんけど、私にだってキャリアプランはあるんですよ」

「聞くよ」私はうなずいた。「何だったら一晩中話してもいい。僕は今日、徹夜になるかもしれないから」

「拒否します」友香が顔の横で手を上げた。こんな状況で宣誓しなくてもいいのに。

「君は、一生誰かのために金勘定して、勤務ダイヤをつけて――それだけでいいのか？　そういう仕事は、そのうちＡＩに取って代わられるぞ」

「はいはい」友香が再び溜息をつく。「そうかもしれませんけど、それは二階堂さんが心配することじゃないですから」

「だったら僕のことを心配してくれないかな。写真のチェックをしてるんだけど、このままだと目が潰れそうだ。手伝ってくれると助かる」

「私は、当直、です」一語一語区切るように友香が言った。

「当直主任には僕から話す」

「そうやってトラブルを起こすのはやめてください。そのうち怪我しますよ」

「だから早く引退したいんだけど、諸般の事情でそれはできない」

「引退する気、あるんですか？　だったら大歓迎ですけど」

本当に引退する気なのだが……今、私の事情を彼女に話しても仕方がない。


幸い、疲労で目が開かなくなる前に手がかりを入手できた。

ほぼ同じ角度で写っている二枚の写真。日付が新しい方――去年の一月に撮影された写真には、ウォッチワインダーが写っている。その一ヶ月前、十二月の写真にはない。そういうものは、一度置き場所を決めたらそのまま、という人が多いのではないだろうか。私の実家でも、父のウォッチワインダーはずっとリビングルームの同じ場所に置かれていた。もしかしたらそれは、客を驚かせるためだったかもしれない。父は、ウォッチワインダーを常時動かしていたわけではなく、五分回転しては五分ストップするように設定していたのだ。ふと会話が途切れた時に、ワインダーが動き出す微かな機械音がして、客がぎょっとするのを、私は何回も見ている。その度に、父はニヤリと笑っていた。

　下らない悪戯心だ。

　もしかしたら父は、自分の人生も家族も、悪戯で終わらせようとしていたのかもしれない。決して石頭、真面目な人とは言えなかった。いつもどこか、斜に構えたような……。

　さて、ここからが本番だ。私は引き出しを探って高倍率のルーペを取り出した。スマートフォンで撮影して拡大する手もあるが、普通に現像された写真だと、粒子が粗くなってしまい、ちゃんと見えない。専門家なら、もう少し何とかする手を持っているかもしれないが、今は相談する相手もいない。

　何とか……何とか分かった。絶対かと問われたら返事に困るが、八割の確率で、ワインダーに入っているのはアルファのストリームだと言える。

　こうなると、もっと解像度の高い写真が必要になる。この写真だって、元々はデジカメかスマートフォンで撮影したのではないだろうか。元画像があれば、いくらでも拡大して、はっきりしたものにできる。

　私はスマートフォンを取り上げ、安塚の電話番号を打ちこんだ。彼は寝ていたのか、どこかぼんやりとした声で電話に出た。

「預かった写真で分かったことがある。もう少し詳しく調べたいんだけど、さっきのアルバムの写真は、何で撮影したものかな？」

「デジカメです」

「それは今、家にある？」

「ええ、家族共有のデジカメですから」

よし、運が向いてきた。得てして、捜査とはこういうものである。何の手もなく、ぱたりと動きが止まってしまったと思ったら、急にばたばたと手がかりが連続して見つかる。努力と関係ない運もあるものだ。

「画像は整理してるかな？　古くなったものは消去してるとか？」

「いえ、そんなに真面目には……」

「去年のものが残っているかどうか、確認して欲しいんだ。日付は分かる。僕が預かってきた写真をメールで送るから、それに合致するものを探して欲しい」

「分かりました」

何だか原始的なやり方だが、これが一番確実だろう。問題の写真を撮影し、安塚のスマートフォンにメッセージで送る。

返事が来るのを待つ間、私は他の写真もチェックした。ワインダー――アルファの時計が写っている写真は計三枚。しかし、最初の一枚が一番大きく写っていた。

三枚の写真をアルバムから剝がして並べ、ルーペでじっくり観察していく。見ているうちに、問題のモデル、ストリームだという感覚が強化されていった。もしも元画像が手に入ったら、他の人にも見てもらって、確認しよう。

スマートフォンが鳴る。メッセージの着信……見ると安塚だった。画像が添付されている。間違いなく、問題の写真。スマートフォンの小さな画面ではあまりよく見えないので、パソコン作業にする。この写真を自分にメールし、パソコンを立ち上げている間に、安塚にお礼の電話をした。

「今もらいました。ありがとう」

「これが……何なんですか？」

「まだ何とも言えないんだ。でも、気になるから、調べておかないと気が済まない」

「そうですか」

「また何かお願いするかもしれないけど、よろしく頼むよ」

「はあ」

安塚が気のない返事をした。まあ、本人としては事件のショックも消えていないし、自分の将来も心配なはずで、警察に協力している余裕などないのだろう。

「強気でいけよ」

「はい？」

「いろいろ心配になるかもしれないけど、何とかなるものだから。人間は、簡単にはへばらない」

「はあ……」

ピンときていない様子だった。まあ、私自身もそう思う。こういう物言いは、私のキャラではないと自分でも分かっている。

何となく気まずい思いを抱きながら電話を切った。そしてすぐに、この写真を見てもらう人間を思いつく。

14

　翌日、私は午前十時から断続的にアルファショップに電話をかけ始めた。開店は十一時なのだが、スタッフはオープンの時間よりは早く出勤しているはずだ……しかし誰も出ない。根津麗の携帯の番号を確認しておかなかったのは失敗だった。

　十時五十分、ようやく麗が電話に出た。ほっとして、急いで事情を話す。

「――というわけで、写真に写っているのが実際にアルファのストリームかどうか、見ていただきたいんです」

「ええと、それは我々でいいのかどうか……ITとか映像の専門家の方がいいんじゃないですか？」

「それも手配しています」ＳＳＢＣにいる知り合いに、朝イチで電話をかけた。正規ルートでない捜査は……と渋い反応だったが、強引に押し切った。「取り敢えずメールしますから、確認していただけますか」

「分かりました――ちょっと待って下さい」

　がさがさと音がして、麗が電話から遠ざかった。誰かと別の電話で話している感じだが、内容までは聞こえてこない。しばらくして通話に戻ってくると、「こちらに来られますか？」と確認した。

「大丈夫ですが……」

「昨日の鑑定結果が出るようです。午後一番でお話しできると思いますが、どうですか?」

「一時にお伺いします」

また一歩前進──話が転がり出した。


昼食を済ませて、午後一時にアルファのショップに到着。またしても客はいない。ビジネスとしては大丈夫なのだろうかと心配になる。そのうち──五十歳になって信託財産の金が手に入ったら、アルファの腕時計を買って恩返ししようかと思った。それまでに、アルファが日本市場から撤退しなければ、だが。

麗が笑顔で出迎えてくれた。今日はもう一人の男性が一緒だった。彼が、ウォッチマスターなのだろう。しかし意外な感じ……白いワイシャツに黒いネクタイ、それにジーンズという格好なのだ。時計を修理する人だから、つなぎのような作業服を着ているイメージがあったのだが、それは私の思いこみということか。

名刺を交換する。田坂陽太郎《たさかようたろう》、私と同年輩の四十歳ぐらいに見える。

「根津さん、中でいいですよね?」田坂が麗に確認した。

「そうですね……二階堂さん、バックヤードは狭いですけど、構いませんか?」

「ここで、接客の邪魔をするわけにはいきませんよ」実際には、客が入って来る感じもないのだが。

「では、どうぞ」

バックヤードは確かに狭かった。表の店舗と同じ程度の広さの部屋のはずだが、両サイドは天井までが棚になっていて、圧迫感が増している。部屋の中央には打ち合わせ用なのかテーブル、奥にデスクがあった。そのデスクには、いかにもプロ用という感じのデスクライトがついている。

「いつもここで作業をするんですか？」私は訊ねた。

「やることもありますけど、普段は朝霞《あさか》にいます」

「埼玉の？」

「ええ。そこに広い作業場があるんです……まず、今日もらった写真の件でいいですか？」

田坂が、打ち合わせ用のテーブルの上でノートパソコンを開いた。

「蘊蓄《うんちく》つきの説明と、結果だけの説明がありますけど、どっちがいいですか？」

「結果をまずお願いします」

「同じものですね」田坂があっさり言った。「昨日、こちらに持ちこまれた時計と、写真に写っている時計、同一と判断していいと思います」

「確率は？」

「九十パーセント超」

「だったらほぼ確実ですね」

「まあ……その件はおいおいお話ししますけど、まず間違いないです。ただし私は映像の専門家ではないので、映像自体が偽造だったら見抜けませんが」

「こんなものを偽造する理由はないと思いますよ」私は肩をすくめた。

「念のために、他の人にも確認してもらって下さい」

「もう手配しています」

「結構です。では、昨日のストリームの件なんですが」

田坂が、どこからか腕時計の入ったビニール袋を取り出し、テーブルに置いた。さらにパソコンを操作し、画像を提示する。

「アルファのストリームというのは、戦前の名品でしてね。今でもコレクターには人気なんですよ」

「そうなんですか」

「これがスタンダードモデルです」田坂がパソコンの画面を私の方に向けた。「色々とバリエーションもありますが、今ほどではないですね。今は、毎年アニュアルモデルを出したりしていいます」

「商売ですね」

「それもありますけど、職人というのはあれこれ試したくなるものでしてね」

「それで、昨日の時計は？」

「間違いなくストリームです。しかも曰《いわ》くつきですね」

立ち上がった田坂が、デスクの横にある本棚からスクラップブックを持ってきた。開いて、私の前に置く。見開き二ページの記事のようだが、かなり古い――欄外を見ると、昭和三十八年の日付が書きこんであった。

「ずいぶん古い記事ですね……『週刊ジャパン』ですか」

「私も、元の雑誌を見たわけじゃないですよ。ここにスクラップしてあったのを、後から読んで覚えていたんです。そもそもどうしてここにスクラップしてあるのかも分かりませんけどね。六十年以上前の記事なので……うちがアルファの輸入元として設立されたのは十年前なのに」

「有名な話なんですか？」見出しを見ただけで、かなり衝撃的な内容だと分かった。

「業界では有名です。美談ですよね。私だったら、ＮＨＫで連続ドラマにしますね。終戦記念日前後にやったら、視聴率が取れそうな話ですよ——まず、この記事を読んでもらえますか」

記事によると、竹本源一郎《げんいちろう》——竹本審議官の祖父は、外交官として活躍し、戦時中はスイスに赴任していた。そこで、フランスのレジスタンスがスイスに一時的に逃亡するのに手を貸した——貸したと言われている。一国の外交官、しかも枢軸国の一員である日本の外交官として、それは国益を損ねる行為だが、源一郎は人道的な立場から、自分の身の上が危うくなるのは承知の上で、レジスタンスに対する援助活動を行っていた。そして、その密かな行為に感動したアルファ社の幹部が、源一郎に特別な時計、ストリームの自動巻きを贈ったのだ。源一郎はそのことを長く秘密にしていたが、外交官を退官した後、雑誌のインタビューに答えて事実を明かしたのだ。

確かに、NHKがクソ真面目なドラマに仕立てそうな話である。そして記事の最後には、語り手の腕にはまったストリームの写真があった。

「確かに戦前——戦時中のモデルなんですね」

「ええ。これ、どこにあったんですか？　竹本さんのご自宅？」

「そうです」ただし、何かがおかしい。本当なら、この時計は竹本にとって「家宝」だろう。しかし実際には、幸樹の部屋に無造作に置かれていた。発見した明日架によると、デスクの一番下の引き出しに、剝き出しのまま入っていたのだという。私だったら、鍵のかかるウォッチワインダーに入れて、さらに金庫にしまう。

そもそも夫婦とも、見覚えがないと言っていたではないか。

「ふうん……まあ、よくできてますよね」

「それは、一流メーカーの時計ですから」

「そういう意味じゃないです。昨日、初めて見た段階で私には分かりましたけど、どう判断して話を聞いたら、私にも分からなくなってしまった。

「どういうことですか?」

いいか分からなかった」

この件をどこへ持ちこむか……時計は渋谷中央署の特捜本部に戻さないといけないが、その前にもう少し情報を収集したい。

私は叔父の里村に電話をかけた。役所に電話をしてもつないでもらえるような相手ではないのだが、私は叔父の個人用スマートフォンの番号を知っている。しかし、警察庁の刑事局長ともなれば、会議の連続で電話にも出られないのではないか――出た。

「何だ、珍しいな」

「ちょっと知恵を貸して欲しいんですけどね」

「安くないぞ」

「後で返しますよ……外務省関係の事情に詳しい人、誰か知りませんか?」

「話がアバウトすぎる」叔父がぴしりと言った。「どんな内容だ?」

「戦前の外務省の事情が知りたいんです。外交官の情報を」電話をかける前に、私は検索を試みていた。そこそこ有名な話なのか、エピソードとしてさまざまなところに転がっている。しかし途中で気づいたのだが、出所は全て同じ――『週刊ジャパン』の記事のようだった。

「いったい、何事だ?　外交史の研究家にでもなるつもりか?」

「あくまで捜査です」私は事情を説明し、問題のエピソードを披露した。

「その話なら知ってる。有名だぞ」

「確かにネットでも拾えるけど、出所が同じみたいなんですよ」

「外務省の人間に聞いても分からないだろうな。あるいは否定されるか……オフィシャルな話じゃないはずだ。しかし、外交史を研究している知り合いならいるぞ。大学の先生だが、お前の頭で理解できるかな？」叔父がからかうように言った。

「別に、専門的な話じゃないでしょう。単なる人間ドラマです――その人につないでもらえますか？」

「いいだろう。一度電話を切る」

それにしても、叔父は何でこんなに偉そうなのだろう。もちろん、警察のキャリア官僚としてトップに近づいているから「偉い」のは間違いないのだが、どうにも鼻につく。私は子どもの頃からこういう態度に慣れているが、部下や上司はどう思うだろう。人間、能力さえあれば、ある程度は出世できる。しかしさらに上を目指す人には「愛嬌」も必要なはずだ――と言っていたのは、松下幸之助ではなかったか。

叔父に一番似合わない言葉があるとしたら「愛嬌」なのに。

遅めの昼食を食べ終えたところで――今日は銀座で有名な立ち食い蕎麦屋に入っていた――叔父から電話がかかってきた。

「会ってくれるそうだ」

「すぐ行ってみます」

「手土産を忘れるな」

「手土産？　捜査ですよ」

「本当に捜査になるのか？　今のところ、お前の勘だけだろう」

「僕の勘は馬鹿にできないと思いますけどね。叔父さんと違って、現場で鍛えていますから」
「ほざけ」叔父が鼻で笑った。「土産は甘いもの——桑都屋《そうと》のどら焼きがベストだ」
「桑都屋って、八王子じゃなかったですか？」
「渋谷に出店があるはずだ。それぐらい、自分で調べろ」

桑都屋のどら焼きは、十個入りで三千五百円だった。どら焼きにしてはずいぶん値が張るが、これで話してもらえるとしたら安いものだ——とはいえ、これは捜査なのだから、本当は手土産など必要ないのだが。経費で精算できないだろうし……。

私はそのまま、大学へ転進した。渋谷と恵比寿の中間にあるので、十五分ほども歩かないといけない。ここの学生は、毎日の通学だけでも大変だろう。

研究室の場所を確認して、訪ねる。事前に調べれば、どんな人なのか分かったかもしれないが、敢えて調べなかった。何でも簡単に調べられるこのご時世、新鮮な衝撃を楽しむためには、事前調査をしないのも一つの方法だ。

そして私は、予想以上の新鮮な衝撃を受けた。

大学教授と言えば、身なりに構わず、本に埋もれて暮らしているようなイメージがある。私が会うべき相手——この大学の文学部の教授、坂本《さかもと》は、この想像を奇妙な形で裏切った。

ドアをノックすると、苦しそうな声が聞こえてきた。もしかしたら倒れて一人で苦しんでいるのではと、慌ててドアを開けると、ベンチに仰向けに寝て、ダンベルで大胸筋のトレーニングをしている最中だった。こういう時は声をかけてはいけないと分かっているので、終わるのを待つ。両手に持ったダンベルは、それぞれ二十キロ。かなり本格的な、追いこむトレーニングだ。筋肉の動きをサポートする加圧式のウェアを着て、全身に汗をかいている。

「……二十」苦しそうにカウントして、坂本がトレーニングを終える。腹筋で上体を起こし、ダンベルを慎重に床に置いた。床はコンクリート張りなので、ごとん、という固く重い音が響く。

「失礼」立ち上がった坂本が、前腕で額の汗を拭う。でかい――百八十センチはありそうで、上体は綺麗な逆三角形になっていた。すぐにボディビルのコンテストに出られそうな仕上がり具合である。

私は言葉を失ってしまった。大学教授が本格的な筋トレ――ボディビルにのめりこんでもおかしくはないが、大学の自分の研究室でトレーニングしているのはいかがなものだろう。

坂本はデスクに置いてあったスポーツドリンク――プロテインかもしれない――を半分ほど、一気に飲み干した。

「警視庁の二階堂です」

「ああ、話は聞いてます。そちらへどうぞ」

部屋の中央にあるテーブルに手を差し伸べる。本が大量に載って、天板の半分は見えなくなっていた。

「これ、桑都屋のどら焼きです」

「や、すみませんね」坂本が表情を緩めた。

「でも、本格的にトレーニングされていたら、こういう糖質の塊みたいな食べ物は……」

「いやいや、甘いものを食べるためにトレーニングをしているのでね」坂本が、予想外のことを言い出した。「十年ぐらい前に一気に体重が増えて、健康診断の数値が悪化してしまったんですよ。それで心機一転、本格的にトレーニングを始めたんです。おかげで今は、完全なる健康体です」

「ボディビルの大会にでも出ておられるのかと思いました」

「まさか」坂本が怪訝な表情を浮かべる。「人に裸を見せるような趣味はないですよ……さて、このままで失礼しますよ。着替えたいところですが、汗が引きそうにない」

「もちろん、そのままで結構です」

というわけで、異例の事情聴取になった。本格的な加圧式のトレーニングウェアを着た、汗だくのマッチョマンへのインタビュー。

「実は、戦前の外交官の話を調べているんです」

「それはまさに私の専門ですけど、刑事さんが何事ですか」

「調べている事件の関係、としか言いようがありません。捜査の秘密があるので」私は頭を下げた。

「なるほど……外交官個人のことをお知りになりたい？」

「ええ」

私は名前を告げた。すぐに合点がいったようで、坂本が大きくうなずく。立ち上がると、デスクの横にあるファイルキャビネットの前で屈みこんだ。きちんと整理されてはいるようだが、簡単には見つからないのだろうか。

「外交官も官僚です。官僚っていうのは、日本に限らずどの国でも非個性的というか……個性を殺さないと仕事にならないこともあります。お分かりですか？」

「ええ。私も一応官僚の端くれですから。役人と言った方が正確ですが」

「外交官というのは、実は非常に個性的な人が多い。海外で、一癖も二癖もある人間と、丁々発止のやり取りをする必要がありますからね。礼儀正しいだけの人間では、負けてしまう。外交官の仕事は、血を流さない戦争なんです」

「そうなんですか？」物騒なことをさらりと言うものだ。

「外交の終わりが戦争、という言い方をよくします。でも実際には、外交自体が戦争なんですよ。時々、その暴力的な側面が噴き出すというわけで。だから外交官には、胆力も度胸も求められます。そういう世界で仕事をしているうちに個性的になっていくのか、元々そういう資質を持った人が外交官になるのかは、鶏が先か卵が先かの論争みたいなものですけどね。とにかく過去には、大人物がたくさんいました。私の場合、外交官個人の研究から、外交史に迫っていくアプローチです……あった、あった」

ようやく立ち上がった坂本が、ファイルフォルダを手にテーブルに戻って来た。中身を雑にテーブルにあける──多くの資料を整理もせず、取り敢えずこの中にしまっていただけのようだ。

「ええと、どこまでご存じですか？」

「世間一般に出回っている話は知っています。問題は、それが本当かどうかです」

「嘘ではないですね。私は外務省にも確認しました。戦前──戦中のこととて、はっきりしない部分もあるのですが、この件は記録に残っていた。時代的にはかなり際どい話なんですが」

「ですよね」私はうなずいた。「杉原千畝《すぎはらちうね》さんのエピソードを思い出します」

「ある意味、杉原さんよりも際どい。杉原さんの行為は、人道に照らして、賞賛されるべきものです。しかしこの人は……正直、難しいですね。ある意味、大日本帝国に対する裏切り行為とも言えます。もちろん、大日本帝国の外交政策が正しかったかどうかは微妙なところですが」

「厳しいですね」

「厳密に言えば、ということですよ。でも当時の政治体制、そして外交関係を考えれば、そういう結論になります。しかし外務省の中には、彼の行動を正当に評価していた人間がいた。だからこそ、ずっと外交官を務めていたわけです」

「昭和三十七年まで」

「予習はされてきたようですね」坂本がニヤリと笑う。

「古い週刊誌の記事を読みました。その中で、ご本人が喋っておられる」

「あれは、本人による唯一の証言です。だから、世間に伝わっている話は、ほとんどその記事が元になっているはずですよ」

「外務省にも、良心的な人がいたんですね」

「ほとんどの外交官は良心的ですよ。ただ、戦争中という特殊な状況下では、良心を発揮することができない。仕方ないことでしょう」

「ええ」私はうなずいた。「その行為について、どうこう言う権利は私にはありません。古い話ですし、専門外のことです。一つ、引っかかっているのはこれなんです」

私はバッグから、証拠品袋に入った腕時計を取り出した。今ではすっかり見慣れたストリーム。その重さも、感覚として体が覚えている。これに比べたら、今自分がしているスマートウォッチなど、羽根のように軽い。重みがステイタスになることもあるのだろう。だからこそ、若いアスリートやラッパーたちは、巨大なクロノグラフを好んで手首に飾る。

「ああ、これが……本物ですか？」感心したように坂本が言った。

「ええ。先生は、ご本人に会ったことはあるんですか？」

「いいえ、外務省を辞められて、五年ほどで亡くなっているんです。その頃私はまだ、生まれていませんでした。この話は外務省、それに息子さんから伺ったんです」

「息子さんは、今は……」

「確か、十年ぐらい前に亡くなったはずです。ご病気だったと思いますよ」

「私は存じていないんですが、どういう方ですか？」

「ご存じない？」驚いたように坂本が言った。

「知っていないと、常識が疑われるようなことでしょうか」

「トザキの会長まで務められた方ですよ？　会長を辞めてすぐにお亡くなりになったんですけど」

「失礼しました」頭を下げたが、これは気づけという方が無理だろう。よほど珍しい苗字でもない限り、ピンとこないものだ。トザキは日本最大規模の総合商社である。「エリート一家なんですね」

「官僚として、財界人として」坂本がうなずく。

「この時計のことを調べているんです。他に誰か、知っていそうな人はいませんか？」

「詳しい人というと、どうかな……時計の研究者はいないと思うけど。メーカー以外だったら、時計ジャーナリストとか？」

「そういう人、確かにいますね」当たってみよう。捜査というより取材という感じになってきたが。

「それとね……この件、取り扱い注意ですよ」坂本が警告した。

「もちろんそのつもりですが」

「事実関係に気をつけろ、ということです。この話が真実だという前提で話を進めると、落とし穴にはまる恐れがありますよ」

「それは……大問題ですか？」

「歴史研究としては、瑣末《さまつ》な話です。本筋ではない、エピソードの一つに過ぎません。ただ、こういう話が大好きな人もいるでしょう？　それに乗っかってはいけません」

「何故そう言えるんですか？」

「私は、一人の証言だけで物事を判断しません。複数の人に話を聴きます。その結果、本当だと言われていることが嘘と分かることだってあるんです。この件については、自分の調査結果を公表していませんが」

「どうしてですか？」

「うーん……」坂本が腕組みした。二の腕の筋肉が盛り上がり、別の生き物のように動く。「私がジャーナリストだったら、すぐに発表していたかもしれません。しかし私は、研究者です。研究者は、知ったことを何でもかんでも公表するわけではないんですよ。この件は、私の研究の流れとは直接関係ありません。あくまで逸話です」

「日本外交史の本流ではない？」

「そういうことです。ですから、あなたにも、この件を軽々しく話題にして欲しくない」

「それは、状況を全て聞いてからにします」

「もっともですね」坂本がどら焼きの入った化粧箱を見た。「では、時間がかかることですから、お茶でも淹れましょう。熱い緑茶でも？」

「ありがとうございます」

「和菓子には緑茶ですよね」坂本がニヤリと笑った。

15

普段私は、甘いものをほとんど食べない。イタリアンかフレンチのコースを食べた後で、デザートを口にするぐらいだ。

それが今日は、巨大などら焼きを一つ、平らげてしまった……桑都屋のどら焼きはそのサイズ感が売り物で、コンビニやスーパーのスイーツ売り場で見かけるどら焼きの二倍ほどのサイズがある。持った瞬間、手にしっかり重みを感じて戸惑ってしまったし、手土産に手をつけるのも筋が違うと思ったが、向こうが「食べて下さい」と言っているのに、遠慮もできない。

やはりどら焼きはヘヴィ過ぎた。食べ終えてしばらく話しているうちに、胃もたれに苦しみ始めたぐらいだった。胃もたれなど、何年ぶりだろう？　必死で我慢し続けたが、最後は「ありがとうございました」を連発して会談に幕を引いた。

次に会う人もいるし。

広いキャンパスを出て、渋谷駅の方へ向かって歩き出す。途中でドラッグストアを探したが、こういう時に限って見つからない。生協には薬も売っているはずで、大学の中で探すべきだったと悔いたが、どうしようもない。結局、渋谷中央署の近くまで戻って、ようやく一軒のドラッグストアを見つけて飛びこむ。

胃薬とミネラルウォーターを買い、店を出て歩道で胃薬を呑んだ。早く効きそうなので粉薬にしたのだが、強い風に煽られて少し宙に舞ってしまう。もったいないことをした——しかし、薬はすぐに効いて、胃がすっきりしてくる。これでよし。あとは、桑都屋のどら焼きを、「避けるべき食べ物リスト」に入れればＯＫだ。

　さて、電話を……渋谷中央署に寄って電話しようかと思ったが、寄り道の時間ももったいない。相手はすぐに電話に出たが「面会したい」という私の頼みに対して渋った。自宅で仕事をしているようだが、そこには来て欲しくないらしい。

「近くに、お茶が飲めるお店はありませんか？」私はすぐに提案した。

「それはありますけど……」まだ渋っている。

　私は面会の理由を持ち出した。アルファ・ストリームの特別なモデル。現物を持っているので、その話を聞かせて欲しい。

　これで食いついてきた。

「本物なんですか」

「そう思われます」

「写真とか、いいですかね。ぜひ私の個人ブログで紹介したい」相手は異様に興奮し始めた。

「それは勘弁して下さい。警察の証拠物件なんです――それより、駅の近くでエスプレッソが飲めるようなカフェはないですか？」

　あった。

　都営地下鉄の泉岳寺《せんがくじ》駅を出てすぐ、第一京浜沿いにあるチェーンのカフェ。あまり話しやすい雰囲気ではない……丸いテーブルにパイプ椅子の什器がポップな感じで、イタリア系のカフェというより、アメリカのダイナーを彷彿とさせる。席はかなり埋まっていた。

私は、どら焼きを食べて以来生理的に欲していたエスプレッソを、ダブルショットで注文した。そこへ、慌てた様子の中年の男が飛びこんで来る。私を見てすぐにピンときたのか、ひょこりと頭を下げた。時計ジャーナリストというのがどんな感じか分からなかったが……なかなか洒落者だった。薄手のダウンジャケットに、脚のラインにぴたりと合った細身のジーンズ。髪は綺麗に七三に分け、最近珍しいベッコウ柄の眼鏡をかけている。

「山井《やまい》さんですか？」

「山井です。二階堂さん？」

「ええ。飲み物は何にしますか？　買っておきますから、席をキープしていただけると助かります――なるべく目立たないところで」

「目立たない……？」

「一応、捜査ですので」本当は、どこかの警察署で話がしたかった。それなら誰にも遠慮せず、何でも話せる。

自分の分のエスプレッソと山井のコーヒーを受け取り、席につく。座ってみると、想像していたよりも丸テーブルは小さかった。証拠品にコーヒーをこぼしたら大変だと心配になって、自分の分のエスプレッソを一息に飲み干す。これでリスク半減。

「一気飲みですか」山井が目を丸くする。

「ずっとエスプレッソが飲みたかったんですよ。つき合いでどら焼きを食べたら、体中が甘い感じになってしまって」

「はあ……」山井は戸惑っていた。ジョークかどうか、判断しかねているのだろう。

「今のは本当の話です。マッチョの大学教授と話していて勧められたので、断れなかったんです。

私の手土産だったんですけど」

　山井はどうも、話に乗ってこない。そこで私は、彼の人となりを探りに入った。

「腕時計ジャーナリストの方って、普段はどんな風にお仕事をしてるんですか？」

「色々ですよ。自分でも何をやっているか、数えきれない」山井が苦笑してコーヒーを啜った。

「腕時計専門の雑誌が主戦場ですね。新聞なんかに書くこともあります。時計の見本市なんかの取材が、活動のメーンですね」

「そういう取材は、海外ですか？」

「ええ」

　それで生活していけるのだろうか？　今は、ライターの料金も低く抑えられているはずなのに。

「子どもの頃から時計好きだったんですか？」

「ええ。そもそもうち、時計屋なんですよ」

「そうなんですか」

「祖父《じい》さんの代から時計屋をやってまして……子どもの頃から時計に囲まれて育ちましたからね。でも、町の時計屋は、商売が厳しくなってますからねえ。今、そういうところで時計を買う人って、あまりいないでしょう？　デパートやアウトレットで買うか、高級な時計は専門店で買うか……もっとも今の主流は、家電量販店かな。スマートウォッチばかりだから」山井が、ちらりと私の左手首を見た。

「いろいろと便利なもので」私はつい言い訳してしまった。山井の左手首には、ごつごつした巨大なクロノグラフが鎮座《ちんざ》している。

「まあ、時計屋だけでは食べられないので、ライターもやっているということです。何もない時は、店の仕事をやってますよ」

「なるほど。それで……問題の時計はこれです」

私はバッグから、ストリームの入った証拠品袋を取り出した。山井がさっそく手を伸ばしたので、すかさず忠告する。

「注意して扱って下さい。これは証拠品なので」

山井が慎重に時計を手に取った。目の高さに掲げて、じっくりと見る。表、そして裏。やがて溜息を漏らすと、時計をそっとテーブルに置いた。

「これ、古くなってはいますけど、かなり状態がいいですね。マイナスポイントは文字盤に焼けが入ってることぐらいだな」

「ずっと使われずに保管されていたようです」

「ストリームって、飾り物じゃなくて実用時計なので、結構荒っぽく使われて壊れてしまうことも多いんです。アンティーク市場では、程度のいいものはなかなか出てきませんね」

「これは特別なモデルです。ワンオフ？　一本だけ作られたもので」

「もしかして……」山井が目を見開く。「『バーゼルの約束』？　ええ？　それなんですか」

「そういう風に言われているみたいですね」戦時中の美談。国を裏切っても人を救った、隠れた英雄。

「驚いたな。その本物ですか」山井の興奮も本物だった。

「そのようです」

「それが何で、警察の手に？　盗まれたとか？」

「色々背景があるようで、調べています」

「でもねえ……それ、信じちゃっていいんですか」急に山井が態度を変えた。何も知らない子どもをからかってやろうという感じ。

「――偽物」

「あれ、知ってるんですか？」山井が目を見開いた。

「私も話を聞いたばかりなんですけど……あなたのように時計全般に詳しい人なら、何か事情を知っているんじゃないかと思って、お会いしているんです」

「なるほど」納得したように山井がうなずく。「時計メーカーが一本だけ作るっていうのは、たまにありますよ。それこそ昔は、ヨーロッパのどこかの王室のためにとか。最近でも、金持ちが依頼して特別な一本を作らせる、ということはあります。ただ、そういうのって必ずしも公表されないので、実態が分からないんですよね。あくまで噂で……有名なサッカー選手が、宝石をちりばめた特別な一本をオーダーしたとか」

「腕時計だと、スポーツ選手やミュージシャンとの契約はありますよね」宝石をちりばめ……はセンスが悪い感じがするが。

「お互いイメージ商売なので、利害が一致しているというか。でも、自分の好みで腕時計を作るというのは、単なる金持ちアピールみたいで嫌じゃないですか」

「車なんかはいくらでもアピールするのに、何か変ですね」

「隠す美学もあるんじゃないですか」

私は思わずうなずいた。父がそうだった。誰もが知っている企業グループを率いていたのだから、どんなブランドものでも手に入ったはずだが、これ見よがしに手にすることは一度もなかった。時計は国産の自動巻きモデル、社長車もずっと、地味なワンボックスカーだった。今ではその手の車を社長車に使う人も珍しくないのだが、父の現役時代は、社長車といえば高級セダンと決まっていた。それこそ日本車だったらクラウン、ヨーロッパ車だったらベンツの最上級セダンとか。しかしワンボックスカーなら中は広くてリラックスできるし、作業用のスペースもあるわけで、忙しい経営者が使う車としては理に適っている。

「江戸っ子ならね……まあ、金持ちの考えていることはよく分かりませんが」

「高級腕時計の取材をすると、そういう人たちと会うこともあるんじゃないですか」

「ええ、セレブにインタビューとかね。聞かれれば嬉しそうに答えるけど、自分からは言い出さないという人が多いですよ。まあ、あまり派手なものを身につけていることをアピールすると、盗まれるかもしれないので、用心の意味もあるでしょう。海外だと、指輪や腕時計を盗むために、被害者の指や手首を切り落とす連中もいるそうですから」

「そういう話は聞いたことがあります」私はうなずいた。「それで、この時計の伝説はご存じですよね？」

「ええ。戦時中の人道支援に対して、アルファ社から特別に贈られたものだと。戦時中で、工場も自由に操業できない中、乏しい材料で必死に組み立てた珠玉の一本――有名な話ですよ」

「どうも、そういう話の出所は全て、この記事らしいんです」

　私はタブレット端末を取り出し、アルファの店舗で見せてもらった記事を撮影した写真を見せた。古い雑誌の記事なので文字は小さく、紙も傷んでいて読みにくいが、山井はさっと読んで「この内容です」とあっさり言った。

「この週刊誌の記者は、何とかインタビューに成功したんですけど、相手は基本的には、取材に応じる人ではなかったようです。他に取材を受けた形跡は、まったくないんですよ」

「なるほどねえ」山井がうなずいた。「確かに、記事を読んだことはないですね。この業界では伝説として伝わっていますけど」

「あなたはどこで知ったんですか？」

「それこそ、誰かから聞いたか、ネットで拾った話だと思いますよ。ただ、その時変な話も聞きましたけどね」

私は先回りして、話をした。山井が目を見開き、そしてすぐにつまらなそうな表情を浮かべる。

「何だ、今話して驚かそうと思っていたのに」

「実は、お墨つきを得ました」

「お墨つき？」

「アルファ社で見てもらったんです」

山井が無言で、また時計を取り上げた。バッグから小さなルーペを取り出し、必死の表情で時計を見始めた。

「うーん」やがて諦めたように、ストリームをテーブルに置く。「私は修理もしますし、時計はそれこそ何千、何万本も見てますけど、断定はできないですね。正直、分かりません」

「そうですか？」

「これはアンティークです。現在の時計とアンティークの時計では、鑑定の方法が異なります。専門家が見ないと何とも言えないですけど、アルファの人たちがそう言っているなら間違いないでしょうね」

「製造元でも、きちんとデータが残っていないという話も聞きますが」

「アルファの場合は大丈夫でしょう。過去のアーカイブを大事にする会社なので、彼らがそうだと言えば、その通り、信じていいと思います。しかし、伝説っていうのは、まったく根拠がない作り話ではないんですねえ」妙に感心したように山井が言った。

「どういうことだと思います？」

「想像するしかないんですけど、やっぱり全てが足りなかったんじゃないかな。材料も、職人も、時間も。だからこういうものを……でも、精巧に作るのは、本物を作るぐらい大変です。香港なんかで作られているパチモノは、結構適当なものですけど、これは違いますね。私の目では、見分けがつきません。非正規品、という感じですかね」

「そうですか……この噂、あまり一般的なものではありませんよね」

「ええ。メジャーな話ではありません。時計業界の中だけでの話ですよ。コップの中の渦、みたいな」

「日本外交史に残る一件なんですけどね」話しているうちに、私も訳が分からなくなってきた。日本外交史に残るような一件だったら、私も知っているだろう。しかし今回の件は初耳……もしかしたら山井が言うように、怪しいと睨んだ人が多く、話を広めないようにしていたのかもしれない。この記事が最初に出たのは六十年も前で、今と違って、ＳＮＳで簡単に拡散することもなかったのだし。

「外交の話はよく分かりませんけど、何でも起こりうるのが時計の世界ですよ」

したり顔で山井が言った。私は、さも分かったような振りをしてうなずくしかなかった。

渋谷中央署に戻ると、まだ刑事たちは忙しそうにしていた。既に夜の捜査会議は終わっているはずだが、数人ずつ固まって打ち合わせをしている者、電話をかけている者——私は溝内を摑まえ、腕時計を渡した。

「ああ、お疲れ」溝内が疲れた声で言った。

「奇妙な話がいくつか、分かりました。今回の事件に一番関係ありそうなのは、この時計が本来、竹本家にあるべきだったという情報です」

「実際あったじゃないか。息子の部屋に、だが」

「机の引き出しに、無造作に放りこまれていていいようなものじゃないんです」私はタブレットを取り出し、記事を見せた。

「読みにくいな、こいつは」溝内が目を細める。

「六十年前の週刊誌の記事なんですよ」私は要約して説明した。

「そんな話は初耳だぞ」溝内が首を傾げる。

「私も初耳でした。ただ、あまり広まらなかったことには理由があるかもしれません」

今度は自分の推理を披露する。この辺は、絶対に裏が取れないことだ。「何故起きたか」は説明がつくことが多いが「どうして起きなかったか」は分かりにくい。

「なるほど……しかし、実証できないな」溝内が冷静に切り捨てた。

「とはいえ、状況証拠は揃っています。マル被はどうですか？」

「依然として黙秘だ」

「この時計の話をぶつけてみたらどうですか？　何か喋るかもしれない」

「家族は？」

「見覚えがないと言っていますが、嘘だと思います」

「それと問題は、どうしてこれが梅島家にあったか、だ」

「梅島本人か関係者が盗んだ、あるいは盗品を裏ルートで手に入れたんだと思います。アンティーク時計好きなら、こういうエピソードのある時計には惹かれるでしょう。奥さんはまだ、まともに話ができる状況ではないですから、書生に話を聴くのが手です」

「分かった。明日以降、その辺でネジを巻いてやってみる。しかしよく、これが梅島家にあったと分かったな」

「勘……ではないですね。世田谷西署には謝らないと」清水の顔が脳裏に浮かぶ。「最初から違和感があったんです。その時点で、世田谷西署には説明しておくべきでした」

「違和感とは？」

「ウォッチワインダー、分かりますか？」

「自動巻きの腕時計が止まらないように、ぐるぐる回しておく機械だろう？」溝内が人さし指をくるりと回した。

「そうなんです」私はうなずいた。「亡くなった梅島さんは、古い手巻きの腕時計をコレクションしていました。一方で、普段自分が使っていたのはスマートウォッチです。それなのに、自動巻きの腕時計用のウォッチワインダーが部屋にあって、動いていました……しかし自動巻きの時計はそこになかった。盗まれたような印象を受けました」

「届け出は？」

「それが、なかったんです。梅島さんはまめな人で、自分が買った時計は全部リストにしていました。だから、被害届から漏れるはずがないんですよ。わざと言わなかったら別ですが」

「言わなかった理由がある、か」

「盗品だと知っていたからじゃないでしょうか。さすがに、梅島さんが自分で盗んだとは思えませんが」

「泥棒さんから買ったか、あるいは裏の業者に流れたのを手に入れたのか——そんな危ない橋をわたるかな」

「時計好きの人は、逸話も好きみたいですね。何か歴史的な意味があるとか、有名人が持っていたとか」

「どうも、胡散《うさん》臭い感じになってきたな」

「同感です。明日、もう一度ここへ来ていいですか？」

「しかしあんたには、捜査権はないんだぜ？　証拠品を持ってうろうろしていただけでも、本当は問題なんだ」

「問題がなかったんだから、いいでしょう」

「強引な奴だな」溝内が苦笑した。「まあ、今回は大目に見るけど、もう勘弁してくれよ」

「必要なことをやるだけですよ——例えば、竹本審議官と対決するとか」

「おいおい」溝内は目を見開いた。「審議官は今のところ、容疑者の父親というだけだぜ？　本人は犯行に関係はない」

「でも、嘘をついていました。それは看過できない。彼も、自分の立場なら厳しく追及されないで逃げ切れると思っているかもしれませんけど、事件に関係あることだったら、黙って逃げるのは許されませんよ」

「本気で対決するつもりか？」

「落とす自信はあります——もう少し情報を集めれば」

「例えば？」

「梅島さんとの関係とか。今のところは関係があるとは思えませんけど、調べてみてもいいですね。過去に接点がなかったかどうか……接点があれば、腕時計の謎も解けるかもしれない」

「謎って言うけど、事件には謎なんかないぞ。俺たちに見えてないだけだ」

「分かってます」私はさっとうなずいた。「だから、見えてないものを探し出さないといけないですよね。そのためには、あちこちを突《つつ》かないと」

「何だか気に食わないけどな」

「一晩考えますよ」私は立ち上がった。「明日の朝には、何かいい手を思いついているかもしれない」

「何も思いつかないで、大人しくしていてくれると助かるんだが」

「ところが、大抵何か思いつくんですよね」

　途端に、溝内が嫌そうな表情を浮かべる。

　捜査本部を出ようとした時、入って来る明日架とぶつかりそうになった。

「二階堂さん、腕時計は？」

「今、係長に返したよ。遅くなって申し訳ない」

「もう、勘弁して下さいよ。大事な証拠品なんですから」

「でも、僕が調べるのは係長にも了承してもらっていた。皆忙しかったんだし……とにかく、だいぶいろいろなことが分かってきたよ」

　立ち話で事情を説明したが、明日架は納得した様子ではなかった。

「それって、分かってきたんじゃなくて、むしろ謎が増えたんじゃないですか」

「謎が増えれば、その分解く楽しみが増える——でも、溝内さんに言わせると、事件には謎なんてない。我々が知らないだけ、事実が埋まっているだけなんだ」

「何だかよく分かりませんけど」

「明日には、もっと色々分からせるよ。特捜のお役に立てれば、それに越したことはない」

「でも……二階堂さんの仕事って、セレブを守ることでしょう？　それで竹本さんや梅島さんを追いこんでしまったら、本末転倒じゃないんですか」

「それは違う」私は即座に否定した。「僕の仕事は、セレブと警察各部署をつなぐことだ。捜査をスムーズにすることが目的なんだから、結果的にはセレブを追いこむことになるかもしれない」

「そんなことになったら大変じゃないですか」

「相手が誰でも、法の下では平等だ。これまでの警察は、相手によって忖度することがあったと思うけど、それは間違っている。そういう意味では、僕は原理原則の男なんだ」

16

翌日、特捜本部の捜査会議に出て、私は溝内に幾つか頼み事をした。「何でお前に言われないといけないんだ」と文句をぶつけられたが、溝内は結局引き受けてくれた。そしてたまたまその場にいた明日架を、実行部隊に指名する。明日架は猛烈に反発したが、私の「奢るから」の一言であっさり怒りを引っこめた。美味い食事に弱い人はいるもので、彼女もその一人のようだった。もっと早く気づいていたら、簡単に動かせたのに。

それから、私は世田谷に転進した。借りていたアルバムを梅島家に返却し、さらに確認しなければならないことがある。

美沙は、依然としてきちんと話せる状態ではなかった。しかしどうしてもはっきりさせねばならないことがある——私は時間をかけることにした。

安塚に話して、時計の購入リストを確認させてもらう。アルファのストリームは入っていない。リストを改竄《かいざん》した可能性もあるが、疑っていたらきりがない。

「このリストを作っていたのは、税金対策かな」

「そう聞いていますけど、実際にはあまり関係ない……アンティークの時計を買っても経費にはならないと、税理士の方が言っていました」

「だろうね。結局、純粋な趣味か」

「はい」

「君は、アルファの時計の購入経緯を知らないか？」

「知らないです」

時系列で写真を並べた結果、梅島がアルファの時計を購入したのは、一昨年の十二月から去年の一月の間のどこか、という結論に私は達して、安塚にも話していた。

「梅島さんは、特定の業者とつき合っていたんだろうか？」

「いえ、何人かいました。アンティークの時計を売りこみに来る人もいました。梅島先生がご自分で、向こうへ行かれる時もありましたけど」

「そういう業者の名前はわかるよね？」私はパソコンの画面を見てリストを確認した。購入日、モデル名、価格、購入した業者が記載されている。他、備考も……「S」とか「A」は、時計の状態だろうか。

　私は業者の名前をチェックして、全て接触して事情を聴こうと決めた。時間はかかるが、結局はこれが一番効率的ではないかと思う。メモを取り始めたところへ、美沙が入って来た。ふらふらと……足取りに力がないどころか、今にも倒れてしまいそうである。私は反射的に立ち上がり、彼女に近づいた。

「大丈夫ですか？」

「いえ……」

美沙が胃の辺りをさすりながらソファに腰を下ろした。溜息を漏らすと、また腹をさする。

「体調が悪いんですか？　だったら休んでいた方が……」

「安塚君、車をお願いできる？」美沙が私を無視して言った。

「はい」弾かれたように安塚が立ち上がる。

「お出かけですか？」私は美沙に向き直った。

「医者です」

「体調は――」

「妊娠しているので」

彼女の告白に、一瞬部屋の空気が凍りついた。初耳……少なくとも、彼女の腹は目立たない。

「初めて聞きました」

「あなたに言うことでもなかったので」美沙があっさり言った。「四ヶ月です。先月、妊娠が分かったばかりで……主人も喜んでくれました」

「待望のお子さん、ということですか？」

「別に、子どもを作らないと決めていたわけではないんです。もちろん、心配はありました。主人は結婚した時五十五歳で……すぐに子どもが生まれても、成人する頃には主人は七十五歳です。その年まで頑張れ、とは言えません」

「頑張らなくても、梅島さんなら問題なく……少なくともお金の面では、問題はなかったんじゃないですか?」

「何かあると張り切ってしまう人だから、心配だったんです。いつも人のために何かしてあげようと思っているんです。だから、高校の後輩たちを受け入れていたんですよ」

「なかなかできないことだと思います」

「成り上がりですから」

きつい一言だったが、美沙の言葉には何故か愛情が感じられた。駄々っ子をあやす母親のような……。

「成り上がりはきついですね」

「一代で、ゼロから始めてここまでの会社を築き上げたという意味では、成り上がりと言っていいと思います。成金でも何でも構いませんけど……とにかくそういう人は、お金を全ての基準にしがちなんです。社会貢献しようとしても、まずお金を出すことを考えてしまうんですね。自分で手を下すことはできない——そんな時間もありませんし」

「梅島さんは、お金を出しただけじゃないと思いますよ。実際に後輩を家に受け入れるのは大変じゃないですか」

「まあ……そうですね。いそいそと自分で部屋を掃除したりして、いつも頑張っていました。卒業した子が、実家の事情なんかで一柳ホールディングスに入れないことがありましたけど、そういう時は泣いて送り出していました。三年前だったかな……すごく優秀な子がいて、卒業してＭＩＴへの留学が決まった時なんか、大変でした。社員を動員して空港まで見送りに行って、万歳ですよ……昭和の時代みたいですよね」

馬鹿にしているように聞こえながら、美沙の口調にはやはり愛情が感じられた。

「貧乏な家で育って苦労してきた人ですから、人に対する思いが強いんです」

「家族を大事にして」

「私も……大事にしてくれました。妊娠が分かった時、私は不安だったんですけど、話すと大騒ぎで喜んでくれて。あんなに素直に喜んでくれるとは思っていなかったので、驚きました」

「残念です」私は頭を下げた。

「仕方がないですね……でも、産みます。義理の娘たちも大事な存在ですけど、梅島さんとの子どもは……」

「お体、大事にして下さい。お葬式もありますし」

通夜は明日、葬儀は明後日の予定と聞いている。家族葬で行うという話だが、家には会社の人間が頻繁に出入りし、葬儀会社と打ち合わせをしている。実質的には社葬のようなものになるのだろうか……いや、大っぴらにそういう葬儀はやりにくいだろう。殺人事件の被害者となれば、大勢を集めた葬儀は似合わない。後日お別れの会、というのが適当なところではないだろうか。こういうやり方もすっかり定着したと思う。私の父の葬儀もそうだった。病に倒れて死期を悟った父は、自分の葬儀の計画まで綿密に立てていた。葬儀会場、招待客などを全て指定して、部下に指示していたのだ。結果が父の思う通りだったかどうか私は知らないが、おそらくそうだったと思う。父は何でも、自分でコントロールしないと気が済まない人間だったのだ。たとえ自分が死んだ後でも。

これでは話を聴けそうにない。結局、時計の業者に順番に当たっていくしかないだろう。ただし、ストリームが合法的なルートで梅島の手元に来たかどうかは分からないのだが。その辺は、実は竹本の証言にかかっている。盗まれたものなのか、売り払ったのか……大事な時計なのは間違いないが、所有する人間が売るのは非難できない。

しかし竹本は嘘をついた。そんな時計のことは知らないと。

そちらも、しっかり調べていかねばならない。

「帰られるまで、こちらで待っていてよろしいでしょうか。もう少し聴きたいことがあります」

「どうぞ。大丈夫です。人の出入りが多いので、落ち着かないかもしれませんが」

「この部屋にいます。もう少し調べたいこともありますので」

私は下僕よろしく、ガレージまで降りて美沙を見送った。マセラティのドアを閉める直前、思いついて訊ねる。

「もう一度、鑑識に入ってもらっていいでしょうか。調べたい場所があるんです」

「構いません」美沙があっさり言った。

「では、お留守の間にチェックします」

美沙を送って、私は書斎に戻った。スマートフォンを取り出し、世田谷西署に電話をかける。

清水は、少し疲れた様子で電話に出た。

「ちょっとご相談なんですけど、渋谷中央署の件はフォローされてますよね」

「情報は逐一聞いてるよ」

「渋谷中央署の特捜が逮捕した犯人なんですけど、指紋を照合してもらえませんか？」

「うちの現場の指紋と？　何で」

私は事情を説明したが、それで清水の怒りに火を点けてしまった。

「あんた、俺に何も言わないで、何で勝手なことをやってるんだ？」

「状況がはっきりしない中で、清水さんの手を煩《わずら》わせるわけにはいきませんよ」

「ふざけるな！　報告、連絡、相談は警察の仕事の基礎だ！」

「私は組織から外れた存在ですので……フリーハンドで動いていい、と言われています」

「総監の威を借る狐だな」

「否定はしませんが、清水さんが苛ついたこと以外に、何か問題はありましたか？」

「そいつは屁理屈だ」

「捜査を進めた方がいいと思います。渋谷中央署とは、合同で捜査した方がいいかもしれませんよ。向こうで逮捕した竹本幸樹の指紋がこちらに残っていないか、確認して下さい」

「奴が犯人だというのか？」

「まだ明確な証拠はないです。ただ、疑いはある」

「指紋は出なかった」

「間違いないですか？」

「鑑識のやることにまでいちゃもんつけるなよ！」

「確認して下さい。あの部屋にはウォッチワインダーがありました。それの指紋も採取しましたか？」

「ウォッチワインダー？　そんなもの、あったか？」

「ありました——あります。指紋はどうですか？」

「ちょっと待て」

清水がガサガサと何かを動かした。しばし無言……リストを確認しているのかもしれない。やがて電話に戻ってきて「ないな」と告げた。

「お願いします。ウォッチワインダーを調べて下さい。指紋の採取と照合だけでいいんです」

「あんたの、訳の分からない推理を信じていいのか？」

「もちろんです。何も信じられない人生なんて、悲しいですよ」

「俺の人生なんかどうでもいいんだよ。捜査が上手くいくかどうかだけが問題だ」

清水は昭和の刑事――確定だ。私より十歳ほど年上とはいえ、警察官になったのは平成になってからなのだが、実際にはもっと古いタイプの刑事という感じがする。

おそらく、警察官になった直後、周りには昭和の刑事がたくさんいたのだろう。そういう刑事たちの薫陶を受けると、知らぬ間にその色に染まってしまう。

清水に鑑識の出動を何とか了承させて、私は梅島の書斎に入った。そこへ、一人の女性が入って来る――梅島の長女、長田真澄《ながたますみ》だ。三十六歳。丸顔に眼鏡をかけた地味なイメージの女性である。父親から経済的な援助を受けていたかどうか……装飾品は結婚指輪だけ。父親が殺されたことを聞いて大阪から駆けつけ、そのまま葬儀まで残ることにした、と聞いていた。

「あ、すみません」真澄が謝る。

「大丈夫です。これから調べ物がありますけど、まだしばらくは……何かこの部屋に用事でもありましたか？」

「探し物をしてました。父の時計なんですけど……」真澄がウォッチワインダーに目を向けた。

「やっぱりないですよね」

「そのワインダーに保管されていた時計ですか？」

「ええ」

「ちょっと座って下さい」

私たちは、ソファで向かい合って座った。私はタブレット端末を取り出し、ストリームの写真を見せた。

「これですか？」

「ああ、はい――たぶんそうだと思います。私は一回ぐらいしか見たことがないんですけど……」

「いつ頃購入されたものか、ご存じですか？」

「去年……そうですね、去年の一月だと思います。自慢して、メールしてきました」

「そのメール、残ってますか？」

真澄がスマートフォンを操作する。しばらくスクロールを続けていたが、やがて私に写真を示した。腕時計をはめた、毛むくじゃらの手首――ストリームに見える。

「同じもののようですね」

「はい。これが人生最後の時計だ、なんて言っていて。葬儀の時に、腕につけてあげようかって思ったぐらいです」

「まさか、そのまま火葬ですか？」

「それはないです」真澄が顔の前で大袈裟に手を振った。「そんなもったいないこと、できませんよ。これも高い時計だったんでしょう？」

「価格は分かりません――この時計に関する事情は聞いてますか？」

「いえ」

「証拠品として、今、警察で保管しています」

「そうなんですか？」眼鏡の奥の目が見開かれた。「盗まれたんですか？」

「その辺の事情を、詳しく調べています……でも、大変ですよね。お葬式まで……」

「お別れですから。ちゃんとしてあげないと」

「仲が良かったんですね」

「まあ……そうですね。不器用な人ですけど、いつも一生懸命でした。特に母が亡くなってからは、何でも自分でやろうとして……家事をやってくれる人もいたのに、自分でご飯を作って私たちに食べさせようとして」

「料理上手だったんですか？」

「とんでもないです」真澄が苦笑する。「田舎の出のせいか、何でも味つけが濃いんですよ。唯一普通に食べられたのがカレーで、褒めたら、一週間ずっと夕飯がカレーだったことがありました」

「それは……父親にありがちな話ですね」

「そのうち、私がご飯を作るようになりましたけどね。父もずっと忙しかったんですけど、夕食は親子三人で食べるようにしていました。父はそれから、接待なんかでまた出かけていきましたけど」

「そんなに仲が良かったら、あなたが結婚する時には大変だったんじゃないですか？　しかも東京を離れて大阪でしょう？」

「まあ……」真澄が力無く首を横に振った。「大変でした。最初から、とにかく絶対に許さないの一点張りで。主人は義父の会社を継ぐために真面目に働いていて、収入だって悪くないんですよ？　でも父は、『お前は俺ぐらい稼げるのか』って、無理難題をふっかけて。主人は菩薩《ぼさつ》みたいな人だから受け流していたんですけど、とにかく埒《らち》が明かないんで、芝居を打ったんです」

「芝居？」

「真冬に、家の前で正座しました」

「自殺行為じゃないですか」何度もこの家を訪れ、妙に寒いことに私は気づいていた。目の前を川が流れているせいかもしれない。

「もちろん、一晩中じゃないですよ。父が帰って来るタイミングを見計らって正座して、父が寝るまで続けて……私が合図を送ってストップさせました。それを続けて四日目に、大雪になりましたけど、正座を強行したんですよ。それを見た父が、そこまで根性が据わっているなら許すって……関西人は大したもんだって言って、一緒に酒を酌《く》み交わして結婚を許してくれました」

途中で口調が揺らいできて、最後は震えた。真澄が目尻に指で触れ、涙を拭い取る。

「妹さんの結婚の時も大変だったんですか」

「妹の場合は、大したことはなかったですね。仙台なら近いからって……結構頻繁に向こうへ顔を出してました。孫が二人いるので、会うのが楽しみだったんでしょう」

「あなたは――美沙さんとは仲良くやっていたんですか？」

「仲良くと言えるかどうか……普通でしたよ。一緒に住んだことはないので、当然お母さんという感じじゃないです。年も近いですしね。父のお嫁さん、かな」

「再婚の話が出た時、反対しなかったんですか？」

「父も苦労してきたんですよ。母親が病気になった時も、仕事を全部放り出す勢いで看病しようとしたし、亡くなった後は、不器用ながらに私たちをちゃんと育てようとして……しかも仕事は必死でした。趣味も持たずに、二十四時間、三百六十五日を走り抜けていたんです。再婚の話が出た時は、五十歳も過ぎて仕事は安定していたし、好きな人がいるなら自由にしていいんじゃないかって思いました。妹とも話し合ったんですけど、まあ、そういうことで……抵抗感もなかったです。美沙さんとは、会う時は仲良くしましたけど、あまり積極的には——父は二人の生活を楽しんでいたみたいなので、邪魔したら悪いかな、と」

「美沙さん、だいぶ弱ってますね」

「当たり前ですよ」真澄が溜息をついた。「まさか、妊娠が分かってすぐに、父が殺されるなんて」

「これからお子さんを産んで……大変かと思いますけど」

「でも、父の遺産があるでしょう」

「遺産は、あなたたちのところにも行くんじゃないですか？　そもそも遺書はあったんでしょうか」

「あると聞いてます。父のことだから、私にも妹にも、遺産を残していると思うけど、私は、相続放棄しようかなって思ってるんですよ」

「どうしてまた？　親が作った財産をもらうのも、子どもの義務みたいなものでしょう」私のように、それをもらえる日を心待ちにしている人間もいる——それが普通だろう。

「相続も面倒臭いし、父の面倒を見てくれた美沙さんに残すのが一番いいかなって。子どもも生まれるし、お金はいくらあってもいいでしょう」

「ずいぶん寛大ですね」

「お金は……主人が頑張ってますから。間もなく社長に就任予定なんです。実家は小さな商社をやっていて、義父がそろそろ引退したいからと……前からの予定なんですけどね」

「じゃあ、あなたはお金の心配はいらないわけですね」

「主人がヘマしなければ、ですけど」真澄が困ったように笑った。

「妹さんは？」

「妹の旦那さんは、仙台で農業法人をやってます。こちらもかなり……自慢するわけじゃないですけど」

真澄も妹も、金持ち社会の中で暮らしてきたはずだ。そこで出会った人と結婚したとすれば、当然相手も社会の「上澄み」の一員だった可能性が高い。そういう人たちは、よほどのことがない限り、獲得したものを失うことはないのだ。

「家族と仕事のために全力だった梅島さんの趣味が時計ですか」

「美沙さんの勧めです。それにはまってしまって。古い本も集めていましたけど、そっちは時計ほどには熱心じゃなかったみたいですね」

「その、人生最後の時計の話ですけど、梅島さんがどういう経緯で手に入れたのか、聞いてますか？」

「あの……警察の人に言っていいことかどうか分からないんですけど」真澄が急に緊張した。

「言って下さい。どんなことでも捜査の役に立ちます」

「……ちょっと危ないところから手に入れたって言ってました」

「なるほど。盗品の可能性があるんです」

「盗まれた？」真澄が目を見開く。「父が盗んだんですか」

「それはないと思います。梅島さんには、そんなことをする理由はないでしょう。もちろん、歴史的なエピソードのある時計なので、時計好きは注目するでしょうが」

「誰ですか？」

「そうですか……業者じゃないところから手に入れたって言ってました」

「それは……時計好きの集まりみたいなものがあって、そこでっていう話でしたけど、そういうの、何だか危なくないですかね？」

「趣味の集まりなら、問題ないと思いますよ」本当にそんな会があるかどうかは分からないが。自慢の時計を持ち寄って見せ合う？　普通は自慢しないものでも、趣味を同じくする人なら見せていいのだろうか。

「その会のこと、詳しくご存じですか？」

「私は知りませんけど……東高商事《とうこう》の狭間《はざま》社長ならご存じかもしれません」

「その方は？」

「父の昔からの親友なんです。狭間さんも元々ラーメン屋で、今はいろいろなレストランチェーンを展開していますけど……大昔、ラーメン屋としてライバル同士だったと言ってました。でも同じような立場の人として、気が合ったんじゃないでしょうか。時計の趣味も同じです」

「ありがとうございます」

　私は頭を下げて荷物をまとめた。そこへちょうど、清水が鑑識を連れて到着する。私は現場を頼んで、すぐに家を飛び出した。「呼び出しておいて何だ！」という清水の罵声を背中に浴びながら。

それなりに大きな会社の社長と会うには手間がかかる。いや、小さな会社でも同じことか。社長というのは、だいたい分刻みのスケジュールで動いていて、五分を割いてもらうだけでも難しいのだ。葬儀の席で、とも考えたが、葬儀はあくまで家族葬で、親しい仲の友人の参加も断っているというから、会えそうにない。

結局私は、あまり使いたくない伝手《つて》をまた使った。

父は経営していた複数の会社を、信頼していた部下に「分割統治」させていた。しかし今は、母が持ち株会社の会長として君臨し、その下にいる社長が全てをコントロールしている。社長もそろそろ後進に道を譲る時期にも思えるのだが、実際にはまだ六十五歳である。社長に就任したのが五十五歳と早かったのだ。そして社長は、今も私が話せる数少ない人間だった。そもそも私の大学の先輩で、しかも同じアルティメットのサークルだったという縁もある。彼は夏休みの合宿に毎年顔を出して、厳しく指導していた。私が、自分の雇用主である人物の息子だということは一切無視して。

会社のこと、父のことを初めて話したのは、父が死んでからだった。

「忙しいんだが」いつものように、原口《はらぐち》は迷惑そうだった。

「社長がそんなに忙しくしてる会社は危ないですよ。だいたい、もう隠居して、若い人に席を譲るべきじゃないですか」

「それができるならとっくにそうしてる。若い連中が育ってこないんだ」

「そういうことを言う経営者がいる会社は、発展しないと思いますけどね」

「君に、経営の何が分かる?」

「そんなこと、経営のプロじゃなくても分かるでしょう。どんな組織でも同じです」

「相変わらず生意気なことを……一介の刑事に何が分かるんだ」

「原口さんよりもよほど、世間の暗い面を見てますよ」

「それが経営と何の関係がある？」

口喧嘩のようなやり取りだが、原口とはいつもこんなものだ。私はようやく本題を切り出した。

「東高商事の狭間さんか。面識はないな」

「レストラン部門の人が、誰か知っているんじゃないですか。原口さんなら、電話一本で指示できると思いますよ」

「ガストロノミアの新庄《しんじょう》社長かな……しかし、毎回毎回、面倒なことを」

「今度、奢ります」

「お前に奢られたら、俺も本当に引退だ——会えるように手筈を整えればいいんだな？」

「ええ」

「三十分待て」

実際には二十分で折り返し電話があった。私は次の決戦の場へ向かって車を走らせた。

東高商事の本社は、新宿にある。超高層ビルの二十五階から二十七階を占めていて、社長室は二十七階。私はすぐに通されたが、社長の狭間は不思議そうな表情を浮かべていた。

「ガストロノミアの新庄社長から、あなたに会って欲しいと言われたんですが、どういうご関係ですか？」

「ちょっとした知り合いです。私の仕事では、立っているものは親でも使えと言われているもので」

「そうですか」狭間が腕時計を見た。「あまり時間は取れませんよ」

「社長がすぐに思い出して話してくれれば、五分で済みます」

「まあ……どうぞ」

私たちは向かい合ってソファに座った。狭間は六十三歳、梅島と同世代だ。でっぷりしていて貫禄があり、いかにも飲食業を手広く展開している感じがする。髪は白くなっているが豊かで、顔も艶々《つやつや》していた。栄養が行きわたっている感じ。

「梅島満さんの件です」

狭間がぴくりと身を震わせる。すぐに、はあ、と息を吐き、額を指先で拭った。

「残念だよ。あんな目に遭うなんて。テロみたいなものじゃないか。犯人は捕まったんだよね？高級官僚の息子だったそうだけど、何でそんなことをしたのか……教育がなってないな」喋っているうちに感情が溢れて、顔が真っ赤になってきた。

「その関係で、周辺捜査をしています。狭間さんは、梅島さんとは趣味の仲間でもありますよね？　腕時計の」

「ああ……好事家《こうずか》の集まりがあってね。時計っていうのは、男にとって女性の宝石みたいなものだろう？　だからあまり見せびらかせないけど、蘊蓄は語りたい……そういう人たちの集まりですよ」

「財界人ですか？」

「そうね。スポーツ選手なんかで時計を集める趣味の人もいるけど、若い人とはなかなか話が合わなくてね」

「そこに変な人が入りこんで、梅島さんに時計を売りつけた、という話を聞いています」

「ああ、矢沢《やざわ》だね。評判の悪い男なんだ。我々の会合にも何故か紛れこんできて、胡散臭《うさんくさ》い商品を売りつけたりするんだよ。あの時も……梅島に怪しい商品を紹介していたんだ」

「アルファのストリームですね？　戦前にワンオフで作られた伝説がある」

「あなたも予習してきたようだね」狭間がニヤリと笑った。

「はい。梅島さんは、ストリームをその男から買ったんですね？」私は念押しした。

「怪しい話だから断れって言ったんだけど、梅島さんはすっかり夢中になってしまってね」

「買ったんですか？」

「ああ。後でたっぷり自慢されたよ」

「胡散臭いというのは、どういう意味ですか？」

「あの時計のことはどれぐらいご存じで？」

「世間で流布している話は把握してます」

「特殊な出自の時計でしょう？　それ故、市場に出回るようなものではない。所有者が手放すとは思えないんだ」

「ええ」

「ということは、盗まれた可能性がある——そう考えるのが自然だろう」

「そう思います」

「盗品を押しつけられてもね」狭間が力無く首を横に振った。「それは梅島さんも分かっていたはず……いや、話はもっと複雑なんだけどね」

「どういう意味ですか？」

「本来の持ち主と梅島さんの関係——知っているか？」

「関係があるんですか？」

「私は梅島さんから聞いただけで、本当かどうかは知らない。しかし本当だったら、奇縁としか言いようがない」

「教えて下さい」

「本当かどうかは分からないよ」繰り返し言いながらも、狭間は話してくれた。

まさか、そんなことが……いや、調べれば分かる話だ。さほど時間はかからず、真相に辿り着けるだろう。

「にわかには信じられない話です」

「ただし、嘘だとも言い切れない……本人から聞いた話だ。逆に言えば、そんなことで嘘をつく理由はないだろう」

「見栄とか」

「梅島さんは、見栄を張るような人じゃないよ。実を取る人だ」

「そうとも思えませんが」私は反論した。「実益を取るような人だったら、問題のストリームに興味を持たないと思います。時計自体の価値がどうこうというより、伝説に意味があるんでしょう」

「確かにな……まあ、彼もだんだん変わってきたんだよ。時計を集め始めたのが、最大の変化だ。見栄を張るわけじゃないけど、遊ぶ余裕ができたんだろう」

「これから、ストリームの伝説を確認しにいきます。それで……」私は背筋を伸ばした。「矢沢という人物の連絡先を教えて下さい」

「ああ。是非、警察で排除してくれ」狭間が言った。「ああいう人間がいると、時計業界が悪い評判を受ける」

第五章　守るべきもの

17

私は、本格的に窃盗事件を捜査した経験はない。詐欺もだ。それ故、常習窃盗犯や詐欺師のメンタリティが分からない。もっともそんなことを一々心配していたら、刑事の仕事はできない。取り敢えず会って、それから考えよう。

狭間が教えてくれた矢沢の住所は、練馬だった。普通、こういう危ない商売をしている人間は電話一本で仕事をし、住所などを決して人に明かさないものだが、狭間は疑り深く、しかも用心深い人間だった。何度も自分たちに接触して、珍しい時計を売りつけようとする胡散臭い人間

――いつか事件を起こすかもしれないと怪しんで、探偵を雇って身元を調べさせていたのだ。

こういう場合は、電話をかけるのではなく、自宅を直撃した方がいい。そういうわけで私は、東京メトロの地下鉄成増《なります》駅を降りて、数分歩いた。この辺は練馬区と板橋区の境で、成増駅そのものは板橋区にある。途中で、住居表示が練馬区に変わるのを確認した。

矢沢の自宅は、古びたマンションだった。昭和の終わりか、平成の頭ぐらいに建てられた物件。独身者向けの広いワンルームか1LDKだろうか。

午後三時……矢沢は詐欺師でもあり窃盗犯でもあるようだが、そういう人間はこの時間、何をしているのだろう。どうやって対峙すべきか決められないまま、私はエレベーターで三階まで上がってインタフォンを鳴らした。

反応なし。

もう一度インタフォンのボタンを強く押した。やはり返事がないので、今度は拳で思い切りドアを叩く。三度叩いて一休みし、また三度。それを三回繰り返すと、ドアが開いた。

「何だよ、うるせえな！」

矢沢は小柄な男だった。年齢は私と同じぐらい……三十代後半から四十歳といったところ。襟ぐりが広がったグレーのトレーナーに膝が抜けたジーンズというラフな格好で、素足にサンダルを引っかけていた。髭が汚く伸びていて、髪もあちこちで小爆発が起きたように乱れている。

「矢沢さん？　矢沢光央《みつお》さんですか？」

「だったら何だよ」いきなり反抗的な態度。

「警察です」私は彼の顔に叩きつけるようにバッジを示した。

「警察？　警察が何だって？」矢沢は強気な態度を崩さなかった。

「ちょっと話を聞かせてもらえるかな」

「何の用で？」

「それは中で話す」

「ああ？　家になんか入《い》れねえよ」

「だったら署まで来てもらおうか」

「令状持ってるのかよ、令状」

「ただ話をするだけで、どうして令状が必要なんだ？　あんた、警察と話すと都合が悪いことでもあるのか？」

　矢沢がいきなりドアを思い切り引いた。私は逆方向に引いてドアが閉まるのを阻止し、玄関に入りこんだ。

「おい、勝手に入るな！」

「あんたが急にドアを引っ張ったから、中に引きずりこまれたんだ」防犯カメラがないことは既に確認している。後で言い合いになっても、水かけ論で終わるだろう。私は後ろ手にドアの鍵をかけた。カチンという硬い音が響いた瞬間、矢沢の顔面が蒼白になる。私は両手を叩き合わせた。

「さて、ゆっくり話をしようか」

　次の瞬間、矢沢が襲いかかってきた。しかし動きが鈍い。私は彼の拳を右の前腕で受け止め、左手でドアを開錠した。そのままドアを開け、矢沢の手首を掴むと、体を振り回すようにして外へ放り出す。外廊下で矢沢が両手をついてひざまずき、土下座するような格好になった。私はすかさず彼の右手首を握り、手錠をかけた。

「何だよ！」

「十五時七分」私は左手首のスマートウォッチを見た。「暴行、及び公務執行妨害の現行犯で逮捕」

「ああ？」

「諦めろよ。あんた、こういう暴力的なやり方は得意じゃないだろう。怪我しないうちに、話をした方がいい。ここで騒いでると、隣近所の人に聞かれるぜ」

「そうなったら、一一〇番通報してくれる」

「それは助かる」私はうなずいた。「こっちが電話する手間が省けるよ」

私は手錠を引っ張って矢沢を立たせた。手錠が急に食いこんで痛みが走ったのか、矢沢が情けない悲鳴を上げた。無視してドアを開いて彼を玄関に押しこめ、手錠の片方をドアハンドルにつなぐ。

「おい、どうするんだよ」矢沢が乱暴に手錠をガチャガチャ言わせた。

「用事が終わったら外してやるよ」

「ふざけるな！　警察の横暴だ！」

「六〇年代の学生みたいな台詞を吐くなよ」

「はあ？」

「学生運動をやってた連中の定番の捨て台詞が『警察の横暴』なんだ」

「知らねえよ」

「じゃあ、あんたの知ってることを話そうか」私は狭い玄関の中で体勢を入れ替え、彼と正面から向き合うようにした。鼻と鼻がくっつきそうな距離……彼の体臭と煙草の臭いが鼻先に漂った。

「例えば、梅島満さんのこととか」

矢沢が口を閉ざした。喉仏がゆっくりと上下する。

「あんたが殺したのか？」

「俺は何もやってない！」

どうやらニュースはチェックしていない様子だ。ニュースを見ていれば、犯人はとうに逮捕されたと知っていたはずである。

「あんたが殺したことにして、徹底して叩いてもいいんだ。殺人事件の犯人はどうしても逮捕したいからな……だけど、取り敢えず俺が知りたいのはそのことじゃない。あんたの商売に関してだ。あんたが梅島さんとどんな関係で、彼に何を売りつけたか——そいつを教えてもらえれば、殺しには関係ないことを証明するために力を貸してやってもいい。あんたも、関係ない容疑で疑われるのはきついだろう。あの事件では、一人が死んで、一人が重傷を負っている。しかも銃を使った悪質な犯罪だ。一般市民が務める裁判員は、感情的に動かされがちだしな……死刑もありうる」

「死刑？　何で？　俺は何もやってない！」

「裁判員がどう考えるかについては、警察は何もできないんでね。ただし、この容疑で逮捕されるかどうか——そこは警察が塩梅できる。やってないならやってないで、それを証明しようぜ。でもそのためには、あんたの商売についてきちんと喋ってもらわないとな。どうする？　俺の質問にきちんと答えるか、これから別の刑事に引き渡されるか——その場合は、ゼロからやり直しだ。もっとずっと厳しいことになる」

「脅すのかよ」

「単なる事実だ。俺は親切で言ってるんだぜ？　二つから選ばせてやる——どうする？　つまり、死ぬか生きるかってことだけど」

　矢沢ががっくりとうなだれた。


　近くの所轄に連絡して、パトカーを回してもらった。手錠を外し、パトカーに入れる前に、矢沢に荷物をまとめる余裕を与える。といっても、ダウンジャケットを着て、ポケットに財布とスマートフォン、鍵を入れるだけ。逃亡防止を言い訳に私は一瞬部屋に入ったが、そこで彼の「ビジネス」の一端を見た。

　大量の時計。

　部屋の隅に作業台があり、そこに無造作に、腕時計が何十本も置かれている。ロレックスのデイトナが何本もある。近年価格高騰が激しいこのモデルは、中古でも高い人気を誇っており、これを狙った窃盗犯が全国で暴れ回っているぐらいだ。何故こんなに人気になっているのか、私にはさっぱり分からないのだが……父が昔言っていたことを思い出す。銀座を歩いている時だったが、店のショーケースに飾ってあったロレックスを見て鼻を鳴らした父は、唐突に「ロレックスをありがたがるなよ」と警告するように言ったものだ。「あんなものは量産品だ。値段は高くても、崇《あが》めるほどの価値はない。ベンツと一緒だ」。今だと、あの言葉をなるほどと思える。腕時計には、職人がゼロから手作りで組み上げる、工芸品と言えるモデルもある。そういう時計は、そもそも生産本数がロレックスとは桁違いに少ないはずで、希少価値ははるかに高いだろう。

　しかしデイトナは異常な人気を誇って価格が吊り上がり、窃盗団のターゲットにもなる——腕時計は、やはり私には理解し難い世界だ。

「あんた、盗んだ時計の管理が甘いんじゃないか？　こんな風に剝き出しにしておいて、大丈夫なのか？」

「俺は盗んでない……」

「もう諦めろよ。泥棒の件は認めた方がいい。そうすれば、殺しに関しては余計な追及はされない」

「マジか」

「俺はそういうシナリオを書いてるよ。だから、梅島さんのことだけ、しっかり聞かせてくれ」

　聞かせてくれた。

　矢沢は元々気の弱い男のようで、私がきつく迫ると、ストリームを梅島に売りつけたことをあっという間に白状した。

「いくらで？」

「五百万」

「ふっかけ過ぎじゃないか」私は呆れて言った。

「それぐらいの価値はある時計だよ」

「エピソードは知ってる」

「一千万って言っても、あのオッサンは出したんじゃないか？」

「悪どい商売するんだな」

「アンティークの時計にも、相場ってものはあるんだよ。でも、ストリームぐらい古いモデルで、しかも特別な一本ということになると、相場なんかなくなる。基本、こっちの言い値だね」

「それで？　いつからあんたのところにあったんだ？　つまり、いつ盗んだ？」

「俺は盗んでないよ」矢沢が、取調室のテーブルの上に身を乗り出し、大声で繰り返した。「盗んでない！」

「じゃあ、どうした」

「買ったんだ」

「誰から」

「それは言えない」

「変な仁義にこだわるなよ。窃盗犯の名前を出せば、あんたの印象はよくなるぜ。印象は大事なんだ。他の刑事、検事、裁判員……全て話して反省しているっていう態度を見せれば、罪は軽くなる。量刑は、事実関係だけで決まるわけじゃないんだから」

「古い話だよ」

「いつだ？　あのストリームはいつ手に入れた？」

「……三年前かな。三年前の一月」

「一つ、教えてくれないか？　あのストリームはワンオフの特別なものだった。どうやって本物だと判断した？」

「この業界には、そういうことのマニュアルがあるんだ。マニュアルっていうか、本物と偽物の見分け方のノウハウが。例えばある会社の時計の場合、時針と分針の動きに特徴があるとか、日付を合わせる時の竜頭の動き方が独特だとか。このストリームの場合は、写真が出回っていた」

「写真？」

「大昔、記事になったんだよ。知ってるか？」

「その記事に載ったオリジナルの写真、持ってるよ」

「その時写真を撮影したカメラマンから流出したんじゃないかな。だとしたら、そのカメラマンも相当ヤバい奴だけど……とにかくあのストリームの特徴が写真で分かるようになっている。ただ、人の家に厳重に保管されているはずだから、世の中には出回らないと思ってたけどな。だから俺のところにブツが回ってきた時も、まず偽物だと思った。でも、写真と照らし合わせてみたら本物だと分かったんだよ。それでしばらく寝かせておいた」

「二年ぐらいだな?」私はVサインを作ってみせた。

「知ってるのかよ」

「梅島さんが、一年ほど前に手に入れていたことは知っている。要するにあんたは、時計屋なんだろう?」

「そうだよ。欲しい人に、欲しい時計を届けるだけだ」

「ただし、その時計が盗品だったりするわけだ」闇の時計屋、か。

「それは……そういうのを持ちこんでくる人間もいるから」

「アルファのストリームも?」

「そうだよ」

「誰から買った?」

「言っても無駄だ」

「どうして」

「死んだらしいぜ」

「それを確認する。相手の名前と連絡先、教えてもらおうか」私はそこで、初めて手帳を広げた。

矢沢が告げた名前と電話番号を書き取る。そこで私は、若い刑事に矢沢の監視を任せて、刑事課長と話をした。

「――というわけで、犯人をお渡しします」

「何だい、あんた、サンタクロースか?」

「もうクリスマスは終わりましたよ。お年玉と言っていただいた方が」

「熨斗《のし》をつけて犯人をプレゼントしてくれるなんて、後が怖いぜ」

あんたの方がよほど怖い、と私は思った。練馬西署の刑事課長はがっしりした体型で、しかも凶暴な顔立ちである。夜中に向こうからやって来たら、すれ違いを避けて回れ右したくなるタイプだ。

「たまたまそうなりました。どうぞたっぷり叩いて下さい。盗品をかなり扱っているはずですから、余罪はザクザク出てきますよ」

「逮捕要件はどうするか……あんたは公務執行妨害で連れてきたが、それで抑えておくのは無理がある」

「だらだらやって、証拠が出てくるのを待ちますか」

「一度放すのは……避けたいな。ちょっと待て」

目の前の電話が鳴り、課長が受話器を取り上げた。黙って相手の声に耳を傾けていたが、やがてニヤリと笑う。笑うと大抵の人間は愛想良く見えるのだが、彼は違った。獲物を見つけた肉食獣のようになる。

「時計のチェックがだいたい終わった。盗品が三本ほど見つかったそうだ」

「それでいけるんじゃないですか?」

「まあ、奴が窃盗犯だという証明にはならないが……」

「すみません、正直に言えば、私の方の用事は終わりました。渋谷中央署の特捜に首を突っこんでいるだけで、それに関してはクリアになりましたから」

「しょうがねえな」課長が腕組みをした。「まあ、叩けばいくらでも出てくるだろう。身柄を取るのはもう少し先になるかもしれないが、しっかり監視をつけるから。無事に事件をまとめ終わったら、あんたには一升瓶二本を進呈するよ」

「日本酒ではなく、ワインにしていただけると嬉しいです」

課長が怪訝そうな表情を浮かべる。ワインを呑む刑事がいるのが納得できない様子だった。

「単にワイン好きなだけです。他意はありません」

「警察は、日本酒で打ち上げが普通だろうが」

それは、私も何度も経験している。犯人を無事逮捕すると、特捜本部には日本酒が持ちこまれ、汚い湯呑みで乾杯する——どうにも馴染めない風習だった。日本酒はあまり好きではないし、山賊の宴会のようで落ち着かないのだった。

「時代は変わります。優雅にワインで乾杯もいいじゃないですか。何だったら、署に差し入れますよ」

「ワイングラスでカチン、か？　むず痒くなるな」

「悪くないですよ。何だったら、テイスティングの基礎をお教えします」

「気持ち悪いからやめてくれ」課長が顔の前で手を振った。

「ちなみに奴は、ちょっと脅すと喋るタイプの人間です。上手くやって下さい」

「あんたの指導を受けるまでもない。こっちにもプロが揃ってるんだよ」

「失礼しました」

「——あんたも脅しに弱いタイプじゃないか？」

「課長の圧が強過ぎるだけです」

課長が豪快に笑いを爆発させた。気の弱い犯人だったら、この笑いだけでビビって、全てを白状してしまうかもしれない。

これも刑事の才能ではないだろうか。


渋谷中央署の溝内、そして世田谷西署の清水に、それぞれ電話で事情を説明した。溝内は絶句した後、「あんた、やり過ぎだ」と短く非難した。

「でもこれで、いろいろなことが分かると思います」

「あんた一人で事件を解決するつもりか？」

「自供させるのは大友さんの仕事です——明日、話してもいいですか」

「止めても話すだろう、あんたは」

「ええ」私は認めた。「でも、それだけです。捜査の邪魔も協力もしません」

「じゃあ、あんたは何がしたいんだ？」

「竹本審議官と話して、真相が知りたいだけです。そして必要ならば、何らかの形でフォローします」

「審議官といえば、分かったことがある」

「戸籍ですか？」

「ああ。その件は藤尾が調べていたから、あいつと話してくれ。携帯の番号、知ってるだろう？」

「分かります」

電話を切ってすぐに、明日架に電話をかけた。新たに分かった事実に対して、彼女は興奮することもなく、むしろ戸惑っていた。

「どういうことですかね」

「分からない。審議官は当然、知ってると思うけど……ありがとう。君のおかげで助かった」

「でも、事件の本筋とは関係ないですよね」

「関係してくるかもしれないし、こないかもしれない。でも君にはお世話になったから、必ず飯を奢るよ。それと……今後も僕と組まないか？」

「はい？」

「僕は今、一人で仕事をしているけど、相棒がいてもいいと思っているんだ。この仕事は手間がかかるから、有能な女性の相棒を探してるんだ」

「お断りします」明日架が即座に言った。「私、セレブ専門の捜査なんかできませんよ。ああいう人たちと話してると、何だか虫唾《むしず》が走るんです」

「そうか？」

「二階堂さんは平気なんですか？」

「どんなに金を持っている人でも、権力を持っている人でも、そういう特性を除けば普通の人なんだ。君も、普通の人には対応できるだろう？」

「でも、その仮面はなかなか剝がれないじゃないですか。金持ちは金持ちだし、セレブはセレブです」

「話してみれば、面白いこともあるけどな」

「そう感じる二階堂さんが、異常なんです」

異常と言われても……私は、金持ちの生活の一端を知っているだけなのだ。

私は六本木署には戻らなかった。総監への報告は後回し——もう少しすれば、全ての事情が明らかになるから、その時点で話そう。そもそも犯罪と言えるかどうかは分からないのだから、報告すべきではない。プライベートな問題であり、私が調べ続けたことも、警察の業務と言えるかどうか、微妙なところだ。

チェーン店でそそくさと食事を終え、家路を急ぐ。六本木はコロナ禍前の賑わいを完全に取り戻し、真っ直ぐ歩くのも難儀するぐらいになっている。しかし長年この街に住んでいる私には、この騒がしさがデフォルトだった。コートのポケットに両手を突っこみ、背中を少し丸めながら、前からやって来る酔っ払いを避けて歩き続ける。

マンションへ戻り、部屋に入った途端、急に力が抜けた。

不意に、自分は何をやっているのだろうという疑念に襲われる。「扱いが難しい金持ちや有名人が絡む事件の捜査をスムーズに行う手助け」が私の仕事である。しかしこの件を調べていくうちに、余計なことまで知ってしまった。ある意味、今回の事件の根源と言えるかもしれない事実だが、知ることに意味があったかどうか——少なくとも、私が知る必要はなかったかもしれない。私が何もしなくても、特捜本部は真相に辿り着いたかもしれない。

しかし、食いついてしまったら見ないふりができないのが私の性分なのだ。

果たして総監にはどう報告すべきなのだろう。

18

翌日、私は幸樹の取り調べを担当した大友と話した。一時休憩——大友は珍しく疲れている。

「ストーリーが見えないんだ」大友は首を傾げた。「材料はあるけど、どうつながるのか、まだよく分からない。僕も想像力が足りないな」

「右に同じく、です」

「一つずつ材料をぶつけてるけど、まあ、喋らない。相当しぶといタイプだよ。何だか自信がなくなってきた。再開したら、見てるかい？」

「記録係で入りたいぐらいですよ」

大友がふと天井を見上げた。そういう何気ない仕草でも様になっている——イケメンは得だな、とつくづく思う。

「君、やってみるか？」

「いや、それはまずいでしょう」

「やりたいって顔をしてるよ。ここまで材料を集めてきたのは君だし、取り調べをやる資格はあるんじゃないかな」

「材料を集めたのは僕一人じゃないですよ。大友さんの取り調べを横取りするつもりもありません」

「僕は別に、こだわりはないんだ。誰が落としてもいい——警察ってそういうものだろう？　君はその輪から離れよう離れようとしているみたいだけど、警察の一員であることは間違いないんだから」

「あまり気が進みませんけどね」

「遠慮するなよ。僕は体調不良ということにしておくよ。最近、どうも寝不足だし」

大友がどういうつもりで私に取り調べ担当の仕事を譲ろうとしているのかは分からない。しかし私は、結局それに食いついた。

好奇心――それだけはどうしても抑えられないのだった。


取調室で容疑者と対峙するのは久しぶりだった。捜査一課では、係ごとに取り調べ担当が決められているが、私は捜査一課在籍時にも取り調べ担当だったことはなかった。緊急措置として取調室に入ることはあったが、あくまで「代打」のようなもので、その回数も多くはなかった。

幸樹は急にやつれた様子だった。私を見ても、特に感情を見せない。

「刑事総務課の二階堂です」座るとすぐに一礼して挨拶した。「今日は臨時で取り調べを担当します。よろしくお願いします」

幸樹はテーブルの下に足を投げ出し、体はだらしなく椅子からずり落ちそうになっている。しかし舐め切った態度というより、きちんと椅子に座るだけの体力もないような感じだった。

「ずっと黙秘していたようだけど、喋らないと疲れるだろう」

「別に……」

「時計は好きか？」

幸樹が左腕をゆっくりと持ち上げて手首を見た。何も言わず、肩をすくめてテーブルの上に左手を置く。

「昨日、アルファのストリームを見たよな？　あれは、あんたの部屋から出てきたものだ。どういうことか、説明してもらおうか」

「言うことはないね」

「だったら、僕の方から説明します。イエスかノーかで答えてもらえると助かる」

「何も言わない」

私は一呼吸置いた。幸樹はかなり強硬――絶対に喋らないという、強い意思が見えている。

「この時計は、非常に貴重なものです。第二次大戦中にスイスで作られたもので、ある人がそれを受け取りました。ある人――あなたにとっては曾祖父に当たる、外交官の竹本源一郎さんですね。アルファ社のストリームというモデルは、戦前の名品と言われた腕時計ですが、この時計は、一本だけ作られた特別なものだ。源一郎さんが戦時中にヨーロッパで行った人道的な活動に対して、感謝の印として贈られたものなんです。竹本家にとっては、いわば家宝ですよね？　でも、あなたの自室のデスクの引き出しに、無造作に放りこまれていた。とても家宝の扱いではありません――ここまでの話は、昨日も出ていたと思います。今日は、ここから先の話の続きです」

私は座り直した。証拠品袋に入ったストリームを取り出し、彼の前に置く。幸樹はちらりと関心なさそうに見ただけで、目を逸らしてしまった。

「どうしてあなたの部屋にあったのか、説明してもらえますか」

「知らない」

「では……あなたの部屋に行く前にどこにあったか、これから言います。亡くなった――あなたが殺した梅島満さんの自宅です。梅島さんは、殺される少し前に、自宅が窃盗被害に遭っていた。

大量の腕時計が盗まれたんですが、その一つがこのストリームです。しかし梅島さんは被害に遭った直後、盗品のリストにストリームを加えていなかった。理由は簡単です。このストリーム自体が盗品――梅島さんはそれが分かっていたので、盗まれたと届け出ることができなかったんです。盗品だと分かっていて入手していたら、罪に問われる恐れもありますからね。そしてその後であなたに射殺された。射殺に関しては僕は聴きませんが、ストリームはあなたが盗んだ。そうですね？」

「言わないよ」

「窃盗事件に関しては捜査が進んでいなかったんですけど、一つ、見落としがありました。あなたの指紋です」

「指紋……」幸樹がはっと顔を上げた。

私は黙りこんだ。「指紋」というキーワードが頭に染みこむのを待つ。決定的な証拠が出たせいか、彼ははっきり動揺していた。

「盗まれたのは、大量の手巻きの腕時計――戦前から戦後すぐぐらいに作られたアンティークウォッチです。手巻きの腕時計を集めるのが、梅島さんの趣味でした。ただしこのストリームは自動巻きです。自動巻きの腕時計は、放っておくと止まってしまうので、ウォッチワインダーで保管しておくことが多いんです。梅島さんの部屋にはワインダーがありました。そこから、あなたの指紋が検出されたんです。手巻きの腕時計は全て同じ棚に保管されていたので、そこと、その周辺の指紋は徹底して調べたんですが、ウォッチワインダーは抜けていました。あのウォッチワインダー、開けにくいですよね？　蓋が相当重いし、かけ金を外さないといけない。高価な時計を保管するためのものなので、そういう造りになっているんでしょうが、手袋をはめた状態でかけ金を外すのはかなり難しい――特に、時間がなくて焦っている時には、まず無理でしょう。素手ならやれます。そして、あなたの指紋が残っていた」

幸樹が溜息をついた。世田谷西署から今朝入ってきたばかりのこの情報は、彼を落とす決定打になった。今でも、指紋は犯罪の証拠として王様なのだ。

「その指紋について、どう説明しますか？」

「俺は……」

「あなたがストリームを盗み出した。その犯行を隠すために、他のアンティークの時計や、価値がありそうな本もまとめて盗み出した。調べれば、そういうものもどこかから出てくるでしょうね。話してもらった方が早いけど」

その時、私の背広のポケットの中でスマートフォンが震えた。無視したが、すぐにまた鳴り出す。「失礼」と言って取り出し、確認すると、練馬西署からだと分かった。

「ちょっと失礼します」

電話は切れてしまったが、私は記録係の若い刑事に目配せして、取調室から出た。廊下でコールバックし、練馬西署の刑事課長を呼び出してもらう。

「矢沢をパクった」

「そうですか……」わざわざ電話してくれなくてもいいのだが。

「盗品が一致した話、したよな？　それを追及したら、盗品を買い取って、横流ししていたことを白状した。軽いもんだな……それで、もう一つ。あんたが気にしていたこともぶつけてみた――ほっとしてたよ」

「ほっとしてた？」

「これで殺されなくて済むってね。確かに、留置場は日本で一番安全な場所だ。しかも相手も留置場にいる」

「相手――自分が危険な立場にあることは分かっていたんですね」

「ああ。半月ほど前のことだったそうだが……」

刑事課長の説明が、私の想像を裏づけてくれた。あとはこれをベースに、幸樹を自供に追いこめばいい。

取調室に戻ると、私は背広を脱いで椅子に引っかけた。今日も冷えこむ一日で、この取調室はエアコンの効きもよくないのだが、私はシャツの背中が汗で濡れているのを感じた。

「矢沢という男を知っているね？　矢沢光央。高級腕時計を専門に扱っている男だけど、その中には盗品もある。全国的に高級腕時計の窃盗事件が行われているけど、そういう事件の犯人とも交流がある人間だ。そいつが、あんたと面識があると言っている。去年の十二月二十八日、練馬にある彼の家を訪ねたね？　その時、何の話をした？」

「それは……」

「いいかい？　問題のストリームを盗み出した人間は、仲介人である矢沢に売りつけた。矢沢はそれを、五百万円で梅島さんに売却した。価格が適正だったかどうかは、僕には判断できない。名門メーカーがワンオフで作った特別なモデルは、天文学的な値段がついてもおかしくはない――あんた、そういう腕時計の裏市場みたいなものを調べていたんだろう？　それで、矢沢の存在に辿り着いた。矢沢はあんたに脅迫されて、ストリームを梅島さんに売ったことを認めた。それ以来矢沢は、あんたに殺されるかもしれないと怯えて暮らしていたんだ」

「あんな奴に興味はない」

「面識があることは認めるんだな？」大きな前進だと思ったが、私は必死で興奮を抑えた。嬉しそうな顔を見せたら、幸樹はまた引いてしまうだろう。今は喋る気になっているから、無理せず何とか話を引き出さないと。

「あんなクズ野郎……時計なんて、価値があるかどうかも分からないもので、適当に金儲けしてるんだ。だけど、あいつを殺す気なんかなかった」

「ああ。無事に生きてるね。でもとにかくあんたにとって、このストリームは大事なものだった。それを取り戻したい……と企むのは、分からないでもない。金を積んでも梅島さんは返してくれないだろうし、そもそもそんな金を用意できない。だから盗んだ——それは理解できる。でも、どうして殺した？　殺すまでする必要があったのか？」

「あいつは謝らなかった！」突然幸樹が叫んだ。

「謝る……まさか、梅島さんと接触したのか？」私は思わず、テーブルの上に身を乗り出した。

「あいつは、大事な時計を金で買った！　俺たちの魂を金で買ったんだ！　しかも怪しい手段を使って。だから、取り返すのは当然だし、謝罪して欲しかった。でも、あいつは拒否した！」

　犯罪的な手段で手に入れた相手に謝罪を求める——非常に歪んだ考えだが、理解できなくもない。幸樹は、実は家を大事に思っている男だったのだ。家系に誇りを持って……。

「あんたは、人生の大事なところで運がなくて失敗した。それに関して、後ろめたい思いを抱いていたんじゃないか？　一族は全員、立派な人だ。お父さんは中央官庁の責任ある立場の官僚、お祖父《じい》さんは超一流企業の会長まで務めた。そして曾祖父は外交官として、人道的に極めて正しい行為を行った人だ。しかしあんたは、受験や就職で失敗して、今は働いてもいない。自分のせいじゃないとは分かっていても、情けない気持ち、後ろめたい気持ちがあったんじゃないか？」

「あんたに何が分かるんだ！」

「実は僕の一族も、偉い人だらけなんだ。その中で、僕一人が刑事なんかをやってる。親戚一同の中で、鼻つまみ者だよ」

「金持ちも偉い人も……クソだ」

「本当は君も、そうなりたかったんじゃないか？　でも何度も挫折した。そこで自分は何者かであることを証明して、家のために役に立ちたいと思い――それで、ストリームを盗んで取り返すことを計画して、成功した。でも、梅島さんを殺さなくてもよかったんじゃないか？」

「あの男は、俺を――家を馬鹿にした！」

「それは……君のことを知っていたのか？」

「ああ」幸樹の顔に戸惑いの表情が浮かぶ。「どうしてかは分からないけど」

「そうか」

「――あんたは知ってる？」

「確証はない」本当はある。書類上で明らかになっていることなのだ。「はっきりしたら話すよ」

「俺は……あの男は死ぬべきだった」

「後悔してるんじゃないか？」私は指摘した。「梅島さんは、殺すほど憎まれるような人だったんだろうか。君の思い過ごしというか、思いが強過ぎたんじゃないか？　でも、君が家のために何かしようとした気持ちは分かる。僕にはそんなことをする気持ちも時間もないけど……家って、面倒臭いよな。自分個人には何の関係もないのに、どんな家に生まれたかで、世間からは人柄まで判断されてしまう。そういうのを一生背負っていくのかと考えると、うんざりすることもある」

「でもあんたは、刑事だ」幸樹が指摘した。「家なんかと関係なさそうだけど」

「離れていても、関係が切れるわけじゃないんだ」実際私は、一族のコネを使った。本当は、一族とは関係なく、自分一人の力で何でもできる――としたいのだが、使えるものは何でも使うのが警察のやり方である。「ゆっくりでいいから話してくれないかな」

「あんたの話を聞きたい。大変だったんじゃないか？」

「今でも大変だ。僕は一族から脱落した人間だから」

「それでどうやって、まともに……生きてるわけ？」

「自分が虫ケラみたいな存在だと思えばいい。虫ケラは、誰かを刺さない限り、自由に飛び回れる。それと、一人に慣れることだ。悪くないよ？　僕は今、基本的に一人で仕事をしている。誰かに無茶な命令をされたり、言うことを聞かない部下に悩まされたりすることもない。君も、一人で生きていくことを考えた方がいいかもしれないな」

一人になれれば――彼はこれから、ある意味で一人になる。社会と隔絶された特殊な環境で、長い時間を過ごさねばならないのだ。刑務所でどうやって体と精神状態を守るか――しかし今は、そんなことは考えてもらいたくはなかった。ただ、事件に関する全てを打ち明けて欲しい。

「お見事だったね」大友が目を見開いた。今にも拍手しそうな感じだったが、彼にはもともと、少し大袈裟なところがある。学生時代に本格的に芝居をしていたという話で、その頃の癖が今でも抜けていないのかもしれない。

「たまたま上手く、証拠が揃ったんです。世田谷西署も練馬西署も頑張ってくれました」

「後で酒でも贈っておいた方がいいよ」

「練馬西署からは、逆に酒をもらう話になってます。大規模な、高級腕時計の窃盗グループにつながるかもしれませんからね」

「いいね」大友は親指を立てた。そんなキザな仕草も様になっている。「これから先は引き継ぐけど、君はどうする？」

「竹本さん、それに梅島さんの家族に説明する義務があると思います。取り敢えず、竹本さんですね。そこで何か出てきたら、大友さんにも報告しますよ。取り調べの役に立てて下さい」

「ありがとう――余計なことを聞いていいかな」大友が遠慮がちに訊ねた。

「ええ」

「外でずっと聞いていた――マル被に話した君の個人的な事情、あれは本当なのか？」

「警察内部の人にはあまり知られたくないですけど、本当です」

「そうか……」大友が顎を撫でた。「嘘じゃなければそれでいいんだ」

「どういうことですか？」

「僕は、捜査の過程では嘘をつくこともある。僕自身は嘘じゃなくて演技だと思ってるんだけどね。ただ、容疑者を逮捕して取り調べに入ったら、絶対に嘘はつかない。取り調べの様子は全部記録されるから、嘘をついたら後で問題になるし、そもそも容疑者は敏感になっているから、こちらの嘘に気づくんだ。気づいたらもう、ちゃんと話してくれない」

「分かります」

「だから、取り調べでは嘘はつかないのが僕のやり方なんだ。君は適当に話を合わせているかもしれないと思って、それだけが気になってね」

「全部真実です」

「分かった」

「あまり驚かないんですね」

「警察にそういう人がいるのは驚きだけど、君はまっとうな刑事だと思う——少し変わってるけどね。僕は、相手の背景によって、つき合い方を変えようとは思わない。まあ、面白そうだから、そのうちゆっくり話を聞かせてくれよ」

「単に、父親が変人だったというだけの話ですよ」

「僕の父親は教員で、その枠から一歩も踏み出さない人だった。面白みはなかったけど、世間の父親なんて、だいたいそういうもんじゃないかな。でも、君の場合は違う。エピソードを聞いているだけで、美味い酒が呑めそうだ」

「酒の肴じゃないんですけどね」

「まあまあ、そう言わずに……今日は僕にとって、辛い記念日なんだよ」

「どういうことですか？」

「誰が落としてもいいって言ったけど、僕が落とせなかったマル被を別の人が落とすのは、やっぱり辛い。僕にとって今日は、敗北の日なんだ」

そう言われても……誰が落としても同じではないか。それに私の感触では、幸樹はいずれ落ちた。とんでもない犯罪に走ってしまった人間なのだが、本来は真面目で気が弱い人間なのだと思う。そして、家と父親に対して劣等感を持っていた。

竹本は息子を許すだろうか。

19

週明け、私は竹本の自宅を訪れた。さすがにもう報道陣は張っていないが、家の中にはまだ緊張した空気が漂っている。

竹本は珍しく、ジーンズにシャツ、カーディガンというラフな格好だった。総務省には休職願いを出したのだが却下され、今は有休を消化しているのだという。総務省は、この件にどう臨むつもりだろう。息子の事件と父親は別——理屈はそうだが、竹本自身がどう考えるかは分からない。責任を取って辞職すると言い出したら、勤務先も止められないだろう。

「辞めるつもりですよ」竹本が打ち明けた。「親に責任はない——海外ではそういう考えが主流かもしれないけど、ここは日本だ。家族が犯罪に関われば、他の家族も責任を取らなくてはいけない」

「そういう傾向があるのは分かります。でも、取り敢えず私の話を聞いてから判断していただけませんか？　この事件には、捜査の本筋には直接関係ないかもしれませんが、重要な要素があるんです」

「たとえば？」

「この家から盗まれたアルファのストリーム、あれは偽物でした。偽物というか、非正規品と呼ぶべきでしょうか」

竹本が背筋をピンと伸ばす。急に眼光が鋭くなり、有能な官僚の顔になった。

「でも、源一郎さんは敢えてか、それとも勘違いしていたのか、取材に対して嘘をついたんです」

　私はタブレット端末を取り出して、古い雑誌の記事を見せた。チラリと見ただけで、竹本が溜息をつく。

「その記事なら、うちにもある。スクラップしてあるよ」

「源一郎さんは、取材に応じる前に、あなたのお父さん――宗介《そうすけ》さんには、この時計のことを話していたんでしょう。ストリームは、竹本家にとっては家宝だったはずです。宗介さんが亡くなった後で、あなたが引き取ったんじゃないですか？」

「遺品として引き継いだ」竹本が認めた。

「それが……宗介さんが亡くなったのは、十年前ですね。ずいぶん早かった」

「癌で、あっという間だった。告知を受けて、わずか一年で亡くなった。最後の一年は、人生の後始末で終わったよ。会長を辞任して仕事を整理し、正式な遺言を書いて」

「立派な態度だと思います。自分の死期が迫る中でそういうことができるのは、精神的に強い証拠だと思います」

「強過ぎて、私にとっては厳しい父親だったが」竹本が苦笑した。「どうして自分の跡を継いで同じ会社に入らないのかと、散々言われた。しかし私は、従わなかった」

「源一郎さんを尊敬していたからですね？　だから、公務員として国家のために働く、そういう道を選んだわけですね」

「ああ」

「残念なお話をしなくてはいけません」私は座り直した。これから、竹本のプライドをへし折ることになるかもしれない。「あのストリームは非正規品です。戦時中のことですから、アルファ社もまともに操業していなかったんです。材料もない、職人も揃わない——そういう厳しい状況の中で、残された職人たちが、何とか集めた材料で作ったのがその時計です。アルファ社のロゴもついていますが、実際にはアルファ社の時計とは言えない。正規の記録には残っていないんです。アルファ社の正式な鑑定を受けて、そういう結論が出ました」

「知っている」竹本がまた溜息をついた。「私はこの時計を譲り受けて、鑑定に出してみた。祖父も父も、特にそういうことはしていなかったが、時計自体が相当古くなっていたし、メインテナンスも含めて鑑定してもらったんだ。そこで、正式なアルファの時計とは認められないという結論が出た」

「それでも大事に保管していた——それが三年ほど前に盗まれたんですよね？　盗んだ人間の情報もあって、調べています。でもあなたは、被害届を出さなかった。何故ですか」

「本物ではないからだ——君には、理由も分かっているんじゃないか？」

「届け出ることで、マスコミに漏れて記事になるかもしれない。その中で、『バーゼルの約束』と呼ばれていた時計が偽物だと分かってしまう可能性もある。そうなると、源一郎さんの名誉が汚《けが》される、と思ったんじゃないですか」

「ああ」竹本がうなずく。「私にとっては、自分のルーツのような話なんだ。人生の全てを決めたきっかけだから。表に出ることは避けたかった」

「分かります。名門の家には、守るべき秘密も多いですよね」

「君に分かるのか？」

「同じようなものですから」私はまた、自分の身の上を明かした。さすがに竹本も驚いた様子だったが、すぐに落ち着く。

「なるほど。君も私と同じような立場か」

「審議官にはとても及びませんが。私自身は一族のはみ出しものですし」

「そんな風に卑下《ひげ》しなくてもいいだろう」

「単なる事実です」

　自分では重い真実だとばかり思っていたが、実際はそうでもなかった。幸樹、そして竹本に話してしまうと、大したことではないと思えてくる。別に犯罪が絡んでいるわけでもないのだから。よくある金持ちの気まぐれ、そしてはみ出し者の話である。

「正規の時計ではないとバレるのを避けるために、被害届を出さなかった──そうですね」

「ああ」

「ただし、幸樹さんにとってはショックだったようですね。一家のシンボルのようなものですから。だから裏社会に手を回して情報を調べ、ストリームが梅島さんの手に渡ったことを割り出した。それを盗んで取り返したことで、話は終わったはずなんですが、それが梅島さんにバレた。どうしてかは分かりませんが、梅島さんは、幸樹さんと話しました。そこで彼を脅し、さらに幸樹さんにとっては許せないことを言ったんです」

「それは──」それまで真っ直ぐ私を見ていた竹本が、ふっと目を逸らした。これから、一番辛い話を持ち出さねばならない。辛いというか、竹本にとっては屈辱の情報になる。

「第二次大戦中の、日本人外交官の人道的な活動といえば、杉原千畝さんが有名ですよね。杉原さんも外務省を辞めさせられましたが、その後は名誉が回復されて、今ではその人道的活動は多くの人が知ることになりました。でも源一郎さんの活動については、外務省は公式には何も言っていません」

「何が言いたい？」目を逸らしたまま竹本が訊ねる。

「源一郎さんのスイスでの活動は……嘘だったんです。嘘というのは言葉が悪いですかね。勘違い、あるいは騙されたと言った方がいいかもしれません」

竹本は何も言わず、ぐっと唇を噛み締めた。この話を告げるのは私としても辛い……竹本自身、この件を知ってからは——いつ知ったかは分からないが——悩んだに違いない。一家の根源が揺らいだように感じたのではないだろうか。

「大昔の出来事ですから、完全に当時の事情を解明するのは不可能と言っていいと思います。でも、この件を研究している人がいました。さらに外務省にも確認したところ、フランスのレジスタンスがスイスに逃れるのを源一郎さんが助けていたという話には、信ぴょう性がないことが分かったんです。源一郎さんが手引きしてスイスに入れていたのは、レジスタンスではなく、フランスのヴィシー政権の人間だったようです。ドイツ占領中に、ナチスの実質的な傀儡《かいらい》だった政権ですね。レジスタンスの攻勢を受けてスイスに逃れた人間たちが、身の安全を守るために『レジスタンスだ』と偽っていたらしい。源一郎さんがどうしてそれを信じたか——騙されたかは分かりません。源一郎さんに何か意図があったのか、ヴィシー政権の連中の演技が上手かったのか……戦争中のことですから、記録も残っていませんし、人の記憶に頼って再構築するには話が古過ぎます。そもそも、関係者はほとんど亡くなっているでしょう。しかし、これが本当だったら、源一郎さんは帰国後に外務省を辞めさせられていたと思います。当時の日本の情勢からして、レジスタンスに手を貸すのは、明らかに国益に反する行為ですから。でも結局、お咎めはなく、源一郎さんは定年まで勤め上げた。そして辞めた後に雑誌のインタビューに応じて、レジスタンスを助けていた話、そのお礼として一本だけの特別な時計をもらっていたことを打ち明けました。アルファ社がこの件の真相を知っていたかどうかは分かりませんが、美談ですよね？　マスコミが放っておくわけがない。映画やテレビドラマになってもおかしくない話だと思います。しかしこの情報を後追いするメディアはなかった。あまりにも古い話なので裏は取れないのですが、外務省からマスコミに『この件はそれ以上取材しないように』とお達しが回ったようです」

「よくそこまで調べたな」竹本が顔を上げ、ふっと笑みを浮かべた。「君は、ただの刑事ではないな」

「いえ、ただの刑事です。ただ、こういう話では、どこを突けばどんな答えが出てくるかを知っているだけです」

「ジャーナリスト向きかもしれないな」

「ジャーナリストは手錠をかけられませんけどね」

「人を逮捕するのが楽しくて刑事をやっているのか？」

「悪い奴が一人減るという実感を確実に得られる職業は、刑事しかありません」

「私には理解できない」竹本が力なく首を横に振った。

「はい」私はうなずいた。「審議官には縁遠い世界だと思います。ただ……今私が話した源一郎さんの話については、異論はありませんか？」

「ああ」竹本が、組み合わせている両手の指を、忙しなく動かしながら認める。カーディガンの左ポケットから煙草を取り出し、素早く火を点けた。

「審議官、煙草はお嫌いだと思っていましたが」

「まったく、冗談じゃない」竹本が力なく笑った。「今回のトラブルで、二十年ぶりに煙草を吸った。確かに鎮静《ちんせい》効果があるね」

「それでも、深入りされない方がよろしいかと」

「ああ、気をつける」

しかし竹本は、煙草をじっくり楽しんでいる。先ほどとは明らかに表情が違い、ゆったりしていた。カーディガンの右ポケットから携帯灰皿を取り出し、灰を忙しなく落とす。そしてまた口元へ……吸い慣れた人の仕草だ。

「幸樹君は、この事実を知らなかったんですね？」

「ああ。わざわざ言うまでもないだろう」

「だから彼は、二つの大きな誤解をしていた。源一郎さんが正義と人道の人だと思っていたこと、そしてアルファのストリームはそれを顕彰《けんしょう》するために作られた、世界でたった一本の腕時計だということ。審議官、幸樹さんは、あなたのためにあの腕時計を盗み返したんです」

「私のために？　幸樹がそう言ってるのか？」

「はい」私はうなずいた。「正式な証言で、もう記録されています。幸樹さんにとって、源一郎さんはヒーローだったんだと思います。その源一郎さんを祖にして、彼の祖父である宗介さんは実業界で活躍して日本経済を牽引した。そして父のあなたも、中央官庁の官僚として、日本人の幸せのために働いている。立派な一家です。その中で、自分だけが落ちこぼれたと感じていた」

「あいつは不運なだけなんだ！」竹本がいきなり声を張り上げる。「受験の失敗も、会社が潰れたことも、あいつの責任じゃない。そのショックが尾を引いていただけで、根は悪い人間じゃないんだ」

「家を誇りに思っているのは確かです。誇りの象徴であった腕時計を取り戻すために、危険な裏社会のことまで調べた。その上で、セキュリティを破って梅島邸に侵入する手段まで手配したんですから。普通は、窃盗被害に遭ってもそこまでしません。それだけ、あの腕時計は彼にとって特別なものだったんです。しかし幸樹さんは、腕時計を取り戻しただけでは満足しなかった。どういうつもりなのか、梅島さんと話して事の次第をはっきりさせようとしたんです。それが失敗の元でした。梅島さんは後に、あの時計が正式なアルファ社製のものではないと知りました。時計が『バーゼルの約束』と呼ばれる原因になった源一郎さんの行為も、勘違いだった可能性がある——それを幸樹さんに告げたんです。梅島さんとしては、そんな偽物を掴まされたのが悔しくて、盗んだ人間にも思い知らせてやろうとしたんでしょうが、それで幸樹さんの怒りに火が点《つ》いてしまった。自分と家族を侮辱した人間は、どうしても許せないと思ったんです。その結果があの事件で……今、拳銃の入手先について、厳しい追及を受けています」

「申し訳ない」竹本が頭を下げた。「私の監督不足だ。もう少しきちんとあいつと話をして、変なことはしないように事情を説明しておけばよかった」

「幸樹さんは、家族を愛していたんだと思います。あなたのことも誇りにしていました。だからこそ、こういう犯行に走ったんです。彼にすれば、自分の誇りを取り戻すための行為でした。もちろん、許されるものではありませんが……幸樹さんは殺人、殺人未遂、窃盗など複数の罪に問われるはずです」

「私が詫びをする。役所を辞めて、退職金を賠償金に充てる」

「それは審議官のお考えですから、私が何か言えることではありません……でも、梅島さんが損害賠償請求をしてくるかどうかは分かりません」

「君は、向こうの家とも話しているのか」竹本が目を見開く。

「最初は、窃盗事件で面倒を見ていました。それが今まで続いているんです」

「じゃあ、君がうちと向こうをつないでくれてもいいんじゃないか」

「もうつながってるでしょう」

竹本が口をつぐむ。指先から煙が立ち上り、灰が溢れそうになった。指摘すると、私の顔を見たまま煙草を携帯灰皿にまで持って行ったが、結局タイミングが合わずに灰がズボンに落ちてしまう。

「審議官、この件は今回の事件に直接関係ないかもしれません。ただ私は、関連として調べました。余計なことをしたかもしれません。お詫びします」

「プライバシーの侵害だ」竹本の声が震える。

「捜査で調べただけです。公務によるものですし、プライバシーの侵害には当たりません。この件が表に漏れることは絶対にありませんから、ご安心下さい。審議官や梅島家の人たちが口をつぐんでいれば、大丈夫です」

「あまりいい気分ではない」竹本の口がへの字になった。

「分かります。審議官は、父上――宗介さんの初めてのというか、唯一のお子さんですか?」

「何が言いたい?」

「勘としか言いようがありません。何かが引っかかったんです」

「刑事の勘、ですか」竹本が疲れたように言った。

「戸籍を調べたらすぐに分かりました。その後、長野にも行って調査しました。捜査の関連と言いましたけど、本当はあなたのためです。あるいは梅島さんのため。家族の事情を知ることで、何か上手いケアができるかもしれないと思ったんです。今のところはどうなるか分かりませんが、私が事情を知っていることは頭に入れておいて下さい。いつか相談したくなったら――私は前提を知っていますから」

「どうしてそこまでサービスする？　私が総務省の審議官だからか？　梅島さんが金持ちだからか？」

「中央官庁のキャリア官僚だろうが、とんでもない金持ちだろうが、事件に巻きこまれたら同じ被害者です。警察は最近、被害者やその家族のフォローもしっかりやっていますので、その一環だと思っていただければ」

「そして君は、私たちのような人間の立場や気持ちが分かる――だから私たちをケアしている。そういうことだね？」

「必ずしも誇ることではないですが。私個人には何も関係ないことなので」

「家のことは誇りに思ってもいいのでは？」

「そこに頼り過ぎると、幸樹さんのようになってしまう可能性があります――失礼しました」私は頭を下げた。「今後も、私には何でも言って下さい。いつでも駆けつけます」

「金持ち専門の探偵みたいだね――アメリカのハードボイルド小説に出てくるような」

「そう考えていただいて結構です」

何のために、と問われると答えに窮してしまうが。

私の仕事、そして人生は、常に根幹から揺らいでいる感じがするのだ。全てにおいて自信がない。

20

「まだ何かあるんですか」美沙はいかにも鬱陶《うっとう》しそうに言った。

「単なる雑談です」私たちは、最初に犯行現場になった書斎で会っていた。梅島の娘二人は既に自分の家に帰り、広い家の中はしんとしている。「今後、どうされるか、心配になりまして。最初に相談を受けたのは私ですから、把握しておきたいと思ったんです」

梅島の葬儀は無事に終わり、取材攻勢も一段落している。梅島の遺言は関係者に開示され、美沙はこの後も引き続き家に住み続けることができると決まったようだ。一柳ホールディングスの経営にはタッチしないが、大株主であり、その配当、そして梅島が残した遺産で、今後も悠々と暮らしていけそうだ。

「ここで静かに暮らします。子どもも産まれるし」

「予定日はいつですか？」

「六月ですね。暑いから大変そう」

「子どもさんと……今は、家事を手伝ってくれる女性と、書生の方が二人、家にいますよね？その人たちはどうするんですか？」

「今までと同じように、ここにいてもらいます」

「書生のお二人も、大学に通えるんですか？」

「卒業まで面倒を見ます」

「それはよかった。お二人とも、心配していましたからね」

「むしろ私が希望したんです。こんな広い家に一人――子どもと二人だと、怖いですから。何人もいて、賑やかな方がありがたいです」

「二人とも安心すると思います。善意で生かされている人もいるんですね」

美沙が怪訝そうな表情を浮かべた。私が急に抽象的なことを言ったからだろう。さて……私が考えていたことを、本当に告げる必要があるかどうか。ずいぶん考えた。竹本は知っている。今後二つの家族が交わることがあるかどうかは予想もできないが、片方だけ知っていて片方が知らないというのは、バランスが悪い。将来何が起きるか分からないから、今のうちにバランスを取っておいた方がいいと判断した。

「ご存じかもしれませんが、知らなかったら結構ショッキングな話があります」

「怖いですね」無表情で言って、美沙が両手を胸に押し当てた。

「美沙さんに直接関係してくる話ではありません。ただ、もしも知らないとしたら、知っておいた方がいいのでは、と判断しました」

「教えて下さい」美沙が頭を下げた。「知らないことがあるのは不安です。主人が盗品を買っていたことも……知っていたら、そんなこと、絶対に止めました」

「これからお話しすることで、何かが起きるとは思えないので、そこは安心して下さい」私は息を吞んで気持ちを整えた。「ご主人と、ご主人を殺した竹本幸樹の父親――総務省の竹本審議官は、血を分けた兄弟なんです」

美沙は、この話に今一つピンときていない様子だった。真っ先に「主人は末っ子ですよ」と言った。

「二男二女の末っ子。私もそう聞きました」

「ええ」美沙が顔をしかめる。彼女にとってはろくでもない義理の兄姉——金をたかって梅島を苦しめた存在なのだ。

「実は、梅島さんの下にもう一人、歳の離れた弟さんがいたんです。しかし梅島さんのご両親にとって、もう一人——五人目の子どもを育てるのはとても無理だった。それで、知り合いの伝手《つて》を辿って、末っ子——竹本審議官を養子に出したんです。養親は、後にトザキの会長にまでなる竹本宗介さんです。当時三十歳、子どもができずに悩んでいたので、この話に飛びついたと聞いています。この話を仲介した人の家族に話を聞けましたし、戸籍でも確認したので、間違いありません」

「弟さんが……というより、主人は甥っ子に殺されたことになるんですか?」

「血のつながりから言えば、そういうことになります」

「まさか……」美沙が右手首のつけ根を額に押し当てた。「犯人は、それが分かっていてやったんですか?」

「ええ。審議官が、自分が養子だということを知ったのは、中学生になってからでした。複雑な気分だったと聞きましたけど、それは当然ですよね。家が貧しくて、養子に出された先が一流企業のエリート社員の家です。審議官が中学生になった頃は、宗介さんはもう経営陣へのルートに乗っていて、何代か先の社長候補と言われるまでになっていました。人生の成功が見えてきたので、打ち明ける気になったのかもしれません。話を聞いた審議官は悩みましたが、結局事実を受け入れて、その後も竹本家の人間として生きていくことを選択しました。だから一度も、自分の実の両親には会っていません。長じて、実兄の梅島さんがビジネスマン、経営者として成功したことを知っても、会おうとはしませんでした。彼のロールモデルはあくまで、外交官だった祖父の源一郎氏だったんです。祖父のような官僚になって、日本のために働きたい、そういう理想を持って勉学に励みました。この事実は奥さんにしか話していなかったそうです」

「その目標は叶ったわけね」

「ええ。そして梅島さんも、実の弟が何をやっていたかは、知っていたようです。間接的にですが、その証拠があります」

私はその「証拠」を話した。幸樹の証言――この家から腕時計を盗み出した後に電話で話した時、梅島は「竹本家は、偽物の時計を家宝にしていた」と揶揄《やゆ》した後、「お前の父親も大したことはない」と嘲《あざけ》ったのだ。「俺の弟なら、もう少しものを見る目があるはずだ」と。それで初めて、幸樹は父親と梅島が血のつながった兄弟だと知ったのだ。

確かに梅島はビジネスで大成功したが、盗品の時計に手を出すような、軽率で浅ましい人物とも言える。そんな人間が自分の父親と兄弟だった――その事実を知らされた。そんな人間に、尊敬する父を侮蔑されて、幸樹の怒りは爆発したのだ。

もちろん、幸樹は短絡的過ぎた。梅島の言葉が本当かどうか、確かめもせずに暴走したのだから。せめて父親と話していたら、冷静になれたかもしれないのに。

「そんなことがあったんですね……」

「まだ日本がそれほど豊かではなかった時代の話ですから、こういうことも珍しくなかったようです。ただ、二人は互いに憎み合っていたわけではないと思いますよ。お互いに相手が何をやっているかは知っていて、敢えて口は出さないようにした――互いに自分の信じる道を歩いていただけだと思います。ビジネスか、官僚か。どちらも、日本を支える立派な仕事だと思います」

「交流があったら、こんなことにはならなかったかもしれませんよね」美沙が指摘する。

「それはそうかもしれませんが、仮定の話です。今となっては、何とも言えません」

「そうですね……」

「すみません」私は頭を下げた。「こういう話はショッキングで……お腹の赤ちゃんによくないことは分かっています。でも、興味本位で話す人よりも、私の口から聞いた方がましかもしれません」

「私……竹本さんに会ってみます」

「それは……」予想外の提案だった。「お勧めはできません。審議官は、あなたのご主人を殺した人物の父親です。審議官本人も、一生かけて償うと言っています。接触するなら、弁護士を通した方がいいですよ」

「そういうんじゃないですから」むっとした口調で美沙が言った。「お金が欲しいわけじゃないです。こんなことを言うと嫌らしく聞こえるかもしれませんけど、お金は十分あります。ただ、主人と血がつながった人で、まともな人がいるなら、会って話をしてみたいんです」

「でも審議官は、生まれた直後に養子に出されていますから、梅島さんのことは記憶にないはずですよ」

「竹本さんは、主人に似ていますか？」

私は頭の中で二人の顔を並べた。がっしりした梅島。シャープな顔つきの竹本。

「似ても似つきませんね」

美沙が軽く笑った。彼女の笑顔を見るのは初めてだったかもしれない。

「もしもお会いになるなら、私が立ち会います」

「弁護士ではなく？」

「お金の話にならないなら、私で十分だと思います。あなたが竹本さんに殴りかからないように、気をつけるだけです」

「そんなこと、しませんよ」

「人がどんな行動をするかは、本人にも予想できないものです。実際にその時になってみないと……」

「だったらお願いします」美沙が頭を下げた。「いつになるかは分かりませんが」

「お子さんが生まれて、落ち着いてからでもいいんじゃないですか？」

「そうですね……その前に手紙を書いてみます。何を書いていいか分かりませんけど」

「書かれたら、私が届けますよ」

「郵便局の仕事を奪わなくても」美沙が薄く笑った。

「私も、竹本さんには定期的に会わないといけないと思っています」

「分かりました。では、お願いするかもしれません」

「こんなことを言うと失礼かもしれませんが……意外に元気そうなので驚きました」

「私も意外です。それは、この子のお陰かもしれません」美沙が腹を撫でた。「これから生まれてくる子がいるんだから、私が落ちこんでちゃ駄目ですよね。これから、やることがたくさんあって大変です」

「お手伝いできることがあれば」

「子育てまではお願いできませんよ」

「それはそうですが」

美沙が軽く笑った。ごく普通の、無理をしていない笑い。あまりにも自然なので、私はかえって疑わしく思った。無理に笑っているなら、この状況に耐えて必死になっている、と理解しやすいのだが。

「私、後妻業なんて散々言われました」美沙がぽつりと言った。

「ええ」

「財産狙いだろうって。でも弁明する機会もないから、黙ってるしかなくて……でも私、主人が亡くなってから、自分は後妻じゃないって思うようにしました」

「と言うと？」

「後継者です」

「しかし、会社は部下の人たちに……」

「経営者じゃなくて、気持ちの、志の後継者です。主人は、世間からはいろいろ言われていましたけど、人を喜ばせるのが大好きな人でした。それが生き甲斐だったと言っていいと思います。今でも、一柳のお店に顔を出すことがあったんですよ」

「聞いています」

「それで、お客さんの喜ぶ顔を見るのが一番嬉しいって。だから、お店の方でミスがあった時は、厳しく指導してました。そういう面だけが知られて、ワンマンだなんて言われてましたけど、決してそういうことではないんです。基本は、単純な人なんですよ。だから、難しいことができない……人を喜ばせようとしていろいろやってきたけど、お金をかける以外に何かできないかってずっと悩んでました」

「ボランティアとかでしょうか」

「儲けた金を、何とか上手く社会に還元したいって……でも、いいアイディアは出なかったんです。だから私は、奨学金を作るつもりです。梅島奨学金。高校の後輩の面倒を見るのも大事なことですけど、もっとたくさんの人に、広くチャンスを与えるべきじゃないでしょうか。そのために、ホールディングスを動かしてお金を出させますよ」

「大株主として？」

「物言う株主としてです。主人がやろうとしてできなかったことを、私が代わりにできればと思います」

「素晴らしい心がけだと思います」

言って、私は内心恥じた。最初にこの夫婦に会った時に、強欲な成り上がり者と財産狙いの後妻という印象しか抱かなかった。しかし実際には、自分たちの金を社会に還流し、社会貢献につなげたいという気持ちも持っていたのだ。

第一印象がいかに当てにならないかを、私は思い知っていた。

「あなたも、変わった仕事をしてますよね。私たちの面倒を見ていて、楽しいですか？」

「楽しくなったら、それはもう仕事とは言えないんじゃないでしょうか。苦しいこともあるから仕事なんだと思います」

「苦しいんですね」

「否定はできません」

美沙が苦笑した。自然な苦笑……彼女が悲しみを乗り越えて、少しでも前に進むことができたとしたら、私がやっていたことにも意味があったと言えるのではないだろうか。

あとは、上がどう判断するかだ。

一人で仕事をしているとはいえ、総監への報告義務はある。

捜査の役に立ったのかどうか、総監はどう判断するだろう。

21

総監への直接の報告はなしになった。代わりに、刑事総務課長の乾里奈子と話をする。

久々に本部に上がり、刑事総務課長室で里奈子と対峙した。課長室は個室なので、他人の目と耳を気にせず話ができる。

「レポート、持ってきました」Ａ４サイズで十枚。それを見た里奈子が、露骨に嫌な表情になったが、それだけややこしい話だったのだ。「基本的に、捜査の内容にはあまり関係ありません。私が個人的に割り出した、被害者家族、加害者家族の事情が中心になります」

「それだけでこんなに?」里奈子が眼鏡をかけた。

「複雑な家系、関係なんです」

「捜査には関係ない?」

「裁判では問題になるかもしれません。優秀な弁護士だったら、その辺を突いてくる可能性もあります。ただしこちらも、情報を共有しておけば、対策は立てられるでしょう。渋谷中央署の特捜本部には、全て情報を渡してあります」

「分かった。それじゃ、私から総監にこのレポートを上げておきます。何か特に、口頭でつけ加えておくことはない？」

「一件だけ、最初に竹本幸樹が疑われた強盗事件ですが、こちらはまだ解決していません。容疑の源泉《げんせん》になったのが、現場近くで本人とバイクが目撃されていたことですが、あの現場は、一柳ホールディングスのすぐ近くでした。本人は、あそこにバイクを停めて、会社の様子を下見していただけだと……そこから先、捜査が進まないんです」

「だったらその捜査は長引く──立件は難しいかもしれない、と」

「ええ。それに今回の一件には直接関係ないと判断したので、報告では省きました。あと、怠慢をして部下に任せておかないで、自分で顔を出せ、と総監に言っておいて下さい」

「はあ？」

「忙しいかもしれませんけど、私と総監は一対一の関係じゃないですか？　だったら報告も対面で直接というのが筋です」

「それを私に言えと？　あなた、私のキャリアをここで終わらせるつもり？」

「面白いじゃないですか」私は腕組みをしてニヤリと笑った。「部下に脅されて、総監との板挟みになって辞めるなんて、警視庁の伝説になれますよ」

「二階堂君、ジョークはイマイチね。修行が足りないわ」

「だったら、高尾山にこもって修行してきます。でも、有休扱いにして下さい」

「山の中で一人でジョークを叫んでいたら、ただの危ない人よ」

「あそこは観光客が多いから、誰か聞いてくれるでしょう」

「馬鹿言わないで」

何となく釈然としなかったが、私はこれで報告を終わりにした。この件はこれで終了。これから新しい案件に取り組む——ことになるのだろうか？

六本木署に戻り、今回の案件に関する自分用の資料をまとめる。メモや集めた書類などをファイルフォルダに閉じこみ、キャビネットにしまう。しまってからもう一度取り出し、背に「アルファ・ストリーム案件」とタイトルを書きつけた。梅島や竹本の名前を書きたくなかったからだが、何故そう思ったのかは自分でも分からない。

探偵なら、こうやってファイルを綴じて一つの事件に別れを告げ、新しい明日に備えて酒を呑むだろう。嫌なことを忘れるほど痛飲しても、誰にも咎められない。しかし私はあくまで警察官であり、明日も定時にはここに来なくてはならない。そもそも、意識をなくすほど呑みたいという気持ちは、もうだいぶ前に失っていた。若い頃は、酒に逃げたくなることもあり、実際にそうした日もある。しかし年齢を重ねるに連れ、悩みとは縁が薄くなってきたのだ。図々しくなって何も気にならなくなってきたのか、実際に悩みのタネが減ってきたのかは分からない。

さて、一応の区切りだ。どうせ断られるだろうが、友香を夕食に誘い出してもいい。まだ諦めていない——今回実感したが、この仕事を続けていく限り、私には優秀な相棒か超有能な秘書が必要だ。

スマートフォンが鳴った。

総監個人の番号。「いつでもかけてきていい」と言っていたが、さすがにこれまでは遠慮していた。まさか、向こうからかかってくるとは……里奈子が本当に総監に連絡してくれたのだろうか。

呼吸を落ち着かせて、電話に出る。

「二階堂です」

「さすがにそこに顔を出すのは無理だな」

「来ていただきたかったですね。もちろん私が行ってもよかったんですが」

「刑事局長から忠告を受けた――君は扱いにくい人間だと」

「今更そんなことを言われても、手遅れですよ。任命する前に調べておかないと。任命責任――最近よく聞く言葉ですよね」

「そういうところが扱いにくいと――」

「以降、気をつけます」

「取り敢えず今回は、誰も怒らせずに無事に解決したようだな」

「報告書、読んでいただけましたか？」

「これからゆっくり読む。君の報告書は長いのが欠点だな」

「作家を目指しているので、意識の流れで書いているところが、どうしても長くなりがちです」

「報告書の言い訳でジョイスを持ち出す警官は初めてだ」

「さすが総監ですね。すぐにジョイスだと分かるなんて、驚きです」

「馬鹿言うな」総監が吐き捨てる。「とにかく今回の件は、上手く処理してくれたようだな。私の狙い通りになった。今後も上手くやってくれ」

「自分がこんなに、金持ちのケツを舐めるのが得意だとは思いませんでした」

「今後、履歴書の特技に書くといい」

　思わず笑ってしまった。総監がどういう人間かは知らないのだが、ビターなユーモアの持ち主なのは間違いない。

「上手くいったと認めていただけるなら、一つ、お願いを聞いてもらえますか？　人を増やして下さい」

「君が自分でスカウトできたら、私は反対しない」

「分かりました。では近々、新しいスタッフを紹介します」

「当てがあるのか？」

「今日、これからナンパする予定です」

「君のデート代を払う予算は、警視庁にはないぞ」

「ジョークなんですが」

「君のジョークは笑えない。修行が足りないな」

では高尾山で滝行を——と言いかけて口をつぐむ。数時間前に里奈子に言ったのと同じではないか。

「ところで、こういう仕事はどうだった？」

「闇、ですね」私は即座に答えた。

「闇？」

「金持ちもセレブも、闇の中を手探りで必死にわたっているんです。そういう人たちだからこそある闇かもしれませんが……金を儲ける過程で生じた闇、あるいは金を持ってしまったが故に生じた闇。有名であることと引き換えに足を突っこんでしまった闇」

「君は、彼らがそういう闇をわたる手助けができる」

「どうでしょう。それは向こうの感じ方なので、私には何とも言えません」

「そういう闇と対峙して、精神的に何ともないか？」

「はい」

あっさり答え過ぎただろうか？　しかし総監も平然と続けた。

「君を選んで正解だったようだな。君なら、彼らの気持ちが分かる」

「半分ぐらいだと思います。それでも十分でしょうが」

「分かった。引き続きよろしく頼む」

「では、私はスタッフをナンパしてきます」

「六本木署の和久井友香、か」

私は思わず言葉を呑んだ。この人は、いったいどこまで手を広げて情報を集めているのだろう。

「彼女には手を出さない方がいい。かなり面倒な人間だと聞いている」

「総監、無駄な監視に権力を使わない方がいいかと思いますが」

「権力を握ると楽しいぞ」総監が低い声で笑った。

私は電話を切り、溜息をついて両手で顔を擦《こす》った。そもそも総監も、何かあったら私がケアしなければならないセレブの一人である。しかしこの人を助けるようなことにはならないで欲しい、と切に願った。シビアな状況でも下らない冗談を飛ばしかねない人で、黙らせるには頭に拳銃を突きつけるしかないかもしれない。

そういう乱暴な手段が必要な相手は、総監だけではないかもしれないが。

下へ降りると、ちょうど私服に着替えた友香と出会した。

「ちょっと話、できるかな」

「またスカウトですか？」友香がうんざりした表情を浮かべる。

「そうなんだけど、今回の二つの事件、決着がついたから、君には真相を知る権利があると思ってね。金持ち同士の、どろどろした面白い話だ」

「それは……そういうのはちょっと惹かれますね」

「世間には出てこない話だと思う。今聞かないと、今後聞くチャンスはないだろうね」

「じゃあ」友香が左腕を持ち上げた。「お茶なら」

「その気になったら、お茶の後でご飯を食べよう」

「その気になりません」友香がきっぱりと言った。

こうなると、彼女は絶対に気持ちを変えない。まあ、いいか。一歩一歩、ゆっくりくどいていくことが大事なのだ。いつかは彼女の気持ちを変えられるかもしれない。

私たちは署の近くにあるカフェに入った。チェーン店だが、落ち着いた雰囲気で、静かに話をするには適した場所だ。本当は自宅に招待したかったのだが、そんなことを言い出したら本気でぶん殴られるだろう。

二人ともカフェラテを頼み、一息ついた。私は今回の事件の概容と裏側を語って聞かせた。友香の目が輝く。やはりゴシップ好き、事件好きなのは間違いない。こういう人なら、一緒に仕事をしやすいのは確かなのだが。事件自体や関係者に興味がない人間は、結局いい刑事にはなれないのだ。

「そんな偶然というか、不思議な縁みたいなものがあるんですね」

「僕も驚いた。でも、昔から金持ち同士は養子縁組とかで結構つながっているからね。政略結婚」

「そうですか？　今の時代に、さすがにそれはないでしょう」

「それが、あるんだ」

「まさか」

「僕には婚約者がいた」

「え？」友香が目を見開く。

「許嫁《いいなずけ》と言うべきかな。僕が高校生の頃に、そういう話が親同士の間で決まっていたらしい。相手はタチ自動車の社長令嬢――当時は専務令嬢だったけど」

「またまた」友香が声を上げて笑った。「生産台数世界第何位、みたいな自動車メーカーですよ。その社長令嬢って……ジョークだったら、もう少し上手く話して下さい」

「今から話すことは全部本当だけど、信じるかどうかは君に任せる。本当だと説得するのに、時間を使いたくないんだ。長い話だから」

「まあ……話してみて下さい」友香が戸惑いながら言った。どんな話が飛び出してくるか、想像もつかないのだろう。というより、私が正気かどうか疑っているのではないだろうか。

「僕の父親は、高三《たかさん》グループの代表だった」

「高三グループって、あの高三グループですか？」友香が目を見開く。

「同名で別の会社はないと思うけど、そう、あの高三グループだ」

　今や本業が何かも分からない企業グループになっているが、そもそもは船大工である。二階堂家の元々の出身は岡山県で、幕末にそこで船造りの仕事を始めていた。戦前までは岡山で漁船などを作っていたのだが、戦後、私の曾祖父が一念発起して上京し、混乱した東京で建設会社を興した。廃墟と化した東京を再建するために、二十四時間、三百六十五日フル回転で働くような日々が続いてあっと言う間に巨万の富を築き、その後はタクシー業にも手を出した。曾祖父の代は昭和三十年頃までで、グループ会社の経営を引き継いだ祖父が、さらに会社の規模を拡大した。生活に余裕が出てきた東京で目をつけたのが、飲食や、ボウリング場やゴルフ場などのレジャー産業で、祖父の最大の仕事が、巨大遊園地の「タマランド」建設だった。現在はレトロ風として人気になっているタマランドが完成したのが、昭和四十年。マイカー時代、高速道路時代を数年前から予見して、郊外で建設計画を進めていたのだ。

それが見事に当たり、グループ全体の売上高は一気にアップした。そして父は、さらにビジネスを広げた。一九八五年、弱冠三十五歳にして会社のトップの座につくと、バブル前の好景気に乗って、不動産で大儲けした。リゾート開発も進め、当時は航空会社設立を狙っていたという。バブル崩壊でその目標は叶わなかったが、手堅い投資をしていたせいで大きなダメージもなく、その後の経済停滞期も乗り切ってきた。

「今、高三グループの本業って何なんですか？」

「年間の売り上げが一番大きいのはタマランド。でも建設業も堅調だし、岡山では今も小規模ながら造船の仕事をやってる」

「すごく大きな会社ですよね」

「グループ全体で八万五千人」

「八万五千人って、警視庁の職員の倍近くじゃないですか」

「比較するところじゃないけど」私は肩をすくめた。

「お父さんは？　ご活躍なんですか？」

「いや、二十年も前に亡くなった。病気が発覚してから亡くなるまで、一年だったよ」

「その時二階堂さんは……」

「十九歳。大学一年生だった。ちょうど大学に入った頃に父親が病気だと分かって、それから一年で色々なことがあった……僕が何かしたわけじゃないけど、父親が色々なことを勝手に決めたせいで、大変だった」

「例えば？」

「まず、グループ企業の中で、自分が代表を務めているところは、全部代表を辞任して新経営陣にした。つまり、代替わりさせたんだ。そして、クソ長い遺言を残した。その中で、僕に関しては『いかなるグループ企業の経営にもかかわらせない、ただし一社員として入社して仕事をするのは問題ない』と決めていた」

「甘やかさないということですか？」

「そうかもしれない」私はうなずいた。「仕事に関してはシビアな人で、昔から僕に色々教えていた。人を動かす時は人情四分で理性六分とか、金の計算ができない人間にはどんな仕事もする価値がないとか、誰かに仕事を頼む時は、事前に相手の事情を十分調べて何も言わせるな、とか」

「そんなこと、子どもの頃から聞かされてたんですか？」

「当時は意味が分からなかったけど、今になると、経営者としてはシビアな人だったと分かるよ。でも、バブルで大儲けして、バブル崩壊で損をしなかったんだから、経営者として優秀だったのは間違いないだろうな。もちろん、優秀なスタッフがいたからこそだと思うけど。子どもの頃から、信頼するスタッフを家に呼んで、僕にも会わせていた」

「その頃は、後継者として、英才教育をしようとしていたんでしょうね」

「たぶんね」

「だったら、ご自分が亡くなる時に、後継者指名をするのが普通だと思いますけど」

「僕はそういう器じゃないって諦めたのか、あるいは若いうちは苦労するべきだと思ってたのか……グループ企業のどこかに、完全に普通の新人として入って、ゼロから這い上がることを期待してたかもしれないけど、だったらそれを遺書にちゃんと書くべきだったと思う」

「本音は分からない、ですか……お父さんとは仲よかったんですか？」

「よく分からない」私は首を横に振った。「敢えて言えば、怖かったかな。何かやっても、褒められたことはない。でも、怒られることもなかった。何を考えているか分からない怖さはあったな」

「でも——ちょっと下品なこと言っていいですか？」

「どうぞ」

「遺産で、十分食べていけるんじゃないですか？　何も警察官なんかやらなくても」

「遺産はもらってないんだ」

「本当ですか？　預金とか、株とか……」

「ない」

「実は嫌われていたとか？」

ずけずけした物言いに、私は苦笑するしかなかった。

「どうかな……でも、遺産ゼロじゃないんだ。父は、遺産を信託にして僕に残している。ただし、それを受け取れるのは、僕が五十歳になってからなんだ」

「何でまた、そんな面倒臭いことを」

「それも分からない」

「お母さんは？　聞けば分かるんじゃないですか？」

「母親も知らないんだ。それに、父が亡くなってから、僕と母親との関係はぎくしゃくしてる。向こうに避けられてるんだ。予め言っておくけど、その理由は分からない。聞く気にもなれないな」

「……セレブ一家の考えてることは分からないっていうことですかね」

「外部の人がそう言うのはいいけど、僕には何とも言えない。何だか分からないうちに、母親が素っ気なくなってしまった」

「お母さんは？　今どうされてるんですか？」

「父親がたっぷり遺産を残したし、持ち株会社の代表に収まってるから、左うちわの人生だ。馬鹿でかい家にお手伝いさんたちと住んで、会社の経営は実質的に他の人たちに任せて、本人はボランティア活動に精を出している」

「やっぱり理解不能ですね」友香が首を横に振る。「私には絶対に分からない世界です。そもそも二階堂さん、何で警察官なんかやってるんですか？」

「強引に引きこまれた」

「誰に？」

「刑事局長」

「局長って……警察庁の？」友香が、疑わし気に目を細める。「そこまで言うと、さすがに嘘臭いですよ」

「じゃあ、今までの話は信じてる？」

「まあ――疑ったらキリがないですから」

「君に信じてもらえれば、僕の人生は勝ち確定だ」

「二階堂さん……」友香が溜息をついた。「そういうところですよ。人に信用されないのは」

「金持ちには信用されたけどね」

「私はお金持ちじゃないですから。普通の、地方出身の公務員です」

「公務員は僕も同じだけど……父の親族は、高三グループにたくさんいる。要するに、金を動かすのが得意なんだ。一方母の一族は、法曹関係者や公務員が多い。堅い家系なんだ。刑事局長は、母の弟で……将来どうするか決めかねていた僕に、警察官になれって勧めた——というか、そっちに誘導した」

「キャリアじゃなくて」

「それは無理だよ」私は苦笑しながら自分の耳の上を人差し指で突いた。「僕の頭じゃ、試験は突破できなかった。そこは冷静になって、警視庁の試験を受けた」

「志高く、じゃなかったんですね」友香が皮肉っぽく言った。

「正直、自分でも何をやっていいか分からなかった。父が亡くなったのが大学一年の終わり……就職まであと三年あったけど、具体的なビジョンはまったくなかった。グループ内のどこかの会社に入って、ということも考えたけど、高三グループには僕が興味を持てそうな会社がなかったんだ。結局、母親一族の方に引っ張られた感じだね。でも十五年以上勤めてるんだから、合ってないわけじゃないだろう」

「あと十年ぐらいで辞めるんですよね？　遺産が入ってきたら、働く意味なんてないでしょう」

「ところが、いくらもらえるか、分からないんだ。何があるかも……現金なのか、有価証券なのか……一億円かもしれないし、一万円かもしれない」

「いくら何でも、一万円ってことはないんじゃないですか？　それを五十歳まで封印って、ただの嫌がらせですよ。それとも、そんなにお父さんを怒らせるようなことをしていたとか？」

「そんなことはない……はずなんだけど、よく分からない。ただ今は、仕事をきちんとやろうと思ってる」

「金持ち担当？　面白いんですか？」

「セレブにもそうじゃない人にも、歩んできた道があるじゃないか。そういうのを知って、人助けになるなら悪くない……必ずしも捜査じゃないけど、捜査するだけが警察の仕事じゃないだろう。支援課みたいに、ケアするだけが仕事っていう部署もあるんだし」

「あそこはよく、捜査に首を突っこんでるみたいですよ」

「柿谷晶か？」

「そういう評判、聞きます」

「彼女は、そんなに悪い人じゃないと思うけどね」少なくとも私が接した限りでは。同僚に対しては少し無愛想な感じがあるが、自分の仕事には自信と誇りを持っているように見えた。

「いろいろ難しいというか、あちこちにぶつかって喧嘩しているのは間違いないようですよ」

「だったら僕は一歩引いて、喧嘩しないようにするよ。今後も、支援課と仕事をする機会はあるだろうし」

「そもそも、二階堂さんがこの仕事に選ばれたのって、そういう家の出身だからですよね？」

「そうなんだろうけど、ただねえ……自分が金持ちだって思ったことは一度もない。子どもの頃だって、欲しいものを何でも買ってもらえたわけじゃないし、学校もずっと近所の公立だった。大学生になって、欲しいものがある時はバイトをしていた。贅沢には慣れてない。今だって、公務員の給料で何とかやってる」

「そうですか？」友香が疑わし気に言った。「ご飯は高いもの食べてるし、服だって相当いいものでしょう？　吊るしじゃないですよね？」

「分かるか？」スーツの良し悪しなど、見ただけで分かるものではないのだが。最近のスーツは、安さが売りの量販店で買っても、相当高品質だ。

「うちの実家、洋品店なんです。結構老舗ですよ。成人式で、地元の子が初めてのスーツを作りに来るような」

「じゃあ、子どもの頃から紳士服を間近で見て育ったわけだ――だったら隠せないから言っておくけど、スーツは全部オーダーだ」

「やっぱり……金持ちじゃないですか」

「スーツなんて、毎年新しく作るものじゃないだろう。オーダーで作ったいいスーツは、長持ちする。そのスーツをいつまでも着られるように、体型も維持しておこうっていう気持ちになる。高いけど、結果的にはいいことばかりだよ」

「うちの実家で作るのと、東京のお店で作るのだと、値段が桁違いでしょうけど」

「正直、家だけはあるんだ」私は打ち明けた。

「それも遺産ですか？」

「いや。ただで住んでる。会社の物件なんだけど、それには住んでいいって、これも遺言で書いてあった。ことほど左様に、父親の考え方は滅茶苦茶で意味不明だったんだよ」

「相当……変わったキャリアなのは間違いないですね」

　言って、友香が冷めたカフェラテを一口飲んだ。

「冷たくなっただろう？　新しいのにする？」

「そういうのは贅沢です。冷めても最後まで全部飲むのが普通ですよ」

「カフェラテは、熱くないと美味くないだろう」

「本場フランスでは、そういう感じですか」

「フランスなんか、行ったこともない」

「またまた」

「いや、本当に」

「何だか、二階堂さんが言ってることって、全部嘘っぽいんですよね。あの、許嫁の話はどうなったんですか？　政略結婚の見本みたいな話で、いかにもありそうですけど」

「あれも本当だ。ただし僕は、一度も相手に会ったことがない」

「何ですか、その戦前の……写真花嫁みたいな話は」友香が呆れたように目を見開く。

「お互いに二十歳になったら引き合わせて、正式に婚約っていう手筈になっていたそうだけど、父親が亡くなって、自然にご破算になっていた。タチ自動車としては、父親が死んだ後の高三グループの先行きが読めなくて、不安になったんだろう。メリットがあるかないか、冷静に計算したんじゃないかな。最終的には、母親が遠慮したんだろうな。僕は、世間に誇れるような人間ってわけでもなかったし……僕の方で何か言える感じでもなかった。相手には会ってもいなかったし、婚約なんて言われても実感はなかった」

「だったらお相手は誇れるようなタイプだったんですか？」

「牧田《まきた》愛華《まなか》」

「え？」友香が眉をひそめた。「女優の？　その人がタチ自動車の社長令嬢なんですか？」

「最初はアイドルだった。タチ自動車の幹部社員の娘だっていうことは隠してアイドルデビューしたけど、婚約の話が出たのは女優業にシフトした頃だった。その頃にタチの専務の娘だって公表して、大騒ぎになった。そういう人から見れば、僕なんかゴミみたいなものだろう。間違って結婚しなくてよかったよ」

「そこまでいくと、本当に信じられないんですけど」

「信じるか信じないかは君次第だ。僕とつき合っていけば、本当かどうか分かってくると思う」

「つき合うって……」

「あくまで仕事としてだよ。僕は君を、相棒にしたい。君がＯＫしたらいいと、総監からも許可を貰ってる」

「マジで総監と直に話してるんですか？」

「何だったら電話番号、教えるけど」

「結構です」友香が首を横に振った。「何か……変なことに巻きこまないで下さい」

「変じゃないよ、ちゃんとした業務だ。相手を絞っているだけで」

「それが不公平というか……警察って、全ての人に対して公平であるべきじゃないんですか？」

「君が言うセレブとか金持ちって、どういうイメージだ？」

「金と権力」友香が右手でＯＫマークを作る。「それがあるから、何でも自由にできる」

「ところが、そうもいかないんだ。どんなに金と権力があっても犯罪に巻きこまれることはあるし、自分が犯罪に加担することもある。普通の人と同じように、闇に足を踏み入れてしまうんだ。そして大抵、そういう人たちが苦しむ闇は、普通の人のそれより深い。それこそ金や権力のせいだと思うけど、普通の人なら簡単に足を抜けるのに、それができなかったりする。僕なら、そこでクッション役になれるんだ」

「それは、二階堂さんが半分セレブだからでしょう？　私はやっぱり、特別待遇は納得できません」

「――分かった」私はうなずいた。「そういう感覚も正常だと思う。でも僕は、この仕事には意味があると思う。金持ちを助けておけば、感謝されて、警視庁に寄付してもらえるかもしれない」

「冗談、下手ですね」

「一日に三回言われると、凹《へこ》む」

「三回も？」

「刑事総務課長、総監、そして君」私は順番に指を折った。「三人に言われると、本当なんだろうって思うよ。僕は冗談が下手だ。そのうち修行に出かけるよ」

「ご自由にどうぞ。私を巻きこまなければ、何をしてもいいですよ」

「君を巻きこむのが、僕の当面の目標なんだけどね」

「目標は、状況に応じて変わるものです」

私は自然にうなずいてしまった。彼女のペースに巻きこまれてしまったが、構うものかと思う。私には時間はある。

この仕事は始まったばかりで、まだまだ続くのだ。

本作品は文藝春秋と
Ａｍａｚｏｎオーディブルのために
書きおろされました。

堂場瞬一（どうば・しゅんいち）

一九六三年生まれ。茨城県出身。青山学院大学国際政治経済学部卒業。二〇〇〇年『8年』で第十三回小説すばる新人賞を受賞。主な著書に「刑事・鳴沢了」シリーズ、「警視庁失踪課・高城賢吾」シリーズ、「刑事の挑戦・一之瀬拓真」シリーズ（以上、中公文庫）、「アナザーフェイス」シリーズ、「ラストライン」シリーズ（以上、文春文庫）、「警視庁追跡捜査係」シリーズ（ハルキ文庫）、「警視庁犯罪被害者支援課」シリーズ（講談社文庫）。近著に『鷹の飛翔』（講談社）、『ポップ・フィクション』（文藝春秋）、『綱を引く』（実業之日本社）など著書多数。

闇《やみ》をわたる　セレブ・ケース

二〇二五年四月十日　第一刷発行

著　者　堂場《どうば》瞬一《しゅんいち》

発行者　花田朋子

発行所　株式会社 文藝春秋

〒一〇二―八〇〇八
東京都千代田区紀尾井町三―二三
電話　〇三・三二六五・一二一一（代表）

印刷所　萩原印刷

製本所　萩原印刷

組　版　LUSH

ISBN978-4-16-391966-9